한국 고전문학자의 중유럽 문화 에세이

비엔나는 천재다

이민희

강화도에서 태어나 어린 시절 천방지축하며 자연과 역사 속에서 자랐다. 연세대 국문학과에 입학,
대학교 1학년 때 미 대륙 횡단 여행을 하면서 깨달은 바가 있어 국문학과 비교문학, 인접학문과의
소통을 시도하기 시작했다. 서울대 국문학과 대학원에 진학해 고전 비교문학으로 석, 박사 학위를
받았다. 폴란드로 건너오라는 꿈을 꾼 뒤, 바르샤바 국립대학교에 가서 5년간 학생들을 가르쳤다.
현재 강원대학교 국어교육과 교수로 예비교사들을 만나면서 고전소설과 문학사, 비교문학 연구에
골몰하고 있다. 25여 종의 저서(공저 포함)와 5종의 역서, 그리고 70여 편의 논문이 있다.

한국 고전문학자의 중유럽 문화 에세이

비엔나는 천재다

초판 1쇄 **인쇄** 2019년 4월 3일
초판 1쇄 **발행** 2019년 4월 10일

지은이 이민희
펴낸이 최종숙
펴낸곳 글누림출판사

책임편집 문선희 | **편집** 이태곤 백초혜 권분옥 홍혜정 박윤정
디자인 안혜진 김보연 최선주 | **홍보** 박태훈 안현진 이희만

주소 서울시 서초구 동광로46길 6-6(반포4동 577-25) 문창빌딩 2층(우-06589)
전화 02-3409-2055(대표), 2058(영업), 2060(편집)
팩스 02-3409-2059 | **전자우편** nurim3888@hanmail.net
홈페이지 www.geulnurim.co.kr
블로그 blog.naver.com/geulnurim
북트레블러 post.naver.com/geulnurim
등록번호 제303-2005-000038호(2005.10.5.)

정가는 뒤표지에 있습니다.
ISBN 978-89-6327-551-2 03800

* 이 도서의 국립중앙도서관 출판예정도서목록(CIP)은 서지정보유통지원시스템 홈페이지(http://seoji.nl.go.kr)와
  국가자료공동목록시스템(http://www.nl.go.kr/kolisnet)에서 이용하실 수 있습니다. (CIP제어번호: CIP2019010959)

한 국 · 고 전 문 학 자 의 · 중 유 럽 · 문 화 · 에 세 이

비엔나는 천재다

글·사진 **이민희**

생生 : 오스트리아를 기억하는 나만의 주문,
"비엔나는 천재다"

I.

2015년, 내 나이 만 45살 때 1년간 비엔나에서 나 홀로 나를 위한 자유 시간을 보냈다. 이런 호사를 누린 자 얼마나 될까. 돌이켜보면 황홀하다 못해 아리기까지 한 시간의 연속이었다.

그해 오스트리아는, 아니 비엔나는 650과 150이란 숫자에 유독 빠져 있었다. 바로 오스트리아의 심장이라 할 비엔나 대학 설립 650주년 되는 해이자, 비엔나를 상징하는 주도로인 '링 거리Ring strasse'가 만들어진 지, 아니 왕정 도시에서 국제 시민도시로 재탄생한 지 150년 되는 해였기 때문이다. 비엔나 곳곳에서 이를 기념하는 각종 행사가 열렸다. 그 자부심을 깃발에 내걸고, 각종 현란한 광고에 엄지척을 내세우기 일쑤였다. 현재의 비엔나가 그 과거에 기대 꿈틀대고 있음을 목격한 것은 커다란 충격이었다. 그 인상이 '육오공

다시 일오공⁶⁵⁰⁻¹⁵⁰′으로 코드화되었다.

2019년 현재, 나는 그 시간으로부터 미래로 왔다. 그리고 그 과거를 다시 쳐다본다. 그때 내가 함께 했던 시공간을 기억하는 나만의 코드명 '2015-45-650-150'을 발동하기로 했다. 비엔나에서의 내 존재 흔적을 기억하기 위한 암호 코드다. 아니 3년 만에 해독된 암호다. 수줍듯 열어 본 내 기억 속 보물이다.

비엔나는 천재다!

이것이 내 기억 속 보물의 실체다. 과연 그랬다. 단언컨대 '비엔나는 천재'라고 외치고 싶다. 2015년 비엔나 방문은 이미 7번째 만남이었다. 그러나 일곱 번 모두 유랑流浪하듯 그곳을 찾았었다. 그때까지만 해도 비엔나는 나의 보물이 아니었다. 나에겐 바르샤바란 보물이 이미 있었기 때문이다. 그런데 8번째로 비엔나를 찾아 그곳에 정주定住하자, 비로소 비엔나가 나에게 잊지 못할 보물이 되었다.

비엔나가 천재인 이유는 나만의 것이다. 상상을 뛰어넘고, 오감을 자극하는 찌릿한 시공간의 연속이 나를 바보로 만들었다. 나를 농락하던 비엔나, 그것이 바로 비엔나가 천재라는 증거다. 골목을 걷다가 지극히 평범해보이는 장소에서 전혀 예상치 못했던, 세계적인 것과 맞닥뜨린다. 그것도 수십 번. 그 감흥을 당신은 어떻게 표현하겠는가? 건물 하나하나가 문화이고 역사였다. 쇼윈도의 전시 하나하나가 예술이었다. 비엔나 사람들이 만들어낸 시스템과 전통이 슬픔을 딛고 세워진 행복의 무늬임을 알아차렸다. 자유분방한 사회복지 국가의 민낯을 보고, 솔직히 부럽기도 하고 낯설기도 했다. 형체 없는 무질서 속의 여유와 규칙을 인정하기 어려웠다. 그 여유로움이 어느새 나의 질투와 부러움으로 뒤바뀌곤 한다는 사실에 나도 모르게 화가 나기도 했다. 천상 나는 비엔나에서 이방인이었던 것이다.

일찍이 오스트리아 저명 언론인 칼 크라우스Karl Kraus는 비엔나를 이렇게 평했다. "다른 도시의 거리는 아스팔트로 채워져 있다면, 비엔나 거리는 전체가 문화 산책로이다." 이로 본다면 비엔나는 이방인만이 느끼는 질투의 대상은 아닌가 보다. 유럽 도시 중에서 비엔나만큼 문화 수도다운 모습을 보여주는 곳은 없다. 그렇게 비엔나는 나에게 영감 가득한 천재처럼 다가왔다. 수차례 비엔나를 다녀간 기억을 부질없게 만든 비엔나가 오기傲氣를 발동시켰다. 익숙한 유럽의 도시 중 하나에 불과한 비엔나가 천재적 모습으로 다가오니, 나로선 반전이 아닐 수 없다. 비엔나의 속살은 그렇게 나의 만용과 건방진 태도를 일순간에 바꿔 놓았다.

나는 이미 폴란드에서 5년간 살았던 경험이 있다. 폴란드 바르샤바에서 살면서 유럽 곳곳을 자동차로, 기차로, 걸어서 여행을 다녀본 터라 유럽 생활과 문화가 웬만한 충격 아니고는 시큰둥할 수밖에 없었다. 그러나 착각은 무지에서 비롯되는 법. 비엔나에 살아 보니, 비로소 보이는 것들이 너무 많아 미칠 노릇이었다. 지킬 박사가 바로크 문화라면, 하이드는 비엔나의 골목 문화에 비유할 수 있다. 화려함 속에 가려진 나치즘에 대한 비엔나 인들의 히스테리, 자연과 시골의 순박함과 도시의 세련됨이 절묘하게 어우러지는 그 자연스러움. 프랙털이 카오스와 동거하듯이 비엔나의 매력에 흠뻑 취해 잠 못 들던 밤이 몇 날이던가? 과연 비엔나의 매력은 어디서 오는가?

'비엔나에는 뭔가가 있다.' 그러나 그것이 나만의 느낌표일지, 다수가 보내는 공감의 악수일지는 독자들이 판단할 일이다. 내 나름으로 나만의 느낌표를 찾아 나선 여정과 감흥, 그리고 번뇌의 경험이 이 책의 일부가 되었다.

Ⅱ.

비엔나라는 창문을 열면 유럽 역사와 문화 풍경이 보인다. 그중 가장 잘 보이는 건 음악, 미술, 건축이다. 그러나 그것이 전부는 아니다. 오히려 자고 일어나고, 음식을 먹고, 사람을 만나던 내 일상이 오스트리아와 유럽의 문화 요 생활의 일부가 된다. 역사와 일상이 살아 숨 쉬는 생활사의 단면을 매일 목도하게 된다. 커피와 카페, 성당과 수도원, 제과점과 식당, 고서점과 서점, 박물관과 도서관, 연극과 오페라, 대학과 김나지움, 세계적 위인들과 소시민, 산업과 교육, 자연과 도시, 이 모두는 상대적 대립항이면서 무수한 매트릭스와 퍼즐의 집합체이다. 무질서 속에 합목적적 변주가 끊임없이 녹아 있는 도시를 머물기 이전엔 정녕 느껴본 적이 없었다.

비록 오스트리아의 거리는 주변국 스위스나 독일보다 상대적으로 깨끗하지 못하고 체계적이지 않다. 그럼에도 비엔나는 스위스나 독일 어느 도시보다 세계에서 가장 살기 좋은 도시로 평가받는다. 치안 걱정 없이 소소하게 순간의 행복을 수시로 맛볼 수 있기에, 편리한 대중교통을 이용해 어디로든 갈 수 있기에, 그래서 일생 중 한 번쯤은 살아볼 만한 도시라고 수긍할 수밖에 없게 만드는 이유는 수천 가지다. 비엔나의 속살은 우연적으로 다가와 필연적으로 꽂히는 마법의 심장이다. 비엔나 제1구부터 제23구까지 고대 로마 건축물과 카타콤베로부터 중세의 바로크 문화와 제국의 영광, 장식과 종교, 제국과 시민의 앙상블이 도나우 강처럼 유유히 살아 움직이고 있다. 거기에 현재의 최첨단 건물과 유엔UN 건물로 가득한 우노Uno 시티, 그리고 풍요로움을 껴안고 사회복지 국가로서의 진면목을 맘껏 발산하고 있다.

Ⅲ.

자칫 여행은 피상으로 시작해 피곤으로 끝나기 쉽다. 그도 그럴 것이 비엔나는 진작 알았지만, 오스트리아는 미처 몰랐기 때문이다. 구스타프 클림트Gustav Klimt는 알았지만, 오스트리아 인이 사랑했던 건축가·도시설계자 오토 바그너Otto Wagner나 아돌프 루스Adolf Loos를 이전엔 솔직히 몰랐었다. 정신분석학자 프로이트Gigmund Freud는 잘 안다 착각하기도 했지만, 100년 전 그가 거닐던 거리를 거닐고 그가 앉아 커피를 마시며 세계정세를 논하던 카페에도 머물렀지만, 정작 비엔나가 낳은 천재 철학자 비트겐슈타인Wietgenstein과 세기말 비엔나의 분위기에 젖어볼 생각을 미처 못했던 것이다.

그렇다. 전자가 '세계적'이라는 이름값 때문이었다면, 후자는 '오스트리아 답기' 때문임을 뒤늦게야 깨닫게 된 것이다. 사실 오스트리아답기에 세계와 더 쉽게 만날 수 있음에도 불구하고, 그걸 깨닫기까지 긴 시간이 필요했다. 세계적인 것과 오스트리아다운 것, 양자를 다 가진 이들은 얼마나 여유로운가? 양자를 구분하는 것 자체가 애당초 무의미하기 때문에 흥미롭다. 그렇기에 관계의 의미, 관계의 재구성이야말로 비엔나와 오스트리아의 저력을 세계와 맞장 뜨게 만드는 지름길이다. 내 사유의 관점은 여기서 출발한다. 아르스 콤비나토리아ars combinatoria!

'창조적 파괴', '기업가 정신'을 주창한 슘페터Schumpeter나 하이에크Hayek 같은 오스트리아 경제학파의 이론은 잘 몰라도 좋다. 프로이트의 정신분석학 관련 서적을 한 번쯤 기웃거려 본 적 있고, 클림트Klimt와 에곤 실레Egon Schiele, 오스카 코코슈카Oscar Kokoschka 그림을 보며 내가 아는 그림이라 박수 쳐 본 적 있고, 합스부르크 제국의 역사는 고등학교 세계사 시간에 배워 어렴풋이 안다 생색내보아도 좋다. 백지면 백지에다 여백이면 여백에다 어느 한 순간 내가 직접 느끼고 생각한 흔적을 그려보고, 메모하고, 장식해보는 것 그 자체가 이방인으로 누릴 수 있는 행복이자 특권임을 비엔나에 살면서 체득했다.

그렇기에 여행은 아름다운 착각이 빚어내는 나만의 선물과 같다. 그것이 환상이든, 낭만이든, 고생이든 즐기고자 떠나는 순간, 여행은 나의 스승이 되고, 깨달음의 원천이 된다. 오감을 통해 평소에 느끼지 못하던 무수한 감성과 이성이 일어난다. 자극을 후벼파기 때문이다. 이조차 나만의 착각이라 해도 좋다. 그 아름다운 착각 덕분에 나는 비엔나 생활을 즐겼기 때문이다. 돌아보건대, 비엔나에서의 체류는 마치 금지된 장난이었다고나 할까? 만용이었다. 그럼에도 이 글을 쓰는 이유는 단순하다. 나누고 싶기 때문이다.

이 책은 유럽의 지성사 속에서 어쭙잖게 맞닥뜨린 한국 고전문학 연구자의 사색 노트다. 화려했던 합스부르크 제국의 영광과 바로크 문화의 영롱함이 살아 숨 쉬는 음악과 미술, 문화의 고장 비엔나에서 한국의 고전 연구자가 유럽 문화의 정수와 일상을 경험하며 느끼고 사고했던 것들을 모은 기억 저편의 세상 나들이다. 비엔나 대학에서 학생들을 강의하면서 만난 비엔나 사람들에 관한 이야기이자 나 혼자 아름다운 착각으로 빚어낸, 비엔나를 '잘' 보고자 고민했던 나에 관한 이야기이다. 비엔나 문가에 서성이다 유럽 지성사 산책로를 발견하고는 천진난만하게 주유周遊한 노래들이다.

IV.

이 여행의 기본 구상은 '거꾸로'이다. 나에게 더 잘 알려지지 않은 장소, 더 숨은 구석, 그리고 더 낯선 대상을 더 '잘' 보기 위해 떠난 여행이다. 그런 점에서 여행은 예술이 된다. 여행은 낯선 것에 대한 도전이다. 익숙함에 대해 인색하기다. 걷다가 쉬어 가기, 먹으면서 감동하기, 사색하다 잠드는 것이 가능하다. 그렇기에 오감이 충만한 행위의 배열이다. 그리고 자신에게 던지는 무수한 질문에 답하는 토론과 배움의 시공간이다. 여기서 나를 만나고, 한국인으로서 내 실체를 깨닫고, 내 나라의 소중한 문화를 떠올리기도 한다.

차이는 생성을 만들고, 생성은 또 다른 극복과 창조의 반복임을 자각하는 일로부터 시작된다. 들뢰즈가 주장한 '반복과 차이'는 연암이 『초정집서』에서 말한 '법고창신法古創新'과 만난다. 비엔나가 낳은 세계적 화가 구스타프 클림트의 대표작 〈키스〉는 일본 그림 우키요에의 영감을 받아 탄생한 것이다. 영감은 그렇게 동서고금을 막론하여 전방위적으로 무책임한 좌충우돌이 된다. 그렇기에 이 책은 동양의 작은 나라, 한국에서 그것도 고전문학을 어쭙잖게 연구한다는 연구자가 유럽의 배꼽이라 불리는 비엔나에서 유럽문화를 접하고 좌충우돌하며 사유했던 고민의 흔적들을 담아낸 뒷담화일 뿐이다. 비엔나에 관해 필히 말해야 할 것을 쓴 것이 아니라는 것이다.

그뿐만 아니다. 비엔나를 알면 주변 도시도 눈에 들어온다. 바르샤바폴란드, 프라하체코와 부다페스트헝가리, 브라티슬라바슬로바키아, 그리고 류블랴나슬로베니아도 보인다. 거대한 알프스 자연과 아름다운 농촌의 한복판에 섬처럼 떠있는 이들 도시와 반갑게 조우할 수 있다.

삶 자체가 운명이라는 것을 이제야 조금 알 것 같다. 비엔나가 나에게 알려준 지혜다. 지금까지 꽁꽁 감싸 놓고 점점 화석처럼 되어버린 내 안의 소중했던 가치들과 세계관, 그리고 고집, 그 거만한 사유 틀에서 벗어나 이제는 조금 더 자유롭고 싶다. 이것이 이 글을 쓰게 된, 심연의 내 목소리이다. 비엔나에 있다 보니 저절로 시인이 되고 시심詩心이 감발되었다. 마지막 시편에 비엔나가 선물해 준, 부끄러운 나의 감정 편린들을 소개해놓은 것도 바로 그 때문이다.

그렇다면 이 여행의 목적지는 어디인가? 유무형의 시공간이다. 이야기의 소재와 주제가 이야기 여행의 목적지이다. 안내자는 그 목적지에 동행하면 가장 잘 어울릴 법한 인물들이다. 안내자는 지식 전달자라기보다 말 그대로 독자들이 상상하고 사고할 수 있도록 '잘' 이끌어주는 도우미일 뿐이다. 결국, 여행은 독자 각자가 가야 할 길이고, 콘텐츠일 뿐이다. 이 이야기는 과거에 나의 여행이었지만, 결국 미래에 독자들이 새롭게 만날 수도 있는 지적知的 여행이기도 하다.

이 책을 읽는 그대여. 주저 말고 어디론가 비행기에 몸을 실고 떠나라. 그리고 그곳에서 동양인, 아니 한국인으로 당당히 자신을 느끼길 바란다. 타문화를 느끼는 게 나를 찾는 지름길이다. 그대가 혹여 낯선 거리를 걸으며 당신만의 감동을 만들고 싶다면, 당장 핸드폰을 꺼라. 그리고 마주치는 것에 대해 무한한 경외감을 표하라.

여행의 가치는 보이는 대상에 있지 않고, 느끼는 당신에게 있다. 세계로 나가 무엇을 느낄 것인가는 각자 자유지만, 깨닫는 것에는 책임이 뒤따른다. 당신은 왜 지금 여행을 꿈꾸는가? 정녕 '성탄절 전날에도 악마는 태어난다'고 고백했던 바스콘셀로스『나의 라임오렌지 나무』의 저자가 그리던 세상을 보고 싶기 때문은 아닌가? 지금 현재의 자기 자신에게 침을 뱉을 수 있다면 그대는 여행을 떠날 자격이 충분하다.

마지막으로, 한 가지 더 과한 상상과 적용이 허락된다면, 북경과 열하를 다녀온 뒤 3년간 원고를 쓰고 고쳐 다듬던 연암燕巖 박지원朴趾源의 심정을 조금은 이해할 수 있을 듯싶다. 이 글을 쓰는 지금 이 순간, 내 사유의 무게는 충만한 7g이다.

2019년 2월, In's Trio정인, 재인, 해인과 함께 한 어느 날,

파란波蘭 이민희 짓다

머리말 생生 : 오스트리아를 기억하는 나만의 주문
"비엔나는 천재다" • 4

제1부
역사와 건축의 문화사회학

하나. 형태는 기능을 따른다? • 19

둘. 합스부르크 제국, 그 거만함의 이정표 • 53

셋. 근대도시로 거듭나다 : 링 스트라세Ringstrasse의 비밀 • 75

넷. 비엔나 킨스키 궁전과 폴란드 • 91

다섯. 불러도 또 불러보는 유대인과 난민 • 105

제2부

카페 속 인문학 산책

하나. 카페, 그 팜므파탈Femme fatale의 유혹 • 117

둘. 클림트라 읽고 프로이트라 쓴다 • 137

셋. 학문의 언덕, 문학의 호수 • 152

넷. 음악은 골목을 지나 꿈이 된다 • 175

다섯. 고서와 고서점, 그리고 도서관 풍경 • 193

제3부

생활의 유혹, 비엔나의 속살

하나. 오스트리아다움에 관한 단상 • 217

둘. 나를 발견하는 스토리텔링
  : 꿈에서 폴란드 여인이 나를 부르다 • 233

셋. 알프스, 심쿵할 수밖에 없는
  그 섹시함이여 • 247

넷. 비엔나 풍경 소묘 • 265

다섯. 비엔나 시편salms in Vienna • 287

맺음말 극호 : 인생의 구두점 • 332
참고문헌 • 335

제1부

역사와 건축의 문화사회학

◆ 아돌프 루스의 건축물-루스 하우스

하나. 형태는 기능을 따른다?

유럽 도시를 여행하다가 비엔나에 와 거리를 거닐다 보면 가장 이질적으로 느껴지는 것이 있다. 바로 건축물이다. 도시마다 인상이 다르기 마련인데, 크고 화려한 비엔나 건축물을 보노라면 바로크 시대로 돌아간 듯한 느낌이 절로 든다. 건축은 시대와 사회를 반영한다 하지 않았나? 그러니 자연스럽게 비엔나 여행은 바로크 시대로의 시간 여행을 하는 것과 다르지 않다. 물론 비엔나 건축물 중에는 시대를 뛰어넘는, 건축 예술의 결정체라 할 만한 것들이 수두룩하다. 건축물 박물관이라 할 만큼 도시 전체가 각양 기술과 철학이 어우러져 만들어진, 천의 얼굴을 지닌 건축물의 향연이 벌어진다. 관광객을 위한 비엔나 인포메이션 센터에 '비엔나 건축지도Architecture map in Vienna'가 별도로 비치되어 있는 이유도 바로 이 때문이 아닐까? 그 지도에는 300여 개가 넘는, 개성 가득한 비엔나 건축물을 소개해놓고 있다.

비엔나 여행의 즐거움은 바로 대로와 골목길 산책을 하며 건물을 완상하는 일로부터 시작된다. 길거리를 오가며 건물들을 볼 때마다 가장 많이 던진 질문이 있다. '형태는 기능을 따르는가?' 아니 '기능이 형태를 따르는가?' 비엔나의 건축물과 조우할 때마다 절로 던진 질문들이다. 때로는 감탄으로, 때로는 고민으로 되돌아오곤 했다.

장식은 범죄다. 고로 형태는 기능을 따른다.

루이스 설리번Louis H. Sullivan, 1856~1924은 기능주의 입장에서 건축을 이해하고 이를 적용하려 한, 미국의 대표적 건축가이다. 설리번은 100여 년 전, 기존 건축물에서 빼놓을 수 없었던 장식성을 과감히 배제하고, 대단히 심플한 형태의 건축미를 우선시한 선구자였다. 설리번은 "형태는 기능을 따른다Form ever follows function"라는 유명한 건축 명제를 남겼는데, 장식성이 풍부한 건축물을 선호하던 시기에 실용성을 강조한 폭탄선언과 같은 것이었다.

　그런데 설리번의 이런 형태주의가 가장 충격적으로 다가온 곳이 바로 비엔나였다. 화려하고 정교한 바로크 건축 예술의 수도라 할 비엔나에서 심플한 누드식 건축물은 쓰레기, 또는 건물 껍데기에 불과하다 여겨질 수밖에 없었다. 그런데 설리번한테서 영감을 얻은 아돌프 루스Adolf Loos, 1870~1933는 "장식은 범죄다Ornament is a crime"며 설리번보다 한 걸음 더 나아가 '세기말 비엔나'의 혁신 정신에 동조하며, 변화의 선봉에 섰다. 그것도 화려한 미하엘 왕궁 앞 중심 도로인 그라벤Graven 거리 초입 자리에다 밋밋한 외벽에 대리식으로 심플하게 만든 루스 하우스Loos Haus를 세운 것이다.

　지금도 외벽에 일체 장식도, 변형도 가하지 않은 채 직사각형 아파트 형태의 건물이 생뚱맞게 바로크 양식의 화려한 건물들 사이에 서 있다.

그런데 루스가 장식을 일체 없앤 건축물을 짓자, 비엔나 시민들이 일제히 비난을 쏟아 내며 결사반대를 했다. 비엔나 시당국도 당시 감각에 맞지 않는, 장식이 없는 건물은 지을 수 없다며 공사 중단명령을 내리기까지 했다. 루스는 결국 자신의 주장을 꺾지 않을 수 없었다. 그런데 그가 시정하겠다며 고친 면피용 조처란 고작 건물 창문 앞에 플라워 박스화분 밭 침대 틀를 설치하는 것이었다. 그리고 간신히 관계자를 설득해 공사를 마무리할 수 있었다. 현재 루스 하우스 건물에는 은행과 백화점이 입점해 있는데, 여전히 외톨이 느낌이 강하다.

건축을 통해 관습과 상식에 저항하려 했던 건축가들은 당대 보수적 의식과 사회 논리에 맞서고자 했다. 특히나 화려한 장식을 내세운 바로크 문화로 가득한 비엔나 곳곳에 루스는 자신의 뜻을 관철시킨 건축물을 많이 세웠다. 그중 카페 무제움cafe Muzeum이 대표적이다. '무정부주의 카페 Cafe Nihilismus'라는 별명이 붙을 만큼, 카페 무제움은 일체 실내 장식을 배제했기에 단순하다 못해 허무하게까지 느껴진다. 대단히 심플하고 깔끔한 실내 인테리어와 카페 구조가 여느 유명한 카페의 장식과 차원을 달리한다. 100년 전 화려한 바로크 양식의 자랑스러운 후계자임을 자처하던 비엔나 시민 입장에서는 얼마나 루스의 밋밋한 건물과 실내 디자인이 오스트리아 합스부르크 제국에 대한 배신으로 느껴졌을지 헤아리고도 남음이 있다.

그러나 이런 건축물의 등장은 루스 개인의 반항, 내지 개성에 의한 것이 아니었다. 20세기 초 붕괴 직전의 합스부르크 제국에 대한 반동적 사상이 바로 기능주의functionism를 통해 분출된 것이기 때문이다. 오히려 그런 건축철학은 이후에 새롭게 출발한 오스트리아 공화국의 새로운 정신적 지주 역할을 했다. 화려한 장식에다 곡선미를 자랑하는 바로크 건축물이 합스부르크 제국의 영광과 통치를 상징한다면, 새로운 세계를 꿈꾸던 반대 급부적 반동은 바로 기능과 직선을 중시한 행동과 만나고 있었던 것이다.

비엔나 기능주의가 루스에 의해 처음 구현된 것은 아니었다. 분리파 화가로 이름난 구스타프 클림트와 함께 분리주의 운동에 참여했던 건축가 오토 바그너Otto Wagner, 1841~1918가 바로 비엔나 건축 예술의 새로운 비전을 제시한 인물이다. 클림트가 다닌 비엔나 조형미술 아카데미에서 공부했는데, 1894년에 시작된 비엔나 시내 철도 역사驛舍와 철교 설계 책임자가 되었다. 이때 오토 바그너는 유럽에서 새롭게 번져나가던 유겐트슈틸아르누보 양식을 적극 받아들여 여러 걸작품을 만들어냈다.

그가 만든 역사 중 가장 아름답고 유명한 것이 비엔나 칼스플라츠Karlsplatz 역에 세워진 역사驛舍, 지상다. 마욜리카 타일을 이용해 붉은 장미를 표현해낸 마욜리카 하우스와 바로 옆 건물에 황금 장식을 입힌 메다용 하우스도 빼놓을 수 없다. 그리고 오타크링 지역 요양병원 경내에 위치한 성당은 그만의 독특한 건축예술 철학이 고스란히 녹아 있는 건축물의 백미다. 곡선미에서 탈피해 쓸데없는 장식을 배제하고 유리와 철골 같은 건축 소재를 높게 평가한 기능주의 건축을 추구함으로써 비엔나에서 기능주의의 선구자가 되었다.

20세기 초 스코틀랜드 글래스고우 출신의 매킨토시 역시 아르누보 양식을 적극 활용해 건축과 디자인에 접목시킨 대표적인 건축가다. 글래스고우에서 매킨토시가 지은 '티 룸 하우스Tea Room House'를 가면, 루스의 '무정부주의 카페'와 닮은 듯 다른 맛을 맛볼 수 있다. 둘 다 동시대를 풍미

◆ 칼스플라츠 역사(위) 메다용 하우스(아래)

한 건축가였지만, 매킨토시는 비엔나 건축가 오토 바그너처럼 장식을 하되 최대한 절제된 미와 단순성을 기하학적으로 형용하는 데 성공했다.

스페인이 낳은 안토니 가우디는 "직선은 인간의 선이고, 곡선은 신의 선이다."라며 곡선의 형태를 활용해 자연을 재현해내고자 했다. 가우디는 자연이야말로 구조의 완성을 의미한다고 보았다. 자연은 가장 완벽에 가까운 구조라 믿고, 자연 속 형태에서 건축 구조를 창조해냈다. 무엇보다 가우디는 구조와 기능, 그리고 상징을 하나로 묶어 이를 건축을 통해 표현해낼 줄 알았던 천재 건축가였다. 몬세라트Montserrat 수도원의 암벽과 산의 형태가 그의 걸작 사그라다 파밀리아Sagrada Familia 대성당 건축 형태를 결정짓는 데 커다란 영감을 주었다는 것은 이미 널리 알려진 사실이다.

그런데 천재 건축가 가우디가 지은 '카사 밀라밀라 씨의 집'만 해도, 당시로선 파격에 파격을 가한 해골 모양의 석조 아파트였고, 이에 대한 비난이 쏟아졌다. 그 결과 분양조차 제대로 이루어지지 못했던 아픈 과거를 간직하고 있다. 물론 다행히 당시 가우디는 구엘이라는 후원자를 만나 비로소 시대를 선도하는 아방가르드적 건물을 지을 수 있었다. 오늘날처럼 사용자와 건축자의 관계가 아닌, 후원자자본가와 건축자의 관계에 의해 건물 존립이 결정되던 시대에 창조적 혁신은 곧 시대적 반항의 다른 이름이었다. 시대와 화합했는지 여부에 따라 광인과 천재가 변별되기도 했던 것이다.

19세기 말~20세기 초 오스트리아의 루스나 오토 바그너, 클림트, 그리고 스페인의 가우디, 헝가리의 레히네르 외덴, 스코틀랜드의 매킨토시 등은 사실 건축가였을 뿐 아니라, 장식가이자 인류학자요 화가이자 언론인이었다. 그들은 신문지상에 여러 편의 글을 기고해 자신들의 세계관을 확실히 피력했다. 그 그들 속엔 그들만의 건축 미학 내지 당대 기득권적 사고와 맞서고자 한, 고독한 사유와 반항 정신이 담겨 있다. 건축을 통해 그들은 인간이 어떤 삶을 추구할 수 있을지 자문자답하고자 했던 것이다.

19세기 말~20세기 초 유럽을 강타한 아르누보 건축은 나라마다 그 특성에 맞게 변형이 이루어졌다. 그러나 아르누보 건축을 규정하는 본질, 곧 장식만을 입힌 특색을 고수한 경우는 적었다. 이를 넘어서는 건축물, 이것들과 구별되는 골조 및 새로운 재료와 방법이 유럽 대도시에서 다양하게 시도되었다. 오스트리아 비엔나에서 분리파 회원들의 모임지였던 '제체시온Secession' 건물도 마찬가지였다. 요제프 마리아 올리브히가 세운 이 아르누브 건축물은 황금 지붕에 단순한 장식성이 강조된 벽면 구성이 이채롭다. 벨기에 빅토르 오르타의 '오르타 박물관'이나 '타셀 가옥', 스코틀랜드 맥킨토시의 '글래스고우 예술학교', 아르누보 건축의 창시자라 불리는 앙리 반 데밸데의 '블레멘 베르프 가옥', '호엔 호프' 등도 같은 아르누보 건축물이라지만, 그 속에는 나라별 문화와 정서가 녹아 있다. 제체시온이야말로 비엔나 건축이 유럽 건축사에서 비엔나다움을 가장 잘 보여주는 건축물임에 틀림없다.

이런 점에서 '장식은 범죄다'라는 선언은 비단 기능 우선주의 건축물을 내세운 것이라기보다 당대 비엔나 문화의 주류와 맞선, 일종의 시대적 반항 정신으로 읽어야 할 것이다.

◆ 헝가리 아르누보 건축물

◆ 훈데르트바서 임대서민주택

훈데르트바서, 순수 자연으로 남은 그의 건축 철학

비엔나에서 바로크 건축 예술에 파장을 던진 아돌프 루스가 비장식적 건축물의 시대 정신을 강하게 보여주었다면, 또 한 차례 장식과 비장식의 미묘한 신경전을 벌이며 변주에 변주를 보여준 건축가가 훈데르트바서 Hundertwasser, 1928~2000다. 스페인의 천재 건축가 '가우디Gaudi'와 쌍벽을 이루는 20세기 자연 친화주의자이자 건축가로 단연 오스트리아의 '훈데르트바서'를 빼놓을 수 없다. 훈데르트바서는 건축가일 뿐 아니라, 조각가이자 화가로서 구스타프 클림트, 에곤 실레와 함께 오스트리아를 대표하는 세계적인 예술가 중 한 명이다. 오늘날 최첨단 건축물이 현대인의 문명 의식과 문화생활을 반영해 속속 세워지는 현 상황에서 그 중간적 건축철학을 대표하는 이로 자리매김한 것이 바로 훈데르트바서다.

1928년 12월 15일, 비엔나에서 태어난 훈데르트바서의 어린 시절 이름은 '프리드리히 스토바서Friedrich Stowasser'다. '프리드리히'는 독일어로 '평화로운'이라는 뜻이고, '스토바서'에서 '스토sto'는 슬라브 어로 숫자 '100'을, '바서'는 '물wasser'을 의미한다. 그렇기에 그의 이름을 번역하면 '백수百水'가 된다. 실제로 훈데르트바서는 자신이 그린 그림 속에 '百水'란 한자로 낙관을 찍는 것을 좋아했다. 중국에 대한 남다른 관심 때문이었다. 일이 없는 사람을 뜻하는 동음의 우리말 '백수白手'와 그의 작품 세계가 묘하게 오버랩되는 것처럼 느끼는 건 나만의 착각일까?

더욱 흥미로운 건 훈데르트바서가 자신의 성姓에다 'Regentag', 'Dunkelbunt'라는 수식어를 별도로 추가해 사용했다는 것이다. 이 둘을 각각 풀이하면 '비 오는 날'과 '화려한 검정색'이라는 뜻인데, 그것은 그가 개인적으로 비 오는 날을 무척 좋아했기 때문이다. 그는 비 오는 날만큼 모든 자연의 색들이 선명하고 깨끗하게 보이는 때도 없다고 여겼다. 색채에 관심이 많았던 그로서는 화려한 검정색에 대비되는 화려한 색채를 적절히 활용함으로써 검정색을 더욱 검고 풍부한 색으로 돋보이게끔 만들었다.

훈데르트바서는 어린 시절 제2차 세계대전을 경험했다. 그때 전쟁으로 폐허가 된 곳에서 예쁜 꽃 한 송이를 발견한 그는 그 이미지를 영원히 간직하게 된다. 강렬한 그 기억은 자연과 인간이 조화를 이루기를 바라는 마음으로 승화되어 1949년 이후 건축과 그림 활동을 시작할 때 확고한 자기 신념의 표현으로 나타났다. 거기에 더해 자신의 이름에다 "평화롭고 풍요로운 곳에서 흐르는 백 가지 물"이란 뜻의 "훈데르트바서"라는 이름을 본명처럼 사용해 작품 활동을 전개한 것이다. 이런 깊은 뜻을 모두 담아 그의 이름을 불러보면 '프리덴슈라이히 레겐탁 둔켈분트 훈데르트바서Friedensreich Regentag Dunkelbunt Hundertwasser, 비 오는 날 화려한 검정색의 평화로운 백 길 물' 씨氏 정도가 될 것이다.

비엔나 미술대학을 중퇴한 훈데르트바서는 세계 여러 나라를 여행하면서 느낀 바를 클림트의 양식과 기법을 발전시켜 원색을 병치한 강렬한 색채효과와 대담한 장식화를 통해 독특한 추상화풍으로 창조해냈다. 그는 장식미를 중시하던 바로크 양식도, 직선미를 강조하던 루스의 기능주의도 아닌, 비정형의 곡선을 새로운 미학으로 끌어올리는 데 집중했다. 천편일률적인 네모난 창과 평면, 그리고 직선 구조의 무미건조한 건물을 생명력이 느껴지는 공간으로 바꾸고자 노력한 것이다. 1960년대에 그가 시작한 "도시에 나무를 심자"라는 운동은 바로 이런 그의 건축미학에서 출발한 것이다.

그는 평소 "당신은 자연에 들른 손님입니다. 예의를 갖추십시오."라며 건축물에 출입하는 인간의 자세에 관해 누누이 강조했다. 그것은 인간의 거주지를 자연의 부분으로 간주한 그의 건축철학에서 비롯한 것이다. 따라서 엄밀히 말한다면, 이것은 기능이 형태를 결정한다는 시각을 반영한 것이다. 자연미가 넘치는 곡선을 활용한 자연친화적 생활공간을 꿈꾸는 것 자체가 바로 형태가 기능을 따른 결과가 아닌가?

훈데르트바서는 비엔나 곳곳에 자연 친화적 건물을 차례차례 세워 나갔다. 쓰레기와 악취로 혐오스럽게 느껴질 법한, 필요악과 같은 비엔나 소각장을 시내 한복판에다 세우고, 자연친화적인 그의 미학을 예술 작품을 방불케 하는 건물로 바꿔 놓았다. 비엔나 슈피텔라우Spittelau에 위치한 쓰레기 소각장Müllverbrennungsanlage이 바로 그 주인공이다.

오늘날 비엔나 시민들은 이 건물을 특별히 존경한다. 거기엔 정치적, 사회적 적과 친구의 구별이 필요 없다. 시민 모두가 그를 진심으로 존경하게 만들었기 때문이다. 훈데르트바서에 얽힌 뒷이야기를 통해 그 사실을 확인할 수 있다.

사실 어느 도시나 쓰레기 소각장은 혐오의 대상이 되기 쉽다. 도시 발전을 가로막는 장애물 내지 고품격 생활을 추구하려는 욕망에 반하는 건물이라는 부정적 이미지가 강하기 때문이다. 쓰레기 소각장 자체는 도시를 유지하기 위해서는 필요불가결한 시설물이지만, 땅값과 집값을 떨어뜨리고 우범지대로 만들기 쉽다고 여겨 꺼리는 것이 일반적이다. 쓰레기에서 나오는 악취와 공해, 더러움에 대한 편견이 크게 작동할 수밖에 없다.

그런데 비엔나의 쓰레기 소각장은 다르다. 오히려 친서민적이고, 혐

◆ 훈데르트바서 소각장

오감이 전혀 없는 관광 명소로 탈바꿈했기 때문이다. 우여곡절 속에 오랜 진통을 겪었지만, 결과적으로 훈데르트바서라는 자연 환경가를 만나 자연친화적 건축 정책의 모범 사례로 바뀌었다. 그것만으로도 비엔나가 멋진 도시임에 틀림없다. 건물의 외형 뿐 아니라 무취무해無臭無害한 쓰레기 처리 기술을 적극 도입해 이를 삶의 질로 전환시킨 비엔나 시 당국의 철학과 의지를 우선적으로 칭찬하지 않을 수 없다. 혐오시설물을 예술작품화 하니 관광지화 하였고 고수익 문화자원으로 환골탈태했기 때문이다. 환경, 정치, 경제 측면에서 쓰레기 소각장은 여러 부가가치와 시너지 효과를 유발하는 원동력이 되었다.

처음에 비엔나 시에서 슈피텔라우에 쓰레기소각장을 재건축하고자 했을 때, 시민단체는 소각장 건립을 극력 반대했다. 그러나 1987년, 당시 비엔나 시장이었던 헬무트 질크Helmut Zilk는 시민들에게 비엔나 시 중심가에 소각장이 있어야 하는 이유를 구체적으로 설파했다. 물류비용 절감 및 열, 전기발생을 통한 온수 공급, 자체소비하고 남은 전기를 판매하고 다시 환경에 재투자하는 프로그램을 마련함으로써 국가적 이익까지 얻을 수 있다고 설득했다. 그러면서 최첨단 기술을 도입하여 시민들이 밖에서 언제든 지켜볼 수 있는 전광판을 설치하고 쓰레기소각장의 건축설계를 예술작품으로 만들겠다는 약속을 시민들에게 했다.

쓰레기 소각장 건물 디자인과 건축을 훈데르트바서에게 의뢰한 것 자체가 시장의 실행의지를 천명한 중대한 사건이나 마찬가지였다. 그러나 바서는 시장의 제안을 순순히 받아들이지 않았다. 오히려 쓰레기 소각장 건설 자체를 반대하면서 대신 그의 친구이자 환경운동가인 베른트 뢰치 Bernd Lötsch를 추천했다. 그로선 쓰레기 발생을 방지하거나 최소화할 수 있는 다른 대체 방법이 있음에도 불구하고 쓰레기소각장을 세우는 것 자체가 마음에 들지 않았기 때문이었다.

그러나 헬무트 질크 시장은 포기하지 않았다. 시민들을 끝까지 설득시키는 한편, 훈데르트바서가 쓰레기소각장 외부를 새로 디자인하는 일을 끈질기게 부탁했다. 그 과정에서 시장은 환경에 대한 약속 내용을 더 철저히 검토하고, 만반의 계획을 세워 나갔다. 예를 들어, 유해한 소각장 배출가스가 최신 배출가스 정화시설을 통해 걸러지게 되면 비엔나의 공기가 좀 더 깨끗하게 될 것이라 여겼다. 그리하여 구체적으로 60,000개의 아파트가 난방을 하게 될 것이며 비엔나 도시 환경을 한 단계 업그레이드 시켜줄 것임을 강조하고 설득했다.

결국 훈데르트바서도 시장의 노력에 감동한 나머지, 마침내 역사적 건축물 건립 참여를 수락했다. 쓰레기 소각장은 최첨단 기술을 사용한 유해가스 제거 기능을 갖추게 되었고, 거기에 훈데르트바서의 디자인이 더해져 오늘날 겉에서 보면 소각장인지 예술품인지 전혀 알 수 없는 세기적 명물로 재탄생하게 된 것이다.

건물 외벽은 개성 있고 아기자기하게 꾸며진 창문들이 알록달록한 원색으로 그려졌고, 벽면을 타고 자라는 덩굴, 황금색 모스크로 장식한 벽과 검은색으로 칠해진 격자무늬 패턴은 마치 그림 속에서 튀어나올 것만 같다. 아름답고 개성 있는 외관과 친환경적 기능을 더한 이곳은 매년 수많은 정부기관과 환경단체의 단골 견학 코스가 되고 있다. 이처럼 슈피텔라우 쓰레기소각장은 훈데르트바서를 기억하는, 가장 의미 있는 장소 중 하나다.

훈데르트바서는 소각장을 짓기 전인 1986년, 비엔나 시의 요청으로 영세민을 위한 '훈데르트바서 하우스'도 지었다. 1985년에 비엔나 3구에 지은 임대주택건물 '훈데르트바서 하우스'가 바로 그것이다. 건물 전체가 비정형의 곡선형 구조를 지니고 있거니와 그는 건물 곳곳에 나무를 심어 집이 살아 숨 쉬는 듯한, 동화 같은 건물을 창조해냈다. 이 임대주택건물이야말로 훈데르트바서가 평소 갖고 있던 인간중심적 사고를 가장 잘 이해할 수 있는 건축물이다. 이곳은 실제로 사람들이 거주하고 있는 공간으로 건물 내부와 외부디자인을 마치 평면의 회화그림이 3차원으로 적용된 것처럼 구성했다.

훈데르트바서 하우스에는 곳곳에 공공공간을 배치하였다. 이는 마치 1920년대에 소위 '레드 비엔나Red Vienna'의 시작을 알린 하일리겐슈타트Heiligenstadt 역 근처의 칼 마르크스 호프Karl Marx Hof 공공주택이 거주자의 편의성과 공공성을 강조한 시민 거주용 건물로 출발한 것과 상통한다. 모임 장소 겸 파티가 가능한 윈터 가든Winter Garden과 계단식 디자인의 지붕정원, 그리고 바닥을 곡선으로 만들어 미끄럼을 타며 놀 수 있게 설계한 어린이 놀이방이 그것인데, 이들 공간은 마당과 야외 회랑식처럼 개방된 장소에 마련된 것이라 특별한 거부감이나 분절적 공간이란 느낌이 들지 않는다.

지붕징원Tree tenants에는 250종류의 니무관목, 초목 등을 심어 인간과 자연의 조화를 추구하고 그 아름다움을 강조하고자 했다. 건물의 전반적인 형태는 아파트처럼 삭막한 현대식 직선형태의 건물이 아닌 곡선과 불규칙하게 벽을 작은 단위로 잘라 서로 다른 색과 질감으로 다양하게 구성된 건물이다. 이 또한 건설현장의 벽돌공들과 타일공들도 존중받아야 할 존재라는 의미에서 작업 중에 자유롭게 벽돌과 타일을 붙일 수 있도록 배려

◆ 훈데르트바서 빌리지 내부(위), 지하 화장실 입구(아래)

한 결과다. 건물에는 아기자기한 각기 다른 예쁜 창문들이 벽면을 장식하고 있다. 또한 건물 내부 화장실과 건물 앞 분수도 동화 나라 이미지로 다가온다.

작은 화장실 공간 안에 놓인 평범한 일상의 도구들도 자유로운 선의 움직임과 알록달록한 타일 속 색채와 어우러져 독특한 공간을 연출한다. 자유로운 손놀림으로 마구 그려진 것 같은 흐름의 선이지만, 실제로 보고 있노라면 훈데르트바서의 놀라운 미적 감각과 표현하는 것 자체에 대한 자부심과 자존심마저 느껴진다. 곡선적이고 불규칙한 장식 기법은 그의 모든 건축물에서 찾아볼 수 있는데, 이것이 그의 건축물임을 알려주는 고유한 아이콘과 같다. 특히 타일을 이용한 자유분방한 곡선의 장식 기법은 천재 건축가 안토니 가우디의 그것과도 흡사하다. 자연스런 곡선 자체가 자연적이라고 믿었던 건축가들. 벽면에 타일을 붙이면 예쁠 뿐 아니라 빛의 높이에 따라 채도를 달리 이용할 수 있다. 나뭇잎과 가지 사이로 쏟아지는 눈부신 햇빛의 찬란함 같은 빛의 향연을 타일 퍼즐을 통해 감상할 수 있다.

한 가지, 건물 외형만 보아서는 알 수 없는 흥미로운 사실도 있다. 훈데르트바서 하우스 입주 계약서가 바로 그렇다. 입주 계약서에 창문에 대한 입주자의 권리가 명시되어 있기 때문이다.

모든 사람들은 창문 밖으로 몸을 내밀어 자신의 세 번째 피부를 창조하고 개조할 권리가 있다. 팔이 닿는 만큼 자신의 집의 창문과 외벽을 개조하여 감금되어 있는 이웃들로부터 자신을 구별시켜서 멀리서부터도 모든 사람들이 저곳에는 자유로운 사람이 살고 있다는 것을 볼 수 있어야 한다.

평소 훈데르트바서는 이렇게 생각했다. 개성적인 창문에 대한 애정과
관심을 입주민들에 존중으로 연결시켜놓았던 것이다.

또 하나, 훈데르트바서 하우스 맞은편에 위치한 '훈데르트바서 빌리지'
건물도 가보시라. 강추하는 곳은 건물 안 지하에 있는 화장실이다. 거기서
당신은 클래스가 다른 화장실과 대면하게 될 것이다. 내려가는 계단도 예
쁜 타일로 장식되어 있는데 계단을 따라 내려가면 정면으로 푸른빛이 도
는 하얀 대리석의 작은 분수대에서 흘러내리는 물소리를 듣게 된다. 화장
실에서 나는 불쾌한 냄새라곤 일절 느낄 수 없고, 오히려 그 분수대에 걸
터앉아 있노라면 포근한 느낌과 편안한 쉼터 같은 느낌이 든다. 돈을 내고
남성용, 여성용 화장실을 사용할 수 있도록 되어 있는데, 그 가운데 벽은
코끼리 옆면을 형상화한 알록달록 타일이 아름답게 박혀 있다. 그리고 거
기에는 훈데르트바서가 1979년에 남긴, 다음과 같은 글이 적혀 있다.

The Sacred Shit-Shit Culture
Vegetation needed millions of years to cover poison and
gloomy gases with a layer of humus, a layer of vegetation
and a layer of oxygen, so that man can live on this earth.
Friedensreich Hundertwasser, 1979 / Audio installation of the
manifest played in toilet.

신성한 똥 - 배설물 문화
식물은 인간이 이 지구에서 살 수 있도록 수은과 우묵한 가스를
부식腐植층과 초목층, 그리고 산소층으로 바꾸는 데 수백만 년이 필
요했습니다. 훈데르트바서 1979년 / 그 분명한 징표 소리를 화장실
오디오 시설을 통해 들을 수 있습니다.

화장실에서 뿌지직 소릴 내며 똥을 싸거나 졸졸졸 오줌 누는 소리를 들을 때마다 인간 스스로 지구와 환경을 살리는 신성한 행위에 동참하고 있음을 느낄 수 있을 거란 말이다. 인간이 식물의 거름을 만들어주고, 그 분뇨거름을 통해 식물은 인간이 살아가는 데 필요한 산소와 각종 식물, 그리고 비옥한 토양을 만들어준다. 이처럼 자연은 순환해야 한다. 똥은 인간에게 더럽고 냄새나는 고약한 존재가 아니라 생명을 살리는 고귀하고 신성한 존재의 다름 아니다. 훈데르트바서는 화장실을 통해 자연과 인간의 공존, 공생을 주장했고, 도시 속에서 자연친화적인 생활을 거듭 꿈꿨다.

1980년대에 훈데르트바서가 꿈꿨던 병원, 주택, 교회 등 다양한 건축물들이 흩어져 있다. 이들 건물들에는 훈데르트바서가 즐겨 사용했던 나선형 형상, 유기체적 형상, 물방울 모양이 들어 있다. 직선을 배제하고 곡선의 자연미를 강조한 결과다. 이런 곡선의 미학을 훈데르트바서가 처음으로 이론화했다. 직선은 그에게 있어 무신론적이거나 부도덕하다. 생명 철학, 삶의 철학에 기반할 때 더욱 그렇다. 그에게 있어 물은 생명 유지에 있어서 불가피한 요소이고, 물방울로 표상되는 곡선의 미는 생명과 창조의 상징으로 연결된다. 이런 점에서 그는 '우리가 혼자서 꿈을 꾸면 오로지 꿈에 그치지만 모두가 함께 꿈을 꾸면 그것은 새로운 세상의 시작이 된다.'라는 자신의 소신을 현실 세계에 적용시킨 위대한 실천가라 할 법하다.

훈데르트바서는 건축가요 환경운동가였을 뿐만 아니라, 한 명의 화가였다. 화가로서 그가 그린 작품이 상당한데, 훈데르트바서 하우스에서 약 200미터 거리에 떨어진 훈데르트바서 박물관에 그의 대표작들이 다수 전시되어 있다. 소장 그림 중 1982년에 그린 〈세 번째 피부〉라는 제목

◆ 〈세 번째 피부〉, 1982

의 그림을 보자.

이것은 앞서 언급한 훈데르트바서 하우스를 설계하는 데 토대가 된 그림이다. 훈데르트바서는 창문을 세 번째 피부에 비유하곤 했다. 첫 번째 피부란 인간이 갖고 태어난 '피부'를, 두 번째 피부는 인간이 걸치고 있는 '옷'을 의미한다. 그리고 세 번째 피부란 바로 집의 '창문'을 의미한다. 창문은 그 안에 살고 있는 거주자의 개성을 보여주는 공간이다. 획일적인 도시 건물에 갇혀 사는 현대인들에게 창의적이고 개성 있는 삶을 지향하는 원천지로서 창문이 그 출구가 될 수 있다고 본 것이다. 그렇기에 건물에 나 있는 창문들이 모두 천차만별이다.

영화 〈반지의 제왕〉에 등장하는 '호빗 마을' 역시 훈데르트바서의 작품이다. 1993~97년에 걸쳐 오스트리아의 슈타이어마르크 주州 온천지역 Styria's Thermal의 작은 마을과 바드 블루마우 온천 마을 전체를 리모델링해 만들었다. 영화를 보면 지구상에 이런 마을이 있을까 싶을 정도다. 〈반지의 제왕〉의 촬영 로케이션 장소로 뉴질랜드가 자주 소개되어 그곳만 관광객이 찾는 명소가 되었지만, 훈데르트바서의 마을은 작지만 그의 다양한 건축 개념과 이상이 오롯이 구현된 꿈의 공간으로 그 순수함을 간직하고 있어 더 좋다.

'눈구멍 집eye-slit house'이라 불리는 건물은 마치 인스부르크에 위치한 오스트리아 보석 가공 회사 스와로브스키Swalovski 본부 건물 입구에 만들어 놓은 거인 얼굴 형상과 닮아 있다. 그리고 '움직이는 언덕의 집shifted-hills house'은 마치 일본 미야자기 하야오 감독이 만든 애니메이션 영화 〈하울의 움직이는 성〉과도 비슷하다. 지붕은 버섯 모양으로 동선 아래로 파묻힌 것처럼 완만한 곡선 형태로 되어 있고, 2,400여 개가 넘는 다양한 크기와 모양의 창문, 그리고 알록달록하게 칠해진 외벽과 금색 돔은 쳐다만 봐도 황홀경에 빠져들게 만든다.

스와로브스키 회사나 미야자기 감독, 그리고 훈데르트바서의 공통점은 바로 자연 친화적이고, 인간이 거주하는 공간이 자연과 생태계가 사는 공생의 장소여야 한다는 믿음을 실천하고자 했던 예술가였다는 점이다. 건축을 통한 인간과 자연의 치유를 위하여 훈데르트바서는 전 세계의 많은 건축물을 리모델링하면서 평생을 바쳤다. 가히 색채의 마법사, 건축치료사라는 별명이 과찬이 아님을 그의 건물 앞에 설 때마다 온몸으로 느낄 수 있다.

훈데르트바서는 2000년 71세의 나이에 심장마비로 사망했다. 사후 유

◆ 하스 하우스(왼쪽)와 슈테판 성당(가운데) 야경

해는 그의 유언에 따라 관 속이 아닌 나체 상태로 뉴질랜드에 자신이 심었던 튤립나무 아래 묻혔다. 이처럼 자연과 인간의 삶의 조화에 대한 평생의 고찰과 공공미술, 환경보호, 인간존중을 위한 계획과 실현을 위해 앞장 선 훈데르트바서는 건축물의 미적 아름다움과 예술적 표현뿐만 아니라 오늘날 우리의 삶에 질리지 않는 진한 여운을 남겨준다.

훈데르트바서의 건축은 오스트리아 건축사에서 바로크 시대 장식 위주의 건축에 대한 반동으로 나타난 루스식의 평면과 직선 위주의 비장식적 건축을 아우른, 소위 건축 미학의 변증적 산물로 그 독자적 영역을 확보했다. 보는 이들로 하여금 때로는 동화를 짓게 만들고, 때로는 휴식과 낭만을 맛보게 하는 건축과 공간 예술, 훈데르트바서의 고독한 영혼은 이에서 비로소 그 불멸의 생명을 얻은 것이 아닐까?

건축의 진화, 그 끝은 어디인가?

건축에 관한 한, 오스트리아에서 한스 홀라인Hans Hollein, 1934~2014의 건축물 또한 빼놓을 수 없다. 비엔나 태생의 홀라인은 건축가라기보다 예술가라 해도 좋다. "모든 것이 건축이다"라는 반어적 선언으로 유명한 그는 모든 건물을 독특한 감각으로 새롭게 재해석하되 모던 양식을 한 번 더 뒤집는 변형 속에서 보는 이로 하여금 신선함과 편리함을 느끼게끔 만드는 탁월한 재주를 지녔다. 대표작이 바로 슈테판 성당 맞은편에 세워진 하스 하우스Haas-Haus이다.

슈테판 성당과 광장은 비엔나 관광객과 비엔나 시민이 가장 많이 찾는 명소 중 1번지이다. 비엔나 여행의 일번지라면 뭐니 뭐니 해도 슈테판 성당이다. 도성과 다뉴브 강으로 둘러싸인 원형 형태의 비엔나 중심부에는 슈테판 성당을 정점으로 그 주위에 왕궁과 각종 부속 건물들이 들어서 있다. 비엔나 중심부 중에서도 사통팔달한 위치에 자리한 슈테판 성당의 첨탑은 근대 이전 건물 중 가장 높은 134m로 비엔나 근교에서 보아도 이정표 역할을 하기에 충분하다.

이 슈테판 성당은 비엔나에서 흔히 볼 수 있는 바로크 양식의 성당이 아닌, 고딕 양식의 성당이다. 중세에 로마네스크 양식의 뒤를 이어 고딕 양식의 건물이 지어질 때만 해도 앙상한 뼈로 만들어진 듯한 고딕 건물들을 좋아하지 않았다. 그러나 수백 년이 흘러 세계의 문호 괴테^{Goethe}가 고딕 건물의 아름다움을 재평가한 이후로 신 고딕 양식의 건물이 붐을 이루게 되지 않았던가? 처음 슈테판 성당은 1147년에 네오마르크 양식으로 지어졌다. 그러다가 합스부르크 왕가가 들어선 후 1359년에 네오마르크 양식을 아예 없애고 고딕 양식으로 새롭게 지은 것이 오늘에 이르고 있다. 오스트리아 고딕 양식의 성당을 대표하는 오래된 성당이다.

그런데 슈테판 성당에 가본 사람만 안다. 그곳에서 슈테판 성당만큼이나 홀라인의 건물을 무의식적으로라도 쳐다보지 않을 수 없다는 사실을 말이다. 비록 그 건물을 홀라인이 지었는지는 몰라도, 그 건물이 있다는 사실은 누구나 다 안다. 1985년에 짓기 시작해 1990년에 완성한 '하스 하우스'가 바로 그렇다. 이 건물은 100년 전 루스 하우스처럼 처음엔 낯선 주제라는 이유로 많은 비난을 받아야 했다. 훈데르트바서 건축물처럼 비정형으로 일그러진 것도 아니면서 평면의 단일한 반복 배치를 지양하려는 시도, 즉 커브형의 벽면에 대리석과 유리를 반반씩 사용하는 파격

◆ 한스 홀라인-하스 하우스

◆ 한스 홀라인, 비엔나 관광안내소

적인 건축물을 창조해냈기 때문이다. 중세 고딕 건축물의 총집합체라 할 슈테판 성당 옆에 한스 홀라인의 최첨단 포스트모던 건축물이 마주하고 있기에 사실 이것은 부조화스럽다 해도 당연하게 여길 법하다. 게다가 다수에게 낯설고 이질적이면 부정적으로 매도당하기 쉽다.

그러나 홀라인의 건물 위치와 형태는 신의 한 수와 같다. 흔히 누드 건물의 특징이라 할 통유리 유리 벽면을 통해 실내에서는 자연 채광이 가능할 뿐 아니라, 밖에서는 유리에 비친 슈테판 성당의 멋진 모습을 감상할 수 있기 때문이다. 건축을 통해 일석이조의 효과를 선보인 작품이라는 점에서 오히려 보는 이들의 감탄을 자아내는 명물로 자리 잡았다. 2019년 현재 약 30년 된 건물이지만 마치 최근에 지은 최첨단 건물처럼 착각하게 만드는 것도 바로 홀라인 하스하우스만이 지닌 매력이다.

비엔나를 찾는 관광객이 제일 먼저 찾는 '관광 인포메이션 센터'도 한스 홀라인의 작품이다. 관광안내소를 예술 작품으로 승화시킨 공간이다. 실용성과 미학이 만나 다시 찾고 싶은 장소로 만들었다. 비엔나를 처음 방문해 시내 구경을 시작하는 이들에게 비엔나를 심쿵하게 만드는 첫 번째 이유는 한스 홀라인이 설계한 관광안내소가 주는 포근함과 편리함, 그리고 거기에 얹은 심미성 때문이 아닐까? 이처럼 비엔나에는 한스 홀라인의 이런 불협화음 같은 건축물들이 교묘하게 공존하며 과거에서 현재로, 그리고 미래를 견인해 가는 상징물로 자리를 잡아가고 있다. 외지인의 시선으로 볼 때, 신구의 조화를 이룬 비엔나 건축물은 시간과 역사, 기능, 그리고 미학의 앙상블과 같다.

시내에서 조금 시선을 바깥으로 돌려보더라도 개성이 가득한 건축물을 쉽게 발견할 수 있다. 일반 시민들의 휴식 공간이자 생활공간인 아파

◆ 뤼디거 라이너(Rudiger Lainer)의 아파트(위 아래)

트도 그러한 변신에서 자유롭지 못하다. 흔히 복도식, 계단식 정방형의 아파트라는 통념을 깨부순 건물이 그 하나다.

뤼디거 라이너Rüdiger Lainer, 1949~가 2008년에 비엔나 제10구 파보리텐Favoriten 지역의 주택가Buchengasse 157에 지은 아파트는 열린 성냥갑이 하늘 위에 떠 있는 듯한 형상의 건물이다. 지상에서 아파트를 쳐다보면 거대한 성처럼 아파트 건물 세 동이 둘러싼 가운데 주황색과 노란색, 그리고 밝은 청색으로 색칠된 외벽 중간에 베란다를 길게 빼놓은 듯한 공간이 들쑥날쑥 어지럽게 배치되어 있다. 돌출된 베란다식의 장소는 통유리로 되어 있어 그곳에 있는 사람은 마치 자신이 허공 위에 떠 있는 듯한 착각을 불러일으키기에 충분하다. 건물 전체가 하나의 정방형도 아니지만, 그렇다고 훈데르트바서의 곡선형 건물도 아니다. 규칙적인 듯한 불규칙성을 통해 아파트를 거주 공간으로서 뿐만 아니라 휴식과 감상의 공간으로 바꿔놓은 것이다. 즉, 형태가 기능을 바꿔놓은, 또 하나의 좋은 사례다. 최근 국내에서도 이런 건축물이 조금씩 보이기 시작했다.

그런가 하면 아우구스트 사르니츠August Sarnitz, 1956~가 2004년에 지은 아파트Leebgasse 46는 훈데르트바서의 '도시에 나무를 심자'라는 모토를 또 다른 형태로 실현시킨 건축물이다. 아파트 건물 형태는 사각형의 일반적 구조로 되어 있지만, 건물 외관과 내부를 식물원 내지 온실 장식으로 모두 바꿔 놓았다. 건물 전체가 따뜻한 느낌의 연녹색과 노란색 배합의 색깔로 되어 있고, 유리로 된 작은 베란다는 화단처럼 꽃과 식물 그림으로 가득하다. 베란다를 향해 창문이 아닌, 문이 나 있다. 문을 열고 베란다로 나오면 꽃밭에 서 있는 느낌을 자아낸다. 모던하면서도 심플한 구조에 자연친화적이며 인간적 정감이 묻어나는 분위기를 연출해냄으로써

◆ 비엔나-현대와 과거 건축물의 조화

왼편에 있는 오래된 건물과 오른편에 있는 신식 건물 사이에서 중용의 건축미를 발산시키고 있다.

비엔나의 골목을 걸어보았는가? 그러면 당신은 어느 건물 하나도 똑같은 모양과 형태가 반복되는 경우가 없음을 알아차릴 것이다. 마천루가 즐비한 중국 상하이 역시 개인 주택부터 아파트, 공공사무실 건물에 이르기까지 동일한 형태의 건물을 짓지 않는 것이 특징이다. 영향 관계를 따질 일이 뭐 있는가? 무질서의 합리성을 추구한 것으로 이해하고 넘어가도 좋으리라. 비엔나 골목과 거리 어디를 들어서든 당신은 한껏 멋을 부린 건축 박물관과 만나게 된다. 그 공간은 일하고 잠자고 먹고 대화하는 기능을 고려하면서 형태를 통해 한껏 그 기능의 효율성을 극대화하고자 한 소수 예술가의 통찰이 묻어 있다. 어디를 간들 건축 잔치이다. 그러니 비엔나를 사랑하지 않을 수 없다.

건물 하나를 짓더라도 과거와 현재, 저 곳과 이곳의 질서와 변화를 두루 고민한 흔적이 역력하다. 건물들을 쳐다볼 때마다 그 건물을 지은 건축가는 과연 무슨 생각을 했을지 그 의미의 흔적을 뒤적이게 만든다. 나를 궁금하게 만드니 부럽기 짝이 없다. 한국에서 어느 건물을 보며 그 건축가가 누구이며, 건축에 숨은 내력이나 이야기가 있는지 궁금해 한 적이 많지 않았다. 건축물은 도시의 얼굴이자 도시민의 감정이다. 도시를 보면 그곳에 사는 이들의 마음과 성격을 읽을 수 있다.

그렇다. 중세의 바로크와 고딕 양식, 그리고 근대의 모더니즘 양식이 교묘하게 공존하고 있는 도시 비엔나. 고대 그리스 신전을 옮겨놓은 듯한 화려한 고대 건축 예술의 백미라 할 국회의사당과 날렵하면서도 간단명쾌한 느낌을 선사하는 알베르티나 미술관이 공존하는 도시 비엔나. 전통 문화와 예술을 먹고 살지만, 최첨단 기술을 생활 속에 접목시키며 자유롭게 살아가는 비엔나. 자유 속에 질서가 있고, 형태를 통해 기능을 극대화한 도시이기에 비엔나는 영악하다. 그래서 이런 도시 비엔나를 감히 "천재다!" 라고 부르는 데 주저함이 없다.

둘. 합스부르크 제국, 그 거만함의 이정표

비엔나, 역사에 이름을 남기다

도나우 강을 따라 프라하, 비엔나, 그리고 부다페스트가 위치해 있다. 오늘날 각각 체코, 오스트리아, 그리고 헝가리의 수도인 이 도시들은 과거 합스부르크 제국의 영욕榮辱을 함께 했던 곳이기도 하다. 수백 년 전 과거의 모습을 그대로 간직하고 있는 것도 동일하다. 제2차 세계대전 당시 전쟁의 피해를 입지 않았기에 더더욱 과거의 아름다움을 그대로 유지하고 있다. 그러나 운이 좋아 피해를 입지 않은 게 아니다. 프라하는 독일과 싸워보지도 않고 항복했고, 비엔나는 독일국과 함께 전쟁을 일으킨 일원이라 전화의 피해를 입지 않았다. 폴란드 바르샤바 시민들이 죽기 살기로 독일군에 대항해 싸우다 전체 100만의 바르샤바 시민 중 20만 명이 죽고 도시가 폐허가 된 것과 달리, 프라하 시민들은 독일군에게 무조건 항복을 했다. 오늘날 프라하와 비엔나는 관광객이 가장 즐겨 찾는 아름다운 도시이지만, 그 이면에는 역설적으로 역사에 비겁했거나 강대국에 편승한 조력자라는 꼬리표가 따라 붙는다. 정신을 팔아 외적 아름다

◆ 크고 화려한 비엔나 건물들
-과거의 영광을 재현하려는 듯한 오스트리아 국기가 석양에 물들고 있다.

움을 구한 결과라 할 것이다.

그러나 과거의 선택이야 따져 무엇 하랴. 과거의 유산을 이어받아 오늘날 어떻게 활용하느냐가 더 중요하다. 아니 후손에게 과거 유산을 어떻게 물려줄 것인가가 더 중요하다. 프라하, 비엔나, 그리고 부다페스트. 서북에서 남동쪽 대각선으로 위치한 이 세 도시는 제국의 도시로서 각기 같은 듯 다른 고유한 멋을 자랑한다.

체코 프라하가 관능적 도시라면, 오스트리아 비엔나는 짙게 화장한 도시와 같다. 혹자는 헝가리의 부다페스트를 흑진주에 비유한다.* 진한 회색빛 건물이 많기 때문이다. 반면 붉은색 기와지붕이 인상적인 성과 집들로 가득한 프라하는 또 다른 매력을 발산한다. 이에 반해 비엔나는 크고 화려하며 다채롭다. 육각형 모양의 링 스트라세street를 중심으로 왕궁과 각종 화려한 건물들이 배치된 비엔나는 다이아몬드를 떠올리기에 충분하다. 주변국 슬로베니아의 류블랴나, 슬로바키아의 브라티슬라바는 어떠한가? 작지만 단아하면서도 아담한 순수미로 색다른 매력을 발산하는 도시들임에 분명하다.

비엔나에는 이미 기원전부터 로마군이 들어와 살았다. 왕궁 입구의 미하엘 광장에 로마인들이 쌓았던 성벽과 벽난로 등이 남아 있어 이를 증언한다. 로마인들이 물러간 후에는 훈족, 마자르족헝가리 인, 루마니아 인을 거쳐 슬라브 인이 비엔나에 들어와 살았다. 이때 비엔나 지역을 당시 '베니아wenia'라 부른 데서 지금의 빈wien, 곧 비엔나로 불리게 되었다. 오늘날 슬로베니아란 나라 이름은 'Slo+wenia'가 결합된 것으로 '슬라브의 비

---

* 이인성, 『빈-예술을 사랑하는 영원한 중세 도시』(살림지식총서 296), 살림출판사, 2007, 4쪽.

엔나'란 의미를 갖고 있다. 또한 슬로바키아란 나라 이름은 '슬라브 형제'를 의미한다. 슬로베니아와 슬로바키아 모두 합스부르크 제국시절 통제를 받았다는 것 외에도 역사적 뿌리를 더듬으면 먼 인·친척뻘 되는 형제국가임을 알 수 있다.

오스트리아를 서유럽이 아닌, 중·동유럽으로 포함시킬 수 있는 이유도 비단 지리적 위치 때문만은 아니다. 역사와 문화가 주변 나라들과 운명을 같이 해오고 있기 때문이다. 976년 독일 신성로마제국에서 비엔나 지역에 바벤베르크 가문의 레오폴트 1세를 '변방 백작'으로 임명했다는 기록이 남아 있다. 이를 근거로 역사학자들은 비엔나 역사를 1천 년으로 잡는다.

서유럽에서 볼 때 오스트리아 지역은 변방에 불과했다. 996년에 신성로마제국 황제인 오토 3세가 비엔나 지역을 '오스타리치Ostarrichi'로 부른 것에서 기인해 현재 국가명인 '오스트리아'가 나왔다. 이때 '오스트'는 독일어로 '동쪽'이란 뜻이고, '리치'는 '격리된 곳'이란 뜻이다. 즉 오스트리아는 동쪽의 변방, 오지란 의미를 갖는다. 이는 마치 중국을 기준으로 동쪽에 위치한 우리나라를 동쪽의 오랑캐라는 의미의 '동이족東夷族'으로 부르고 '동쪽 바다에 위치한' '해동국海東國', 또는 '해동성국海東聖國'으로 부른 것과 비슷하다. 오스트리아와 한국의 닮은꼴을 여기서 찾는다면 지나친 억지일까?

합스부르크 제국의 거만함

비엔나는 역사에서 '보수'라는 꿀을 발라 놓은 도시일 성싶다. 가톨릭과 바로크문화, 절대왕정이 보수를 구성하는 핵심요소다. 르네상스 이후 독일을 비롯한 여러 나라에서 종교개혁의 바람이 불고 시장경제를 통한 부축적이 활발해지면서 시민 계급이 등장했고 계몽주의 사상이 유럽 각지에 퍼져나갔다. 그러나 합스부르크 제국의 심장부였던 비엔나만큼은 꿈쩍도 하지 않았다. 오히려 기존의 가톨릭을 무기 삼아 더욱 굳건히 집단주의 의식을 강화해 나가는 데 힘을 쏟았다. 가톨릭 성직자가 하는 말은 철저히 믿고 따르고자 했다. "개인은 근본적으로 악한 존재다. 그러므로 개인은 통제를 받고 질서를 지켜야 한다."는 보수주의 논리가 기가 막히게 작동한 곳이었다.

합스부르크 가문마다 집단주의 정신을 강조하는 가톨릭 성직자를 후원했다. 그 때문에 오스트리아 곳곳에 다양한 교파의 가톨릭교회와 수도원이 세워졌다. 성당마다 경쟁적으로 바로크 건축·예술기법을 동원해 실내외 장식을 가한 것도 바로 보수적 가톨릭주의를 세뇌시키기 위함에서였다. 예컨대, 성당 내 천장화나 벽화를 보면 추락하는 천사의 모습을 자주 목도하게 된다. 이것은 르네상스 인문주의자의 지적 오만함을 경고하기 위한 목적에서 일부러 그려 넣은 것이다.

비엔나의 건축물과 성당 내부 장식은 화려하기 이를 데 없다. 세계에서 가장 아름다운 수도원이라 평가받는 멜크Melk 수도원움베르토 에코가 쓴 소설 『장미의 이름』의 실제 배경지이나 에드몬드Edmond 수도원 내부 장식을 보면 화려하기 이를 데 짝이 없다. 바로크 양식 건축예술의 총산과 같다. 왕궁은 물론이려니와 도

◆ 멜크 수도원 전경(위)
멜크 수도원 성당 제단 장식-바로크 문화의 화려함(중간)
멜크 수도원 내 나선형 계단(아래)

서관과 음악당, 각종 공공건물도 바로크 문화를 그대로 간직하고 있다.

비엔나 귀족들은 유럽 어느 지역보다도 가톨릭 세계 수호를 최고의 가치로 여겼다. 이슬람 세력의 맹주로 자처하는 투르크족이 호시탐탐 유럽으로 쳐들어올 때마다 그 침입을 막아내는 데 온 힘을 쏟았던 것도 바로 합스부르크 왕가와 비엔나 귀족의 종교적 신념 때문이었다. 또 한 가지, 정략적 결혼을 통해 가톨릭 세계를 수호할 동맹국을 포섭해 나갔다. 15세기에는 막시밀리안 황제가 프랑스 접경에 있던 부르군트 왕국의 마리아 공주와 결혼해 수도를 인스부르크로 옮겼고, 16세기 말 루돌프 2세는 수도를 프라하로 옮겼다. 그 후 독일이 마틴 루터의 종교개혁 여파로 혼란 상황이 지속되자, 비엔나가 신성로마제국에서 완전히 벗어나 가톨릭 성직자와 귀족들이 주도한 국제도시로 급부상하게 되었다.

이후에도 합스부르크 가문이 이슬람 세력의 침입으로부터 가톨릭 세계를 보호하는 방패 역할은 지속되었다. 15세기에 비잔틴 제국의 수도였던 이스탄불을 점령한 오스만 투르크족은 영토 확장을 위해 비엔나를 거쳐 유럽으로 진출하고자 했다. 이교도 세력과 맞닥뜨린 비엔나는 신앙심 덕분에 신의 가호를 받았는지 번번이 이교도를 물리칠 수 있었다. 추운 날씨가 도와주기도 하고, 폴란드 용병의 적절한 참전으로 투르크족을 물리치기도 했다.

투르크족이 물러나자, 비엔나는 신의 보호라 믿고 안심하며 대대적인 도시 건설을 시작했다. 실제로 이후 100년 동안 별다른 전쟁 없이 비엔나는 평화기를 구가했다. 이때 합스부르크 왕실과 귀족들은 파리와 비교될 만한 도시를 건설하고, 바로크 문화를 내세운 절대왕정을 확립할 수 있었다. 이 평화기에 지어진 건물 중엔 비엔나 남쪽에 세워진 벨베데르

Belvedere 궁전1721이 대표적이다.

벨베데르 궁전은 파리에 있는 베르사유 궁전을 본 따 힐데브란트가 지었다. 경사진 곳을 궁전 부지로 정하고 하궁下宮과 상궁上宮을 배치한 후 그 중간에 베르사유 정원을 닮은 정원을 조성했다. 그리고 이 궁전에는 프랑스 태생으로 오스만 투르크족과의 전쟁을 승리로 이끈 오이겐 왕자가 살았다. 비엔나는 출생지나 국적 상관없이 가톨릭 세계를 지켜낸 이를 영웅으로 떠받들며 다문화 국제도시로 변화해 갔다. 오이겐 왕자의 동상은 현재 신 왕궁Neue Hofburg 앞의 영웅광장에 앞발을 들고 있는 말 위에 올라탄 이의 모습으로 비엔나 중심부에 당당하게 서 있다. 현재 벨베데르 상궁 건물은 클림트의 〈키스〉를 비롯해 세계적인 명화를 다수 소장한 미술관으로 사용되고 있다.

가톨릭을 절대적으로 숭상하며 바로크 문화의 최고를 구현해낸 합스부르크 왕가의 절대왕정과 귀족들을 '꼴통 보수'라 한다면, 조선시대에 성리학을 절대 이념으로 떠받들며 '충효열忠孝烈'이란 집단주의 보수 의식을 생활 전반에 스며들며 만들고, 그들만의 경직된 세계를 구축해 나간 사대부 양반들 역시 '꼴통 보수'였다. 다만 합스부르크 제국하의 위정자들은 비엔나를 제국의 수도이자 국제도시로 만들어나가야 했기에 관용을 미덕으로 합리적 보수를 추구했다면, 조선의 위정자들은 명나라를 이은 소중화小中華 국가를 자처하며 실제보다 관념과 명분을 중시하는 맹목적 보수를 지향했다. 이것이 시대착오적이고, 거만함의 증표였음은 훗날 역사에서 공통적으로 확인할 수 있다.

합스부르크 제국의 거만함은 또 다른 곳에서도 확인된다. 바로 페스트 퇴치 기념탑이다. 1667년 비엔나의 암호프Amhof 광장에 마리아 탑이

◆ 벨베데르 상궁에서 하궁을 바라본 풍경

◆ 그라벤(Graben) 거리 한복판에 세워진
'성삼위 탑(Die Heilige Dreifaltigkeit)'

세워졌다. 이 탑 하단부에는 천사 네 명이 짐승 네 마리를 짓밟고 있는 형상을 한 조각상이 있는데, 네 마리의 짐승은 각각 뱀과 용, 바질리스크 도마뱀, 그리고 사자다. 이 동물들은 각각 흑사병과 전쟁, 기근과 이교異敎를 상징한다.*

당시 흑사병은 전쟁보다도 더 무섭게 여긴 공포의 대상이었다. 비엔나 인구의 1/3이 죽어 나간 1541년 흑사병과 1679년에 1만 2천 명의 목숨을 앗아간 흑사병이 대표적이다. 그런데 흑사병 퇴치는 신의 소관이라 여긴 까닭에, 그 원인과 해결책을 종교에서 찾고자 했다. 비엔나에 살던 이교도인 유대인들이 흑사병을 퍼뜨리는 주범이라 몰아간 것이 그것이다. 그렇기에 유태인이 공동우물에 흑사병으로 죽은 이들을 집어넣었다는 식의 소문을 만들어 유태인을 죽이거나 내쫓았다. 흑사병 퇴치 기념탑을 자세히 보면 유대인을 상징하는 사자를 짓밟고 있는 조각상이 보인다. 이런 아이콘을 보며 비엔나 사람들은 가톨릭 신앙으로 더욱 단결하고 신앙심을 키워나갈 수 있었다.

구시가지 중심거리 중 하나인 그라벤Graben 거리 한복판에 세워진 '성삼위 탑Die Heilige Dreifaltigkeit'도 마찬가지다. 원래 흑사병 퇴치를 기념해 세운 목탑이 있었던 자리에다 레오폴트 1세가 1692년에 침공한 투르크 족을 물리친 후 신에게 감사를 표하기 위해 세운 것이다. 합스부르크 제국을 지키는 신에 대한 믿음을 바로크 양식으로 화려하게 표현해낸 기념탑의 극치를 보여준다.

전체적으로 천사와 성인들이 마녀를 제압하는 모양을 한 거대한 탑은

---

* 이인성, 『빈-예술을 사랑하는 영원한 중세 도시』(살림지식총서 296), 살림출판사, 2007, 21쪽.

성부·성자·성령 성삼위가 기둥 세 개로 버티고 있는 형상을 하고 있다. 그리고 소용돌이치며 솟아오르는 듯한 탑의 모습은 죽음의 고통으로 몸부림치는 모습을 형상화했다. 자세히 탑신의 조각 내용을 뜯어보면 합스부르크 왕가의 신앙고백, 아니 레오폴트 1세의 고해성사를 확인할 수 있다. 턱 주걱처럼 긴 턱을 한, 못생긴 자신의 얼굴을 가감 없이 노출시키며 레오폴트 1세가 신에게 감사의 기도를 올리는 모습을 사실적으로 조각해놓도록 한 것도 바로 백성들에게 신의 보호 아래 모두가 평안할 수 있음을 깨닫게 하기 위한 것이었다.

정략결혼을 통한 불안한 평화

유럽의 역사는 복잡하다. 오죽하면 유럽 국가마다 역사 교사는 특별 수당을 받는다는 농담까지 생겨났을까? 나라만큼 유럽 내 도시도 수많은 사연과 역사를 지닌 채 고유한 전통을 이어오고 있다. 근대적 의미의 국가가 성립되기 전에는 더더욱 도시별로 자치 영역을 유지해왔다. 이런 와중에 유럽을 국가처럼 지배해온 양대 산맥은 프랑스의 부르봉 왕가와 오스트리아의 합스부르크 왕가다.

이 중 합스부르크 왕가의 중심지가 바로 비엔나다. 600여 년 넘게 이어져 온 합스부르크 왕가와 그 제국의 원천이 바로 비엔나였다. 신성로마제국의 황제가 합스부르크 왕가 출신이었기 때문에 1871년에 비스마르크 주도하에 독일이 통일하기 전까지 합스부르크 제국은 남부 독일과 체코의 보헤미아 지역, 슬로바키아의 모라비아 지역, 폴란드의 실롱스크

Śląsk, 독일어로 Schlesien와 갈리치아Galicja 지역, 헝가리, 슬로베니아, 크로아티아, 북서부 루마니아, 보스니아 등 유고 지역, 그리고 이탈리아에 이르기까지 11개 다민족 국가를 다스렸다.

신성로마제국은 966년 탄생해 1806년에 사라질 때까지 제국이란 미명하에 존속되었지만, 그 제국은 기독교를 공통 이념으로 하고 라틴어를 공동문어로 사용하던, 한없이 자유로운 연방체에 불과했다. 즉, 자국어로서의 독일어에 대한 특별한 민족어 의식이 없었고, 독일 민족이라는 민족의식도 없었고, 그저 기독교라는 보편종교의 이념으로 결속되어 있었던 국가였을 뿐이다. 그렇기 때문에 신성로마제국의 황제는 비엔나에 거하면서 독일까지 다스렸고, 그가 곧 오스트리아 합스부르크 제국의 수장이기도 했다. 합스부르크 제국은 각기 다른 법 체제를 존중하며 각기 다른 통치 기관이 권한을 갖고 통치하던 연합체 성격의 제국이었다. 그렇기 때문에 이런 제국의 수도로서 비엔나에서는 수많은 이민족 통치를 위한 각종 회의가 열리고, 의회가 마련되고, 각 민족의 문화가 들어와 섞이고 새롭게 창조해내는 일들이 빈번히 일어났다.

마리아 테레지아 여왕은 18세기에 프랑스 계몽주의 영향하에 비엔나와 국가를 새롭게 만들고자 힘쓴 계몽군주로 유명하다. 그녀는 1740년부터 1780년까지 여왕으로 군림했는데, 무엇보다 가톨릭교회의 특권과 귀족 병역 특례를 혁파하는 일에 앞장섰다. 농노제도 없애고 의무교육을 실시하고, 출판법을 완화하는 정책을 추진했다. 그 결과 합스부르크 제국의 통치하에 있던 주변국에도 봄바람이 불었다. 예컨대, 주변국 슬로바키아에서는 출판이 자유로워지고 서적 유통이 활발해짐에 따라 세책賣

冊, 도서대여 독서와 지식의 확산이 빠르게 이루어질 수 있었다.*

　반면, 대외적으로 테레지아 여왕은 왕자 16명과 공주들을 유럽 각국의 왕실과 정략적으로 혼인을 맺는 방식으로 국력을 다져 나갔다. 평생 임신 출산을 반복하면서 결혼을 통해 평화 관계를 유지하는 것을 국가적 신념으로 여겼다. 프랑스 국왕 루이 16세의 왕비이면서 프랑스 대혁명 과정에서 단두대의 이슬로 사라진 마리 앙투아네트는 마리아 테레지아 여왕의 마지막 딸이었다. 이처럼 결혼을 통해 무혈無血로 영토를 확장해 나가는 재주가 뛰어났던 테레지아 여왕은 재위 시절 합스부르크 제국의 영토를 북쪽으로는 폴란드 남부까지, 서쪽으로는 스페인까지, 남쪽으로는 이탈리아 북부와 유고슬라비아까지 확장해 나갔다. 중부 유럽 대부분의 땅을 차지하고 합스부르크 제국의 면모를 전 세계에 알린 것도 바로 이때였다. 오늘날 비엔나 시민들이 사랑하는 쇤브룬Schönbrunn 궁전은 마리아 테레지아 여왕의 여름 별궁이었다. 그 궁전 크기와 정원의 규모만으로도 합스부르크 제국의 힘과 영광을 짐작하고도 남음이 있다.

　그러나 프랑스 대혁명은 유럽 내 바로크 절대왕정 국가들에 커다란 위기를 가져다주었다. 절대왕정 국가마다 아무리 언론을 통제하고 불온한 사상 전파를 막고 백성들의 귀와 입을 막으려 했지만, 자유와 평등을 외치는 시민들의 목소리는 커져만 갔다. 급기야 나폴레옹 군대가 오스트리아 비엔나까지 쳐들어왔다. 당시 비엔나 인들이 받았던 정신적 충격은 이루 말할 수 없었다. 합스부르크 왕가의 중심지가 허무할 정도로 형편

---

* 이민희, 『18세기 후반 서적유통 및 세책(貰冊) 문화 비교 연구-한국과 슬로바키아의 사례를 중심으로』, 『열상고전연구』 제49집, 열상고전연구회, 2016, 237~281쪽.

◆ 쇤브룬 궁전(정원 방향)(위)
쇤브룬 궁전 왕궁정원과 저 멀리 언덕 위에 보이는 글로리에테(아래)

없이 패하고 말았기 때문이다.

　나폴레옹 군대가 비엔나에 입성한 것은 1805년이었다. 몇달간 나폴레옹이 비엔나에 머무는 동안, 새로운 세계 건설과 나폴레옹의 혁명 정신에 관해 수많은 이야기가 만들어졌다. 그러나 나폴레옹이 돌아가자, 언제 그랬냐는 듯 비엔나 사람들은 역시 기존의 절대왕정 시스템으로 돌아갔다. 오랫동안 합스부르크 왕가와 그 제국의 통치에 길들여져 있던 비엔나 인들의 의식이 하루아침에 바뀔 리 없었다.

　그 후 나폴레옹의 군대가 러시아 공격에 실패하고 나폴레옹이 황제 자리에서 물러났다. 나폴레옹의 등장에 깜짝 놀랐던 유럽 국가 대표들은 포스트 나폴레옹 시대를 만들기 위한 모임을 가졌다. 1815년 9월부터 다음 해 6월까지 유럽 각국의 대표자들이 비엔나에 모여들었다. 약 9개월 동안 진행된 이 국제회의에 유럽 내 90개의 왕국과 53개 공국에서 보낸 대표자들과 작은 도시국가의 대표단이 모였다. 이때 동화 작가로 우리에게 잘 알려진 그림 형제 중 형 '야콥 그림Jacob Grimm'도 헤센 공국 대표단의 일원으로 이 회의에 참석했다. 당시 오스트리아 황제는 프란츠 1세Franz I였다. 그러나 비엔나 회의를 이끌었던 실질적인 인물은 훗날 재상이 된 외무장관 메테르니히Metternich였다.

　그런데 이 회의가 9개월이나 끌 만큼 처리해야 할 현안이 많았는가 하면 실상은 그렇지 않았다. 오히려 하루 일과 중 3/4은 연회와 무도회였고, 회의는 안중에도 없었다. 그렇기 때문에 일부 언론에서는 이런 회의를 두고 "회담이 춤춘다"며 비난의 화살을 쏟아내기도 했다. 그런데 각국 대표들은 정작 회의에서 자국의 이익만을 내세웠다. 국제회의를 주관하던 메테르니히 또한 이런 분위기에 환멸을 느꼈다. 그래서 인간의 욕심을 억제시켜야 한다는 결심까지 하기에 이른다.

그 결과, 그는 합스부르크 제국 국민의 권리를 제한하고 검열과 통제의 경찰국가로 만들고자 했다. 계몽주의와 프랑스 대혁명이 일어났던 18세기 말에 조선에서도 정조가 문예부흥을 이끌었다. 그러나 19세기가 시작되던 1800년에 정조가 죽고 순조가 왕위를 이은 후 19세기 전반기는 조선사회는 거꾸로 퇴보했다. 실학도 쇠퇴하고 세도정치의 공포 속에 사상과 표현의 자유가 위축되고 경색되어 갔다. 이런 국내 정세 변화가 비슷한 시기에 오스트리아에서도 공통적으로 나타났던 것이다.

비엔나 회의 결과, 주최국 오스트리아와 프로이센, 영국, 러시아, 그리고 프랑스 등 다수의 유럽 국가는 절대 군주제로의 복귀와 혁명 정신의 검열로 대변되는 반동체제로의 부활을 선언했다. 즉 18세기 말 프랑스 대혁명과 계몽주의 사상의 신흥은 19세기 나폴레옹의 몰락과 더불어 다시 그 이전 시기 체제로 복귀하게 된 것이다. 이를 소위 '비엔나 체제'라 부른다. 19세기 합스부르크 제국은 비엔나를 중심으로 절대왕정을 고수하는 방식으로 시대 흐름에 역행하는 노선을 추구하기에 이른다. 그리고 그 후 유증이랄까 이런 절대왕정에 반발한 반항의 문화가 19세기 후반에 '세기말 비엔나'라는 독특한 문화 운동으로 일어나게 된 것이다. 이런 문화 운동은 20세기 초 1차 세계대전을 유발하는 진원지가 되기도 했다.

그런데 이렇듯 구체제로의 복귀 움직임을 보인 대다수의 국가와 달리, 독일은 비엔나 체제하에서 반동 의식과 민족의식을 깨닫게 되었다. 1860년 재상 비스마르크가 독일 공국을 하나로 통일함으로써 유럽 내 새로운 강자로 급부상하게 되었다. 비엔나 회의가 보수주의자들에게는 망국 내지 쇠퇴의 문을 더욱 활짝 열어주었다면, 민족주의자들에게는 새로운 민족 국가 건설의 필요성과 정당성의 길을 발견토록 해주었다.

카카니아(Kakania) 문화

오스트리아 소설가 로베르트 무질Robert Musil은 소설 『특성 없는 남자The man without qualities』에서 오스트리아-헝가리 제국의 마지막 시기의 비엔나 사회를 '카카니아Kakania'라는, 특유의 감각적이고 냉소적인 표현으로 설명한 바 있다. 카카니아는 당시 '제국과 황실'을 의미하는 독일어 표현인 'Kaiserlich-Königlich'의 첫 글자인 'K.K.'를 사용해 제국의 주요 기관들을 식별하는 표시로 사용하던 것을 풍자하기 위해 새롭게 창안한 용어다.*

그런데 '카카니아'라는 발음은 원래 독일에서 아이를 키울 때 자주 사용하는 '대변 나라' 또는 '똥 나라'라는 의미어와 같다. 그렇기 때문에 제국을 똥에 비유한 은어로 사용하곤 했다. 과거 비엔나가 갖고 있던 이중성과 역설, 그리고 수백 년 동안 통상적인 이름조차 없던 합스부르크 왕국의 수도였다는 점 등이 비엔나의 매력 아닌 매력이자 차별성이었다. 이를 무질은 이렇게 집약해 설명한 바 있다.

> 모든 사물과 모든 사람에게 그 나라는 제국-황실Kaiserlich-Königlich이자 제국과 황실Kaiserlich und Königlich이었다. 그럼에도 불구하고 어떤 부류의 기관과 사람이 K.K.로 지칭되고, 또 어떤 부류가 K.U.K로 지칭되는지를 확실히 구분하려면 신비의 비법이 요구되었다. 문서상으로

---

* 앨런 제닉 · 스티븐 툴민, 석기용 역, 『비트겐슈타인과 세기말 빈』, 필로소픽, 2013, 14쪽.

이 나라는 자국을 '오스트리아-헝가리 군주국'이라고 칭했다. 그러나 평상시에 말할 때는 누구나 '오스트리아'라고 불렀다. 다시 말해 국가 차원에서는 서약을 통해 엄숙하게 포기했지만, 정서적인 모든 측면에서는 결코 버리지 않고 간직해왔던 그 이름으로 알려져 있는 것이다. 이것은 감정이 헌법만큼이나 중요하며, 법규는 삶에 있어 진정으로 중요한 문제가 아니라는 사실을 보여주는 징표이다. 국가 제도상으로는 자유주의 국가였지만, 그 통치 체계는 관료적이었다. 통치 체계는 관료적이었지만, 삶에 대한 일반 대중의 태도는 자유주의적이었다. 법 앞에서 모든 시민은 평등했다. 그러나 물론 모든 사람이 시민은 아니었다. 부여된 자유를 매우 엄격하게 행사하는 의회가 존재하지만, 정작 의회의 문은 대개 닫혀 있었다. 하지만 '긴급 공권력 사용 법안'이라는 것도 있기 때문에, 그 법안을 이용하면 의회 없이도 일처리가 가능했다. 그리고 모든 사람이 절대주의를 기쁜 마음으로 받아들이려는 순간마다 군주는 이제는 다시 의회 정치로 복귀해야만 할 때라고 선포했다.*

이처럼 제도와 감정 중에서 감정이 우위를 점하고, 경직된 관료주의 체제 속에서 자유분방한 탐미주의 정신이 공존하던 사회가 바로 세기말 비엔나의 한 풍경이었다. 그런데 이것이 가능했던 것은 황제든, 귀족이든, 일반 시민이든 합스부르크 왕가야말로 '하우스마흐트Hausmacht', 곧 '하나님이 부리는 지상의 도구'라는 생각을 갖고 있었기 때문이었다. 전 계층이 가톨릭 신앙으로 똘똘 뭉쳐 있었던 것이다. 그렇기 때문에 피지배층인 시민들조차도 스스로 지상에 건설된 하나님 나라의 시민이라는 의

* Robert Musil, trans. by Sophie Wilkins and Burton Pike, *The man without qualities*, London: Alfred A. Knopf, Inc., 1995, p.29. ; 앨런 재닉 · 스티븐 툴민, 석기용 역, 『비트겐슈타인과 세기말 빈』, 필로소픽, 2013, 51쪽에서 재인용.

◆ 헝가리 부다페스트 국회의사당 측면

식이 강했고, 이에 대한 자부심 또한 대단했다. 그것이 바로 체제 전복적인 생각을 무디게 만들고, 변화를 혁명처럼 두려워하던 합스부르크 제국을 지탱할 수 있었던 근간이 되었다.

거만함의 몰락

비엔나가 국제도시로서 명실상부 더 유명해진 것은 오스트리아-헝가리 제국의 황제 프란츠 요제프 1세1830-1916, 재위 1848-1916 시절이었다. '씨씨Sisi'로도 유명한 엘리자베스 여왕의 남편이기도 한 프란츠 요제프 1세는 80년 동안 합스부르크 제국을 다스리면서 크고 작은 역사적 부침 속에서 절대 권력의 몰락을 지켜본 장본인이다. 또한 자기 일가족의 비극적 삶도 경험해야 했던 비운의 군주이기도 하다. 그러나 꺼지기 직전에 확 불타오르는 불꽃처럼, 프란츠 요제프 1세는 근대 도시 비엔나의 설립으로 상징되는 링 스트라세Ring Strasse 건설을 승인하고, 도시 변혁을 승인했다. 이로 말미암은 도시건설 프로젝트는 국제 정세의 변동 속에서 벌어진 오스트리아 정치역학의 파노라마이자 운명과 직결된다.

그러나 20세기 들어 사라예보에서 세르비아 인이 오스트리아 황태자 부부를 암살한 사건이 일어났다. 이것이 제1차 세계대전 발발의 도화선이 된 것은 주지의 사실이다. 그동안 쌓여왔던 합스부르크 제국에 대한 주변 국가민족들의 반발이 왕정 붕괴의 방아쇠를 잡아당긴 것이다. 19세기 말~20세기 초 오스트리아의 지배하에 있었던 세르비아 사라예보의 시민들이 절대 군주 시대의 종언을 선포한 하나의 역사적인 사건이었다.

동시에 합스부르크 제국의 몰락을 알리는 신호탄이었다.

한편, 부다페스트는 여러 면에서 비엔나와 닮아 있다. 제국의 수도였기 때문이다. 프라하는 하루면 주요 관광지를 다 돌아볼 수 있지만 부다페스트는 최소 이틀이 필요하다. 걸어서 돌아다닐 만한 공간이 얼마나 넓고 볼거리가 많은지가 제국의 수도였는지를 판단하는 주관적 척도다. 세계의 길은 로마로 통한다는 말마따나 오스트리아-헝가리 이중제국의 영화는 바로 수도에 지어놓은 건물의 숫자와 볼거리, 건축물의 기능을 보면 알 수 있다.

슬로바키아는 한때 체코와 연방이라는 미명하에 한 지붕 두 가족의 정치 체제를 구축한 적이 있었지만, 페트라르카 이후 1989년에 체코와 슬로바키아는 미련 없이 결별을 선언할 만큼 구성원 간 의식과 문화적 차이가 현저했다. 그것은 슬로바키아가 오스트리아와 밀접한 관계를 맺으며 역사를 구축한 것과 달리, 체코가 오스트리아와 대립적인 관계를 유지한 것과도 관련된다. 비엔나를 중심으로 오스트리아는 끊임없이 블랙홀blackhole처럼 주변국을 흡수, 통합하려 했다면, 체코와 헝가리, 그리고 슬로베니아를 비롯해 크로아티아, 마케도니아 등 발칸 반도의 여러 민족 국가들은 오스트리아에 대항해 웜홀warmhole처럼 서로 동지적 유대감을 형성해 나갔다. 이런 역사 전개만 보더라도 중·동유럽 국가에 대한 합스부르크 제국의 거만함을 좀 더 가깝게 느낄 수 있다.

셋. 근대도시로 거듭나다
: 링 스트라세Ringstrasse의 비밀

프란츠 1세에서 메테르니히를 거쳐 프란츠 요제프 1세로 이어지는 19세기 통치기에 합스부르크 제국의 통치는 시대착오적인 지략을 발휘해 몰락해 가는 왕권을 유지코자 했던 위선과 권위의 정치 구조를 보여주었다. 11개 민족슬로바키아 인, 이탈리아 인, 루마니아 인, 체코 인, 폴란드 인, 헝가리 마자르 인, 세르비아 인, 슬로베니아 인, 서 우크라이나 지역의 루테니아 인, 크로아티아 인, 그리고 독일인 국가를 통치하던 합스부르크 제국은 점차 복잡한 다민족 국가를 통솔할 강력한 힘을 상실해 가고 있었다.

그런 상태에서 프란츠 요제프 1세의 눈속임용 근대화 개혁 정책은 각 민족의 민족의식을 일깨우는 계기가 되었다. 라틴어가 아닌 독일어를 사용토록 허용함으로써 제국의 행정을 효율적으로 하고자 한 조치가 오히려 헝가리와 체코의 문화적 민족주의를 낳고 이후 정치적 민족주의로 발전하는 계기를 만들었는가 하면, 슬라브 민족의 정치적 · 경제적 민족주의는 반대로 독일 민족의 정치적 · 경제적 민족주의에 영향을 미쳤기 때문이다. 그리고 독일 민족의 민족주의는 도미노처럼 다시 반유대 정책을

링 스트라세에 위치한 국회의사당(위) 신황궁(국립도서관)과 영웅광장(아래)

낳게 되고, 이에 대한 반동으로 유대인들의 시온주의가 등장하는 등 민족 간 갈등의 불씨가 곳곳에서 번져나갔다.

그것은 황제가 허울 좋은 형식주의의 양상을 띤 당근 정책을 펴면서, 정작 질적 개혁과는 무관한 보수적 정책을 고수하게 된 제국 황실의 이중적 모순에서 기인했다. 제국의 최고 전성기라 할 프란츠 요제프 1세 통치기에 황제는 스스로 고립을 자초하는 의례와 형식, 허례에 집착했다. 그것은 개인적인 결함을 감추려는 의도에서 비롯한 것이지만, 안일한 선심용 정책 이면에 감춰져 있었던, 썩은 동아줄이나 마찬가지였다.

세기 말 비엔나의 화려한 외관, 아니 오늘날 비엔나를 보여주는 대표적인 건축물과 계획도시로서의 면모를 가장 잘 보여주는 것도 대개 프란츠 요제프 황제의 의지에서 출발한 것이다. 소위 링 스트라세 건설을 통해 비엔나를 새롭게 재건하면서 시민 계급의 욕구를 무마시키고 선정善政을 베풀고자 한 것이 바로 그것이다. 1858년부터 1888년 사이에 링 스트라세를 만들고 거기에 각종 기념비적인 건물들을 세워 비엔나 시민들의 생활공간으로 개방한 것은 아무래도 1848년 혁명의 불똥을 꺼뜨리면서 잠재적 불만 요소를 일소하기 위한, 그럴 듯한 개혁이었던 것이다.

세기말 비엔나의 정치, 사회, 문화, 예술에 관한 분석과 링 스트라세 건설에 관한 의미와 논란에 관해서는 칼 쇼르스케가 이미 명저『세기말 빈』에서 자세히 다룬 내용을 참고하면 좋다. 1857년 겨울 크리스마스 날, 황제는 "그것은 나의 뜻입니다…"라는 말로 시작하는 편지에서 비엔나의 재설계를 알리는 역사적 첫 걸음을 내디뎠다. 가장 권위 있고 공식적인 신문이라 할 〈비너 짜이퉁Wiener Zeitung〉에 황제 자신이 직접 쓴 편지가 실렸는데, 여기서 황제는 오래된 왕궁 성곽이 철거될 것이며, 대신 그 자리에 새로운 건물들이 건설될 것이라고 발표했다.

그 결과, 1858년 3월 초부터 성곽의 철거가 시작되었다. 그리고 원래 성곽이 있던 자리에는 원래 원형의 공간 그대로 넓은 대로가 생기고, 그대로 주변으로 나무와 잔디가 조성되고 역사적인 건물들이 세워지기 시작했다. 1865년 5월 1일, 역사적인 변화의 첫 삽을 떴다. 드디어 비엔나 시내 중심부를 가로지르는 역사적인 원형거리인 링 스트라세Ring strasse가 탄생한 것이다.

도시의 성곽을 허물고 그 자리에 폭 18미터의 3차선 환상대로環狀大路를 건설하고, 그 주변으로 이정표적인 건물들을 차례대로 지어 나갔다. 투르크족이 비엔나를 점령하면서 막사를 세웠던 자리에는 탑의 높이가 105m나 되는 비엔나 시청사가 세워졌다. 이 무렵 신왕궁을 건설하고, 그 맞은편에 예술사 박물관과 자연사 박물관을 마주보는 형태로 지었다. 그 옆에 오늘날 국회의사당인 제국의회 의사당을 짓고, 비엔나 대학 본부 건물과 보티프 성당을 지어 원형 형태의 배치를 완성시켰다. 거리 맞은편에는 오페라 극장을 신축하고 부르크 국립 극장까지 세워 비엔나 시민들의 문화적 욕구를 충족시켜주고자 했다. 슈테판 성당을 중심으로 삼아 마치 나이테처럼 원형 형태의 유기체 도시를 만든 것이다.

이때 암살을 모면한 황세자가 감사의 의미로 제일 먼저 세운 보티프 성당은 종교를, 비엔나 대학 본부 건물은 교육을, 시청사는 행정을, 국회의사당은 입법을, 예술사박물관과 자연사박물관은 시민 문화를 상징하는 건물로 만들어졌다. 보티프 성당과 시청사는 신고딕 양식으로, 부르크 극장은 바로크 양식, 국회의사당은 그리스 고전주의 양식으로 지었다. 그런가 하면 자연사 박물관과 예술사 박물관, 그리고 비엔나 대학교

◆ 시청사 야경

건물은 르네상스 양식으로 지었다. 가히 건축 박물관이라 할 만하다. 다이아몬드 형태로 당대 시대적 욕망과 꼼수를 건물을 통해 말하고자 한 흔적이 역력했다.

　새로운 도시 건설은 당시 지식인 사이에서 비엔나 토론 문화의 단골 주제였다. 건설 도중에도 시민들 사이에서 갑론을박은 계속되었다. 어찌 보면 산만해보이고, 어정쩡하다 싶은 링 스트라세 건축물에 대해 비판론자들은 기부금을 많이 냈던 유대인 부자들의 정체성 부재 때문에 빚어진 결과라 폄하했다. 여하간 새롭게 건설된 비엔나라지만, 결과적으로 외형상으로는 근대도시와는 거리가 먼, 과거 적의 바로크 도시 모습에서 탈피하지 못한 것은 분명했다.

　그렇다고 링 스트라세의 건설이 단순히 거리가 새롭게 만든 의미밖에 없는 것은 아니다. 링 스트라세를 경계로 절대 권력을 휘두르던 중세적 제왕의 절대주의보수주의와 시민 계급으로 대표되는 신흥 비엔나 시민들의 자유주의 사상이 부딪치고 갈등하면서 근대적인 도시 비엔나, 오늘의 비엔나를 여는 상징적 공간이 되었기 때문이다. 왕궁과 귀족, 그리고 성직자들의 저택은 1구구씨까지, 즉 링 스트라세 안에 모두 모여 있었다. 링 스트라세 밖 지역2구-9구에는 부자와 상인들이 살았고, 그 바깥 지역10-23구에는 일반 노동자들이 모여 살았다. 그러다가 19세기 후반 이후로 특별히 돈을 잘 버는 이들은 시내 중심부에서 벗어나 쇤브룬 궁 밖에 위치한 히칭14구 지역이나 그린칭19구 지역, 또는 빈숲의 주택가로 나가 살기 시작했다.

　이처럼 도시 건설을 둘러싼 사상적 논쟁과 사회적 갈등, 그리고 그 속에 내재되었던 수많은 역사적 부침을 알면 도시가 새롭게 보인다. 여느 도시 개발 프로젝트와 달리, 링 스트라세 건설은 근대성모더니티의 시작을 알리는 이정표와 같았기 때문이다. 다른 한편으로, 비더마이어Biedermeier 시대의 이상적 도시에서 유럽의 대표적 대도시로의 변신을 알리는 신호탄이기도 했다.

비더마이어 시대가 어떤 시대인가? 앞 장에서도 잠시 언급했듯이, 1815년에 프랑스의 나폴레옹이 세인트헬레나로 유배를 가자, 유럽 나라들은 1789년에 일어난 프랑스 혁명 이전의 왕정 중심 사회로 복귀하려 했다. 왕과 추기경, 그리고 귀족으로 대표되는 보수 세력이 다시 주인 노릇을 하게 된, 바로 1815년부터 1848년까지의 시기를 의미한다. 그런데 그 시대 사람들은 이미 자유, 평등, 공화의 참맛을 알고 있었다. 프롤레타리아의 각성도 만만치 않았고, 부르주아 시민 세력은 계속 자신들의 힘을 키우고 있었다. 즉, 더 이상 왕권을 절대적으로 인정하는 분위기는 아니었던 것이다. 이런 가운데 1848년에 칼 마르크스의 『공산당선언』이 세상에 발표되고 혁명이 발발했다. 이런 유럽 내 분위기 속에서 링 스트라세는 절대왕정 체제의 황제가 시민계급특히 자유주의 사상으로 무장한의 목소리를 두려워해 내놓은 일종의 당근과 같은 것이었음을 간과해서는 안 된다.

19세기 후반, 노쇠한 황제가 근대 세계에 양보할 수 있었던 마지막 조치로 만들어진 링 스트라세 프로젝트는 그렇게 마무리되었다. 이후로 비엔나는 새로운 국제도시로 거듭나기 시작했다. 당시 이런 변화된 도시의 면모는 유럽 내에서는 프랑스 파리와 더불어 비엔나밖에 없었다.

레드 비엔나(Red Vienna) - 뉴 비엔나(new Vienna)

이쯤에서 비엔나다운 사회상이 구현된 건축사 이야기를 하나 더 해보도록 하자.

1구부터 7구까지가 비엔나 링 스트라세Ring Strasse를 중심으로 안팎에 위치한 중심부라면 8구부터 23구까지는 비엔나의 주변부에 해당한다. 이 주변부로 나오면 쉽게 발견할 수 있는 건물 중 하나가 바로 시민 아파트이다. 특히 건물 외벽에 빨간색으로 공동 아파트임을 나타내는 '~ Hof'라 적힌 건물을 심심치 않게 발견할 수 있다.

시민 아파트는 비엔나가 자랑하는 시민 중심 주거복지정책의 산물이다. '레드 비엔나'라는 별명이 붙은 전설적인 민간 주택이다. 그래서 모범적이고 복합적인 모델이자 사회민주주의의 이상을 실현시킨 건축물이라는 선전 용어의 대명사로 종종 사용되기도 한다. 1918년 제1차 세계대전이 끝남과 동시에 합스부르크 제국이 멸망하게 되면서 왕정이 무너지고 시민들의 세상이 되자, 비엔나 혁명론자들이 꿈꿨던 시민이 주인이 되는 세상을 구현해낸 하나의 산물이 바로 '레드 비엔나'였던 것이다. 오스트리아 사회민주노동당SDAPÖ이 진보적 경제 자유주의, 독점 자본주의, 초기 파시즘 시대에 실존적 사회주의 내지 이상적 사회주의의 섬island의 하나로 비엔나에서 실현하고자 한 전략적 건축물에 해당한다.[*]

오스트리아에서 1919년 3월 4일 역사적 선거의 승리를 거둔 사회 민주주의 시의회는 낙후된 주택들을 철거하기 위해 집중적인 노력을 기울

---

[*] Helmut Weihsmann, "Red Vienna or Red Glow on the Horizon", ed. by Walter Zednicek, *Architekur des Roten Wien*, Wien: Grasl Druck & Neue Medien, 2009, p.11.

◆ 레드 비엔나 건물의 하나

였는데, 이는 제1차 세계 대전과 군주제의 붕괴 여파로 닥쳐 온 재앙 수준의 주택난을 해결하기 위한 목적에서였다. 제1공화국의 주요 관심사는 힘들어 하는 노동자들의 복지와 거대 규모의 주택 건설에 있었다. 따라서 어떤 면에서 이익을 좇으려는 개발자들의 눈에는 말도 안 되는 논리였지만, 전쟁 후 열악한 사회적 환경은 자비로운 복지 정책과 자본 응용에 큰 영향을 미쳤다. 그 결과, 새롭게 선출된 사회 민주주의 시의회 입장에서는 특별히 주택 건설을 통한 경제 활성화 및 새로운 정치적, 재정적 전제 조건을 창조하기 위해 부단한 노력을 기울였다.

인구 증가에 따른 비엔나만의 고유한 사회 주택 건설 프로그램은 자산 소유 계층에 대해 특정 목적용으로 배정된 주택 건축세뿐 아니라 경마장과 술집 운영자, 차 소유자, 맛집, 나이트클럽, 카지노, 집 소유 관리자, 샴페인 등에 대한 특별소비세-오늘날 관점에서 보면 꽤나 이해하기 힘든 세금들이다-를 전 영역에 걸쳐 걷어 들여 재원을 마련하는 일로부터 시작되었다. 물론 이를 위해 비엔나 사회민주주의 시의회에서는 정치적이고 이데올로기적인 방법을 동원해 주택 부족을 해결하기 위한 계획을 선보였다. 바로 "집은 상품 또는 일용품이어서는 안 된다."라는, 사회적으로 급진적인 철학 내용과 목적의식을 표방한, 그럴듯한 슬로건을 내걸었던 것이다. 거기에다 비엔나 노동자들을 위한 공공 건강과 공공 위생을 전면에 내세워 표준적인 삶의 질을 높이는 데 큰 공을 들였다. 그리하여 인간 냄새 가득한 새로운 생활공간, 곧 '사회주의자 도시'를 창조하고자 했다.

그 결과, 1923년부터 1933년까지 10년 동안 비엔나 시의회는 약 63,754개나 되는 사회 주거 단지를 짓고, 각 주택 단지마다 자치 시설도 마런했다.*

학교, 병원, 유치원, 보육센터, 세탁소, 수영장, 운동 시설, 소비물품 판매 가게, 식당, 극장, 공연장, 노동자 클럽, 성인 교육기관 등을 세우고, 이용하지 않던 묘지를 개조해 공원으로 만들기도 했다. 이런 일련의 건축 사업을 진두지휘한 인물이 두 명의 '레드' 시장, 곧 오스트리아 막시스트 시의회를 이끌었던 야콥 로만Kakob Reumann과 칼 사이츠Karl Seitz다. 이들은 노동자를 만나 그들을 이해시키고, 다른 계층의 시민들의 협조를 구했다. 결국 각계각층의 많은 이들이 새로운 주택 건설 계획에 찬성하였고, 이 레드 비엔나 정책의 시작은 당시 국제적인 관심을 불러 일으켰다. 이렇게 지어진 레드 비엔나 공공 시민주택 건물은 가히 '시민 궁전'이라는 감동적 수식어가 따라 붙기도 했다. 그리고 비엔나 시 풍경을 나타내는 건축물의 상징이 되다시피 했다.

이 레드 비엔나의 대표적인 아이콘이 '칼 막스 호프Karl-Marx Hof'이다. 사회주의와 막시즘Marxism의 창시자였던 칼 막스Karl Mark, 1818~1883의 이름을 딴, 이 시민 아파트는 비엔나 사회 주택 건설 프로그램에 의해 세워진 상징적인 건물이다. 이곳은 국내 정치인이나 국회위원들이 사회복지, 주택 건설 문제로 종종 견학코스로 다녀가는 곳이기도 하다.

칼 막스 호프는 정원과 마당을 갖춘 공동주택, 아파트와 도서관, 극장, 기능 홀과 각종 가게가 들어간 복합주상 공간으로 만들어졌다. 거의 1킬로미터에 이르는 폭을 자랑하는 칼 막스 호프 건물은 크게 3개 동으로 이

---

* Helmut Weihsmann, "Red Vienna or Red Glow on the Horizon", ed. by Walter Zednicek, *Architekur des Roten Wien*, Wien: Grasl Druck & Neue Medien, 2009, p.11.

루어져 있고, 그 안에 1,300개의 가구가 살 수 있도록 설계되었다. 그리고 그 각 동 건물 외벽에는 신화 속 인물 동상을 3층 높이의 길이로 세워 놓았다. 칼 막스 호프 이후로 수백 개의 주택 프로젝트가 만들어져 다양한 모습과 기능의 주택단지들이 생겨났다. 이 칼 막스 호프가 지어진 것이 1930년의 일이다. 칼 막스 호프는 영국의 온천지로 유명한 바스Bath에 세워진 귀족 아파트인 '로열 크레센트Royal Crescent'와 좋은 대조를 이룬다.

이후 비엔나 시청은 시 외곽 개발과 관련한 많은 논란을 거친 후, 중심부 교통망과 연계된 제2의 비엔나 주택 건설을 추진하게 되었다. 전통적으로 노동자들이 많이 몰려 살았던 에르드베르그Erdberg 지역을 비롯해 파보리텐favoriten, 짐머링Simmering, 오타크링Ottakring, 헤르날스Hernals, 브리기테나우Brigittenau, 레오폴드스타트Leopoldstadt 지역을 새 규정에 의거해 탈중심화하여 인구 밀도도 낮아지도록 유도한 것인데, 이것이 '새 비엔나Neu Vienna'라는 이름하에 시도된 시 외곽 주택 공급 정책이었다. 새 비엔나 공공주택의 특징은 제4, 제5 계층을 위한 큐빗형 건물로 사방이 건물로 둘러 싸여 있고 가운데에 넓은 녹지 공간을 마련해 마당으로 쓸 수 있도록 한 것이 특징적이다. 이런 주택에는 엘리베이터는 없는 대신, 아파트 안에 기본적으로 화장실과 가스를 이용한 요리가 가능한 부엌 설비, 그리고 화장실 또는 샤워실 겸용 형태의 욕실과 조그만 거실, 그리고 침실이 갖춰져 있다. 아파트와 복도 사이에는 외부 침입을 막을 목적으로 만들어진 버퍼 존buffer zone이 있다. 아파트는 대개 38㎡였으나, 나중에는 49㎡,

57㎡ 크기까지 늘어났다.*

새 비엔나 프로젝트는 전간기戰間期, 제1차~2차 세계대전 사이 기간 동안에 비엔나 시 정부가 간절히 원했던 새로운 비엔나의 모습이었다.

레드 비엔나 건물과 새 비엔나 건물은 한 공간에 많은 이들이 살 수 있는 건축 구조였기에, 의도하진 않았지만 아파트 설비가 더 간단하고 비용도 절감될 뿐 아니라 거주민 간에 의사소통을 증진시키는 결과를 가져왔다. 또한 일종의 사회주의 공동체를 형성하는데 기여하고, 자본주의 제도 안에서 공동체 구성원으로서의 공동의 존재감 형성에 꽤나 효과적인 접근법으로 작동하게 되었다.

서울의 아파트 정책은 여러 면에서 레드 비엔나와 대비가 된다. 1970년대 이후 서울에서 일기 시작한 시민 아파트 건설 붐은 인구 과밀을 해소하기 위한 목적에서 추진되었다. 한 도시 내 전체 건물의 절반을 넘는 아파트를 지닌 서울 같은 도시는 세계 어디에도 없다. 가히 세계 최고의 아파트 공화국이다. 건물의 기능이 형태를 결정한 좋은 예가 된다.

레드 비엔나 건물들은 외국인이나 우호적 언론사로부터 찬사를 받았지만, 다른 한편으로 건축 전문가 집단으로부터 거센 비판도 받았다. '레드 요새'라는 별명은 비판의 다른 이름이었다. 공동 감옥이 될 수 있다는 비판이 쏟아졌다. 이후 사회민주노동당의 정책에 대한 노동자들의 실망이 쌓이게 되자, 레드 비엔나 프로젝트에 대한 불신도 커져 갔다. 사회민주노동당과 연정 파트너가 부르주아와 파시스트에 대해 온건 정책

---

* Helmut Weihsmann, "Red Vienna or Red Glow on the Horizon", ed. by Walter Zednicek, *Architekur des Roten Wien*, Wien: Grasl Druck & Neue Medien, 2009, p.14.

을 취하자, 이에 불만을 품은 노동자들이 1927년에 들고 일어난 시위에서 유혈 충돌까지 발생했다. "총에 맞은 노동자들의 피가 빨갛게 물들었다"*는 비판적 신문 기사처럼 비엔나는 실제로 레드 비엔나가 되어 버린 것이다. 그 후 레드 비엔나 건축 계획은 더 이상 진보적 방향을 획득하지 못한 채, 답보 상태에 머물렀다. 초기 레드 비엔나 규정에 입각해 1950~60년대에도 레드 비엔나 건물은 비엔나 곳곳에 세워졌다.

지금은 그때 만들면서 외벽에 새겨놓은 빨간색 건물 표시만이 레드 비엔나 건물임을 말해주고 있다. 빨간색으로 적어 놓은 것은 공동 주택 이름과 건축연도이다. 공동주택 이름이라기보다 건물의 역사와 내력을 압축적으로 소개해놓은 기록물 느낌마저 든다. 건물 외벽에 건축연도를 주택명과 함께 떡하니 적어 놓은 것은 우리에겐 대단히 생소하다.

필자가 살았던 12구 주택가에도 각각 1926~7년과 1956년에 지어진 '레드 비엔나' 건물이 있다. 이 건물을 볼 때마다 연도가 눈에 들어온다. 숫자를 볼 때마다 드는 생각은 오래 되었다는 역사적 사실로서의 의미보다 오래 지켜 나가겠다는 자신감의 의미로 읽힌다는 것이다. 설립연도를 광고하듯 대놓고 보여주려는 오스트리아 인들의 심리 속에는 그 숫자의 역사성, 곧 100년, 아니 200년 후의 평가까지 고려되고 있는 것이다. 자긍심을 담은 역사적 기록 유산으로서 말이다. 공공 주택 아파트를 지으면서 30년짜리, 50년짜리 건물을 생각하는 것이 아니라 최소 100년 이상 수 백 년이란 시간을 염두에 두고 있다는 것이다. 시민 아파트조차 문화

---

* Helmut Weihsmann, "Red Vienna or Red Glow on the Horizon", ed. by Walter Zednicek, *Architekur des Roten Wien*, Wien: Grasl Druck & Neue Medien, 2009, p.17.

x

가 되고, 역사가 되고, 생활이 되는 공간이라는 의식이 강한 것이다.

도시의 50% 이상이 성냥갑 아파트로 가득한 서울에서 50년 후의 아파트 생활까지 기대하며 살 사람이 누가 있을까? 아니 오래될수록 집값이 떨어지기 때문에 늘 새롭게 지어야만 한다는 의식 자체부터가 오스트리아 인이나 유럽 인들과 근본적으로 다르다. 건물을 어떻게 짓느냐보다 더 중요한 것은 어떤 생각을 하며 그 공간에 살면서 그 공간의 역사를 만들어 나갈 것인가가 아닌가 한다.

집이 투기의 대상이 아닌, 거주자 고유의 생활과 삶의 역사가 배어 있는 역사적 장소로 인식하지 않는 한, 한국의 아파트는 소멸을 위한 임시 거처이자 집값에 의한 긴장과 경쟁의 또 다른 무덤에 불과할 뿐이다. 국내 아파트에서 어떤 사회철학과 사상을 배울 수 있을까? 한국의 아파트는 기능이 형태를 결정한, 다르지 않음에 안도하는, 전형적인 실용주의 해석의 산물일 뿐이다.

◆ 그린칭 소재 호이리게

넷. 비엔나 킨스키 궁전과 폴란드

폴란드 바르샤바Warszawa는 필자에게 제2의 고향과 같은 곳이다. 그렇기에 바르샤바와 비엔나를 비교하라면 그것은 분명 나에게 가혹한 질문이다. 어렵다. 그러나 이 점은 인정해야겠다. 바르샤바에서 경험한 황홀경이 1주일 충격과 설렘이었다면, 비엔나에서의 감탄은 한 달이 지나도 여전히 진행형이라는 사실을. 아니, 지금에야 드는 생각은 아직도 나는 비엔나를 잘 모른다는 것이다. 나를 빨아들이는 매력의 정체를 깨닫기 위해 1년을 보냈지만, 아직도 비엔나는 나에게 행복한 설렘을 선사하고 있지만, 녀석을 잘 안다고 말하기엔 주저되는 것이 있다. 아직도 여전히 맛보지 못한 신비로움으로 가득하기 때문일까. 아니면 중년의 나이에 점잖게 만났기 때문일까? 젊은 날, 주체할 수 없었던 희열과 감동으로 바르샤바와 폴란드를 뛰어다니던 그 열정과는 다른 느낌으로 비엔나와 마주했기 때문일까? 바르샤바라는 창문을 열고 폴란드와 동유럽 세상을 보았다면, 중년이 된 지금, 비엔나라는 창문을 통해 유럽 전체를 볼 수 있다니 이 또한 행운이 아닐 수 없다.

칼렌베르크와 폴란드

비엔나에 살면서 생긴 습관 하나. 아침에 일어나 창문을 열고 눈부신 햇살을 보면 칼렌베르크Kalenberg 산에 미치도록 오르고 싶다. 집에서 지하철, 전차, 버스로 갈아타고 거의 40~50분 정도 걸려 오를 수 있는 곳. 비엔나가 한 눈에 내려다보이는 비엔나 도시 북쪽에 칼렌베르크가 있다. 프랑스 니스Nice에서 솟아오른 알프스 산맥이 동쪽으로 내달려 도나우 강 앞에서 끝나는데, 마지막 끝자락이 구릉 같은 산 칼렌베르크다.

그 일대는 낮은 구릉지로 포도원이 가득하다. 햇포도주로 빚어 만든 첫 와인을 뜻하는 '호이리거'에서 유래한 '호이리게' 식당은 비엔나 시민들이 가장 사랑하는 야외 식당이다. '그린칭' 또는 '빈숲'이라고도 불리는 이 녹색지대야말로 비엔나에서 가장 하늘을 가까이 볼 수 있는 곳이자, 세상을 가장 넓게 볼 수 있는 곳이기도 하다. 따스한 봄날의 햇살을 온몸에 받으며 앉아 있으면 마치 따뜻한 온천물 안에서 노근한 몸을 풀어내는 듯한 착각에 빠져든다.

비 오는 날이면 비 오는 대로 비를 머금은 칼렌베르크가 궁금해진다. 온갖 생명이 잉태되고 자라나는 순간을 칼렌베르크 정상에서 코렌즐Colenzl을 거쳐 시골 마을을 내려오는 길에서 오롯이 목도할 수 있기 때문이다. 비 갠 칼렌베르크에서 흘러내려오는 시원한 물줄기가 녹음 가득한 포도원 길 사이로 흘러내린다. 물소리, 새 소리, 거기에 숲 가득 삐질삐질 새어 들어오는 눈부신 햇살, 피어오르는 물안개가 전년 고목의 벌거벗은 뿌리를 휘감아 돈다. 포도원에서 풍겨오는 잘 익은 포도 내음 또한 비 온 뒤 더욱 진하기만 하다.

◆ 칼렌베르크 카페(위)
칼렌베르크에서 내려다 본 비엔나 시내 풍경

베토벤이 전원 교향곡제9번을 완성시켰다는 그린칭 베토벤 생가를 들러보는 것도 낭만이다. 지금은 호이리게 식당으로 되어 있어 커피나 맥주한 잔 마시며, 베토벤이 전원 교향곡을 지을 때 영감을 주었던 비엔나의 자연이 무엇인지, 그 자연이 들려주는 온갖 소리가 무엇인지 음미해보는 것도 즐거운 일이다.

정상에는 성당과 카페가 있다. 그런데 그곳에서는 폴란드 어를 심심치 않게 들을 수 있다. 폴란드 왕인 소비에스키 3세Jan Sobieski III를 기념하는 자그마한 성당이 발걸음을 멈추게 한다. 소비에스키 3세는 폴란드 군을 이끌고 비엔나까지 와서 터키 군과 싸워 비엔나 전투를 승리로 이끈 장본인이다. 폴란드 출신 교황 요한 바오로 2세도 직접 이 성당을 방문해 미사를 집전하기도 했다. 게다가 비엔나 전투를 승리로 이끄는 데 결정적인 공을 세운, 동인도회사 직원이었던 폴란드 인 콜시츠키와 커피의 유래담이 전하는 곳도 바로 이 칼렌베르크다.

성당 옆으로 비엔나 시내가 한 눈에 내려다보이는 전망 좋은 곳에 위치한 카페가 있다. 그 카페의 이름은 'to go coffee to go'인데, 카페가 처음 세워진 것이 1683년임을 자랑한다. 그것은 비엔나에 카페가 처음 등장한 해이기도 하다. 오늘날 유럽에 커피가 처음 전해진 것이 오스트리아 비엔나를 통해서라는 사실은 이미 잘 알려진 바다. 그런데 그 커피를 유럽 인에게 처음 소개한 이가 다름 아닌 폴란드 인 콜시츠키였다는 사실은 잘 모른다. 터키 군이 남기고 간 커피원두를 낙타 똥과 같다며 거들떠보지도 않던 비엔나 인들에게 '멜랑주'라는 소위 '비엔나커피'를, 카페를 열어 처음 선보인 것도 다름 아닌 콜시츠키였다. 칼렌베르크 정상에 있는 카페는 바로 그 콜시츠키의 카페를 기념하는 공간인 것이다. 유기

농 재료를 사용해 만든 스트루델strudeln, 오스트리아 전통 파이에다 에스프레소 커피 한 잔을 마시며, 비엔나의 사계절을 눈과 혀로 감상하는 즐거움은 천하 일품이다.

비엔나 거리를 걷거나 전철, 전차를 타도 심심치 않게 폴란드 어를 들을 수 있다. 내가 폴란드 어를 알기 때문이어서 그렇기도 하겠지만, 체코어나 슬로바키아 어, 헝가리 어 등과 비교할 때 그 빈도가 높은 것이 사실이다. 100여 년 전까지만 해도 폴란드의 일부를 오스트리아 합스부르크 제국이 분할 점령했던 특별한 관계가 있어서일까? 폴란드와 오스트리아는 데면데면한 관계가 아니다.

얼마 전, 오스트리아와 폴란드가 네덜란드 출신의 화가 브뤼겔의 작품 〈결혼식과 사육제〉를 놓고 소송이 진행 중이라는 뉴스가 있었다. 두 나라 관계를 간접적으로 알 수 있는 흥미로운 이야기가 아닐 수 없다. 브뤼겔의 이 그림은 비엔나 예술 박물관에 소장되어 있는 그림 중에서도 단연 걸작으로 손꼽는다. 원래 이 그림은 폴란드 크라쿠프 박물관에 소장되어 있었다. 그런데 2차 세계대전 당시 비엔나 출신의 독일 장교 부인이 크라쿠프 박물관 소장 그림들을 대거 약탈해 간 결과, 지금 비엔나에 있다는 이유로 소유권 분쟁을 벌이고 있는 것이다.

폴란드가 2차 세계대전 당시 약탈당한 문화재는 22조 원에 달한다. 문화재 수난사 측면에서 볼 때, 폴란드는 수많은 전쟁을 치렀던 한국과 닮은 부분이 많다. 러시아 상트페테르부르크에 위치한, 세계 3대 박물관 중 하나인 아르미타쥬 박물관 소장 그림과 조각 상당수가 폴란드가 나라를 잃어버리면서 18세기 후반에 예카테리나 여제에 의해 약탈당한 수십만 점으로 채워져 있다는 사실을 안다면 더더욱 격렬히 공감하지 않을 수 없다.

◆ 킨스키 궁전

비엔나 킨스키 궁전과 포니아토프스키

폴란드 바르샤바 대통령 궁 앞에는 위엄 있는 자세로 말을 타고 있는 커다란 동상이 있다. 폴란드 마지막 왕의 사촌 조카이자 폴란드 독립을 위해 나폴레옹 군대 소속 폴란드 병사들을 이끌고 러시아 원정길에 나섰던 폴란드의 영웅 유제프 안토니 포니아토프스키Józef Antoni Poniatowski, 1763~1813 왕자가 바로 그 주인공이다. 그의 숙부 포니아토프스키 왕은 폴란드가 삼국오스트리아, 프로이센, 러시아에 의해 속수무책으로 분할 점령당하는 것을 지켜볼 수밖에 없었다. 그러나 유제프 포니아토프스키는 멸망한 폴란드를 재건하기 위해 흩어진 세력을 규합하고, 폴란드 인의 마음을 하나로 모으는 데 앞장선 독립운동가로서 지금까지 폴란드 인의 사랑을 듬뿍 받고 있다. 나폴레옹은 26명의 장군을 프랑스군의 원수로 임명했는데, 그중 왕족 출신인 원수는 포니아토프스키뿐이었다.

그는 비엔나에 있는 킨스키Kinski 궁에서 태어났다. 부친은 폴란드의 마지막 국왕인 스타니스와프 아우구스트의 형제이자 오스트리아 군대 육군 장군이고, 모친은 당대 합스부르크 제국의 여왕이었던 마리아 테레지아의 궁정 출신 여인이었다.

포니아토프스키가 10세가 되던 해, 부친이 죽었다. 그러자 숙부인 스타니스와프 아우구스트 폴란드 왕이 그의 후견인이 되었다. 이후 두 사람은 평생 여러 면에서 친밀한 관계를 유지했다. 포니아토프스키는 비엔나에서 나고 자랐지만, 어린 시절 모친이 즐겨 지낸 프라하에서 더 많은 시간을 보냈고, 이따금 숙부가 살고 있는 바르샤바에 가 머물기도 했다.

청년이 된 포니아토프스키는 부친의 뒤를 이어 오스트리아 군에서 복무를 시작했다. 1780년에 대위로 임관한 그는 1788년 비엔나 전투에 대령으로 참전해 큰 공을 세웠다. 그 후 26세 때 숙부 스타니스와프 왕과 폴란드 의회의 요청으로 폴란드로 가 폴란드 군 장교로 임관했다. 이때 그는 오스트리아 군에서 복무던 타데우스 코쉬치우슈코에 폴란드 독립 운동을 이끈 장군를 비롯한 폴란드 인 장교들과 함께 폴란드로 옮겨 갔다. 스타니스와프 왕은 폴란드 군을 재편하면서 조카 포니아토프스키와 그의 동료들을 소장으로 임명했다. 정의에 불타 있던 젊은 포니아토프스키는 우크라이나 지역의 군사단장으로 부임해 있으면서 폴란드 군의 대대적인 개혁을 주장했다. 비록 폴란드 의회는 이를 반대했지만, 결국 포니아토프스키는 무력을 동원해 개혁안 관련 법안을 통과시켰다.

1792년 중장으로 진급한 후, 그가 방어하던 우크라이나 지역을 통해 러시아 군이 압도적인 군사력을 앞세워 공격해오자 바르샤바까지 밀려났다. 얼마 후 폴란드 군을 재정비해 반격을 위해 성 밖을 나서고자 했지만, 숙부 스타니스와프왕이 러시아와 조약을 체결함으로써 더 이상 러시아 군과 싸울 수 없게 되었다. 이 조약으로 삼국러시아, 프로이센, 오스트리아이 폴란드 땅을 분할 점령 통치하게 되었다. 폴란드란 나라는 사실상 지도에서 사라지고 말았다.

이 믿을 수 없는 상황 앞에서 장교들은 모두 절망했지만, 일부 장교는 쿠데타를 일으키자고 주장했다. 그러나 현실을 직시한 그는 쿠데타 대신 뜻을 같이 하는 폴란드 장교들과 함께 저역을 선어하고 폴란드 군을 떠나 비엔나로 돌아왔다. 그러나 그를 위험인물로 여긴 러시아 예카테리나 여제는 자신의 연인인 스타니스와프왕에게 명해 그가 비엔나에 머무는 것조차 허락하지 않았다. 결국 그는 비엔나를 떠나 서유럽을 떠돌 수밖에 없었다. 이런 와중에 그는 프랑스에서 프랑스 혁명의 끔찍한 사건들을 직접 목격하며 큰 충격을 받았다.

충격이 컸던 그는 1792년에 숙부에게 편지를 보냈다. 편지 내용은 국가적으로 대규모 반란을 일으키자는 것이었다. 아직 싸울 수 있는 힘이 남아있는 폴란드가 국가를 위해 들고 일어나야 한다고 주장한 것이다. 1794년 스타니스와프 왕은 조카 포니아토프스키에게 편지를 보내 폴란드로 돌아올 것을 종용했다. 숙부의 심중을 헤아린 포니아토프스키는 희망을 갖고 다시 바르샤바로 돌아왔다. 그리고는 예전에 자신의 부하 장교였던 코시치우슈코 휘하에서 대규모 반란을 준비하게 되었다. 포니아토프스키는 바르샤바 주변에서 프로이센군을 상대로 밀고 당기는 전투를 계속 해 나갔다. 그러나 결과적으로 반란은 별 성과 없이 실패로 끝났다. 하릴없이 포니아토프스키는 1795년 비엔나로 다시 돌아왔다.

그런데 얼마 후 국제 정세가 급변하기 시작했다. 1796년 러시아의 예카테리나 2세가 죽고, 1798년에 숙부 스타니스와프도 상트페테르부르크에서 죽음을 맞이한 것이다. 여걸 예카테리나 여제의 연인이자 허수아비왕에 불과했던 폴란드의 마지막 왕은 결국 죽을 때도 조국 폴란드가 아닌 연인의 나라 러시아에서 무기력하게 죽음을 맞이한 것이었다. 그러나 포니아토프스키는 평생 가장 친했던 숙부의 죽음을 외면할 수 없어 러시아로 가 숙부의 장례식에 참여하고, 몇 달간 상트페테르부르크에서 머물렀다.

스타니스와프왕 사후 실질적으로 폴란드 왕실을 대표하는 인물은 포니아토프스키였다. 1806년 나폴레옹 군대가 프로이센을 물리치고 바르샤바에 입성하자, 프랑스 측의 권유에 따라 포니아포트스키는 프랑스군에 임관하게 되었다. 1807년 나폴레옹에 의해 바르샤바 공국이 탄생했을 때, 포니아토프스키는 바르샤바 공국의 전쟁부 장관과 바르샤바 주방위군 사령관에 취임했다.

1809년에는 폴란드 군대를 이끌고 페르디난드 카를 요제프 대공이 이끄는 오스트리아 군의 침공에 맞서 싸웠다. 자신이 태어나 자란 비엔나를 배신한 것이나 마찬가지였지만, 2배나 되는 적군을 상대로 버티면서 다른 부대를 이용한 기습 공격을 감행해 오스트리아의 지배하에 있던 남부 폴란드를 해방시켰다.

얼마 후 1811년 나폴레옹 2세의 세례식에 참관한 그는 파리에 머물면서 황제와 장군들과 함께 러시아 공략을 계획하게 된다. 이때 포니아토프스키가 이끄는 10만의 폴란드 군대가 나폴레옹 군대의 최전선에 나섰다. 폴란드 독립을 바라며 죽기 살기로 전투에 참여한 폴란드 병사들은 전공을 세우며 막힘없이 모스크바로 전진해 나갔다. 모스크바에 가장 먼저 입성한 것도 포니아토프스기의 폴란드 병사들이었다.

그러나 문제는 그 직후 발생했다. 승리를 목전에 둔 상황에서 굶주림과 추위에 지쳐 싸우지 못하는 병사들을 이끌고 나폴레옹이 철수를 지시했던 것이다. 귀환할 때도 포니아토프스키는 후위를 맡아 병사들을 독려했다. 자신도 전투에 직접 나가 싸우다가 큰 부상을 입고 러시아 군의 포로가 되었다. 그러나 포로 송환 협약에 의해 후에 바르샤바로 돌아올 수 있었다.

1813년, 부상에서 회복한 포니아토프스키는 다시 폴란드 군을 재정비하고 전쟁준비를 서둘렀다. 보헤미아에서 프랑스군과 합류한 포니아토프스키는 여러 전투에서 승리를 거두었다. 라이프치히 전투 중에 프랑스군 원수로 임명되었고 전투 종반에는 프랑스군의 후퇴를 엄호하는 역할을 맡았다. 그런데 후퇴하는 과정에서 상당수의 폴란드 병사를 잃었다. 부상병을 고려해 공세가 약해진 시기에 천천히 철수를 감행하던 중, 다리가 붕괴되면서 그 역시 엘스터 강에 빠져 죽고 말았다. 본래 모두가 엘스터 강을 건너고 다리를 끊기로 약속되어 있었는데, 철수가 지체되는 것을 참지 못한 프랑스군 장교가 아직 포니아토프스키가 다리 위에 있는 상태에서 다리를 끊어버린 것이었다. 그리고 그의 뒤를 따라오던 5,000여 명의 폴란드 병사들도 전부 적의 포로가 되고 말았다. 그때 포니아토프스키의 나이 50세였다.

그의 유해는 1817년 폴란드로 이송되었고, 크라쿠프의 바벨 언덕에 있는 대성당에 묻혔다. 그는 지금도 그의 옛 동료이자 부하였던 타데우시 코쉬치우슈코와 얀 소비에스키 3세 왕 무덤 옆에 누워 있다.

폴란드 왕족으로 비엔나에서 태어나 자란 포니아토프스키는 비엔나에서 편안하고 화려한 삶을 살 수 있었음에도 불구하고 이를 마다하고 군인으로서 평생 전장에서 수많은 죽음의 고비를 넘겨 가며 멸망한 조국 폴란드 회복을 위해 헌신했다. 결혼도 하지 않았던 그는 순수하게 조국의 독립을 위해 불꽃처럼 살다 간, 폴란드 인의 영웅으로 부족함이 없다. 시간이 흘러 제2차 세계대전 당시 런던 소재 폴란드 망명 정부 소속 군대에서 그의 이름을 딴 폴란드 공군 폭격기 편대가 창설된 것도 그의 정신을 폴란드 후손들이 잊지 않고 있음을 의미하는 것이다.

나폴레옹은 처음엔 포니아토프스키를 전적으로 신뢰하지 않았다. 그러나 전투 지휘력과 그의 진심을 간파한 후로는 자신의 휘하 장군이 아니라 자신과 동등한 황제로서 대우해줬다. 더욱이 자신의 부하들에게도 포니아토프스키를 자신에게 바치는 충성과 예우를 갖추도록 명령했다.

이에 크게 감동받은 포니아토프스키는 나폴레옹을 배신하지 않고, 그 누구보다 앞장서서 정말 열심히 싸웠다. 나폴레옹의 러시아 원정 때 폴란드 군대를 이끌고 가장 용맹히 싸웠던 것은 조국 폴란드와 나폴레옹 개인을 위한 충성의 표시였던 것이다.

폴란드와 오스트리아, 포니아토프스키와 비엔나 킨스키 궁전은 애증의 산 증인이자 아이러니한 역사와 인생의 부침을 잘 대변해 준다. 그러나 현재 화려한 킨스키 궁전을 보며 이러한 비애와 역설을 떠올릴 사람이 과연 몇 명이나 될까? 킨스키 궁 문 옆에 한 송이 국화꽃을 슬며시 내려놓고 폴란드와 포니아토프스키를 떠올리며 잠시 눈을 감아 본다. 그리고 일본 식민지 지배하에서 우리나라의 독립을 위해 스러져간, 제대로 알지 못하는 독립 운동가들과 그 후손들에게 미안한 마음을 담아 잠시나마 추모의 시간을 가져볼 따름이다.

비엔나의 봄, 그리고 칼렌베르크Kahlenberg

아무도 알려주지 않는 비밀 하나-
비엔나의 봄은 어디서 오는가?

햇살 가득
5월의 어느 아침 7시
칼렌베르크 카페로 가자.
to go coffee to go

내 마음
숲 속 가녀린 보랏빛 제비꽃마냥
쏟아지는 햇살 속에
스멀스멀 올라오는 너의 부드러움,
네 목소리,
간질간질한 숨결 너머,
허공 속 자맥질하는
너의 뒤태가 아름다운 시공간이다.

눈부시게 퍼져나는
1683년 비엔나커피의 향내,
아아, 이것이 정녕 콜시츠키의 봄이었을까?

너와 함께
6월 비엔나를 준비하는 곳,
봄바람에 마음이 흔들리거든
칼렌베르크로 가자.
to go coffee to go

나는 이방인,
너한테 들켜 버린 나의 한 조각 마음
비엔나 하늘 아래
어딘가에 새록새록 새겨져 있을
그곳으로.
to go coffee to go

- 2015년 5월, 칼렌베르크 정상 카페에서 비엔나를 내려다보며

◆ 알베르티나 미술관 옆 유대인광장-유대인 희생자들의 넋을 기리는 조형물

다섯. 불러도 또 불러보는 유대인과 난민

비엔나 여행을 시작하려는 이들에게 제일 먼저 권하고 싶은 곳이 있다. 바로 알베르티나 박물관 앞, 오페라극장 뒤편에 위치한 유대인 광장이다. 진정한 여행은 그 도시, 또는 국가를 지탱하게 만드는 정신적 원천이라 할 위령지에서 묵념하는 것으로부터 시작되어야 한다고 생각하기 때문이다. 그곳은 유대인들이 살던 거주지였고 제2차 세계대전 당시 유대인들이 온갖 수모를 당하고 죽임을 맞이했던 곳이기도 하다. 비엔나는 겉으론 화려하지만, 그 이면에는 슬픔과 죽음의 그림자 또한 그득하다. 오스트리아에 살던 유대인들의 삶과 애환, 그들의 역사에 경의를 표하는 순간, 비엔나는 새로운 의미로 다가온다.

유대인 광장 한복판에는 가시줄로 뒤집어쓴 채 땅바닥을 기어가는 노인 동상이 있다. 때는 제2차 세계대전이 발발한 직후. 비엔나에 입성한 독일군은 유대인 체포에 혈안이 되어 있었다. 광장 주변 건물에 살던 유대인들을 색출하기 위해 병약한 유대인 노인 한 명을 끌어냈다. 그러곤 땅바닥을 기며 개 흉내를 내라 명령했다. 그리고 이 노인을 대신할, 용기 있는 사람이 있으면 건물 밖으로 나오라 소리쳤다. 그러나 건물 창문으로 밖을 내다보던 비엔나 사람 중 어느 누구도 그를 도와주기 위해 광장에 나오지 않았다. 결국 그 유대인 노인은 비엔나 시민들이 보는 앞에서 무수한 채찍과 총에 맞아 그 광장에서 힘없이 쓰러져 죽고 말았다.

현재 유대인 광장에 놓인 유대인 노인 동상은 당시 용기 없고 나약했던 비엔나 시민들이 뒤늦게나마 자신들에게 던지는 비난의 메시지이자 유대인의 희생을 기리기 위해 행한 작은 양심 선언과 같은 것이다. 당시 비엔나 시민들은 용기를 내지 못했지만, 전쟁을 겪으며 히틀러의 광기를 똑똑히 봤고 전체주의, 집단주의에 대해 엄청난 환멸을 느꼈다. 그렇다고 개인이 할 수 있는 것이 너무 적다는 사실도 잘 알고 있었다. 게다가 비엔나 사람들은 역사적으로도 유대인과 관계가 썩 좋지 않았기 때문에, 타민족의 삶과 죽음의 갈림길에 대해 어정쩡한 입장을 취한 이들이 적지 않았다.

합스부르크 왕가가 통치하던 시기, 비엔나에 거했던 유대인에 내한 정책과 그들을 향한 오스트리아 인들의 인식이 어떠했었는지 살펴볼 필요가 있다. 오늘날 시리아 난민을 부정적으로 받아들이는 오스트리아 인들의 심리를 간접적으로 엿볼 수 있는 단서가 되기 때문이다.

19세기말 비엔나 절대왕정은 체코 어서슬라브 어의 일종를 공용어로 삼는 법령을 발표했다. 그러자 체코 어를 공용어로 사용하는 것에 반감을 드러낸 오스트리아 공무원들이 대거 늘어났다. 그러자 체코인을 포함한 슬라브 인들 사이에서 슬라브를 우선으로 내세운 범슬라브주의가 크게 대두되었다 게르만 인들도 가만히 있지는 않았다. 오스트리아 인과 독일인 사이에서 범л 게르만 민족주의, 순수주의가 운동성을 갖게 된 것이다. 이때 게르만 순수주의를 내세운 이들의 분노가 비엔나 유대인에게 집중되었다.

물론 비엔나에 거주하던 유대인들은 합스부르크 왕가가 링 스트라세를 건설할 때 재정적으로 큰 기여를 했다. 당시 비엔나 대학에 재직하던 교수 중 상당수가 유대인이었고 상공업과 금융계를 꽉 잡은 이들도 유대인들이 었다. 그러나 전통 수공업에 종사하던 비엔나 서민들은 위기감을 느끼던 참이었다. 이때 이를 이용하려던 정치가들이 게르만 민족주의를 내세워 반유대주의 분위기를 조장해 나갔다. 당시 다른 나라에서도 조금씩 생겨 나던 민족주의와 인종주의 갈등이 비엔나에도 몰아닥쳤다. 그리고 유대계 사회주의 좌파 지식인에 대한 반감 역시 점차 높아졌다.

유대인 지식인들은 모두 어디로 갔는가?

비엔나 대학은 지금까지 칼 포퍼, 지그문트 프로이트, 오스트리아 경제 학파 교수들 등 총 9명의 노벨상 수상자를 배출했다. 그래서일까? 비엔 나 대학 본부건물 안으로 들어서면 홀 정중앙에 9명의 흑백 사진이 걸려 있다. 짐작건대 비엔나 대학 출신, 또는 재직 교수 중 노벨상을 수상한 이들을 자랑하기 위함으로 보인다. 그런데 그 사진 가운데는 얼굴 사진 대신 〈?〉라는 물음표 모양의 사진이 하나 걸려 있다. 얼핏 생각하면 다음 번 노벨상 수상 예비자가 누구인가라고 묻고 있는 듯하다. 또한 그 물음 표를 보는 학생들로 하여금 내가 post 노벨상 수상자가 되겠다며 다짐할 수 있게끔 도전적인 자극을 주고 있는 듯하다.

그러나 정작 물음표를 걸어놓은 진짜 이유를 알게 되면 놀라지 않을 수 없다. 노벨상을 받았던 9명의 교수들이 지금 다 어디로 갔는가? 라고 되묻

◆ 비엔나대학이 배출한 노벨상 수상 교수들

고 있기 때문이다. 이 전시물은 유태인이라는 이유만으로 쫓겨났거나 죽임을 당한 비엔나 대학 교수들을 기억하기 위한 목적에서 제작된 것이었다. 실제로 1938년부터 1945년 사이에 '인종적' 또는 정치적 이유로 비엔나 대학교 교수 221명, 강사 474명 중 각각 38%, 49%에 해당하는 82명과 233명이 해임, 해고되거나 사라져버렸다. 누가 이들을 보호하고자 했는가? 오히려 오스트리아가 독일에 합병된 후, 비엔나에서는 당시 수많은 유태인을 학살하는 곳으로 내몰거나 방관하거나 동조한 경우가 더 많았다. 유태인 학살은 오스트리아 인들에게 역사적 아킬레스건이 아닐 수 없다.

더더욱 유태인 학살의 광기를 부린 히틀러가 원래 오스트리아 인이 아니던가? 그가 태어난 곳은 독일 국경과 그리 멀지 않은 오스트리아 제 3의 도시 린츠였다. 언어철학자 비트겐슈타인과 같은 해 태어나 린츠 실업학교를 같이 다닌 것은 역사적 아이러니가 아닐 수 없다. 어렸을 적 동향 친구였을 두 사람이 1930년대 말에 누구는 유태인이라는 이유 하나만으로 생명을 빼앗고자 했고 누구는 그런 황당한 명분 아래 목숨을 건 도피와 가족의 비극을 맛보아야만 했다. 폴란드와 유태인의 거리만큼 오스트리아와 유태인의 거리 또한 적잖이 넓고, 이를 해소하기 위한 불면不眠의 고민은 현재까지도 진행형이다.

부분과 전체

부분을 통해 전체를 볼 것이냐, 전체를 통해 부분을 볼 것이냐 하는 것은 선택의 문제지 가치의 문제는 아니다. 부분과 부분을 합한다 해도 전체가 되는 것은 아니기 때문이다. 그러나 이 중 하나를 옳다고 강조하거나 강요하는 순간, 비극과 갈등이 발생할 수밖에 없다. 인간은 선택할 권리는 있어도 가치를 규정할 절대 권리까지는 없기 때문이다. 자율적 선택과 그로 인한 평화와 조화란 사실 '불안한 이상형'일 따름이다. 그것이 이상적이라고 느끼는 것 자체가 자연의 일부로서 인간이 가질 수 있는 기본 속성이자 자연적 욕구일 뿐이다. 그것은 영원히 이상으로 끝날 수밖에 없다.

　부분과 전체에 대한 이해 문제는 동양에서도 유학자 간에 자주 벌어졌다. 이기理氣 논쟁이 그 하나다. 리理를 근본으로 볼 것이냐 기氣를 중심으로 둘 것이냐의 관점 선택의 문제가 피를 부르고 가문을 멸하는 일로까지 확대되었다. 주자학자들은 태극太極과 음양陰陽을 개념화해 우주의 법칙과 인간 본성 이해의 근간으로 삼고자 했다. 그중 주돈이周敦頤는 『태극도설太極圖說』에서 '태극'을 '기氣'로 보았다. 그러나 그의 제자 정이鄭頤는 스승과 달리 태극은 '기'가 아닌 '리'이며 이 '리'가 우주 만물을 형성하는 원리이자 법칙에 해당한다고 보고, '리'인 '태극'을 구성하는 부분, 곧 '음과 양'을 '기'로 보아 전체와 부분에 해당하는 양자를 모두 중요하게 여겼다.

그런데 정이의 제자 주희朱熹, 주자는 한 걸음 더 나아가 주리론主理論을 내세웠다. 예를 들어, 물水은 'H$_2$O'로 이루어져 있는데, 물의 속성을 결정짓는 것은 구성성분인 수소H와 산소O 자체가 아니라 이 부분들이 어떻게 결합해 전체가 되느냐에 달려 있다고 본 것이다. 그래서 '기'에 해당하는 수소 2개와 산소 1개가 2:1의 비율로 결합되는 원리야말로 '물'이라는 물질의 본질을 규정짓는 가장 중요한 요소라고 여겼다. 물을 만드는 분자 결합공식을 곧 '리'로 보고, 이러한 '리'야말로 본실이며 전체라 여겨 리를 위주로 한 '주리론'을 주장하게 된 것이다. 결국 태극전체인 '리'는 음양부분을 작동케 하는 원리이므로 주리론에 입각해 사물과 현상을 이해해야 한다는 주자학이 조선 시대 유생들의 세계관을 결정짓는 관점으로 고착화된 것이다.

그러나 이와 반대로 주기론자들은 기의 운동성이야말로 개인과 사회의 기질과 성격을 결정짓는 중요한 요소라고 주장한다. '기일분수氣一分殊' 곧, '기는 하나태극이면서 나눠져음과 양 다르다'는 관점에서 전체는 부분의 대립적 총체라는 사실을 중요하게 여겼다. '기'를 세상을 바꾸는 중요한 힘으로 인식한 이들은 개성과 창의적 사고, 영감에 의해 발현되는 문학의 가치를 적극 옹호했다.

전체주의와 민주주의도 결국 이 전체와 부분 중 어느 것에 더 큰 가치와 의미를 부여하느냐에 관심 갖고 그 하나를 위주로 운영되는 사회제도다. 오늘날 오스트리아는 중립을 표방하고 집단주의를 혐오한다. 100여 년 전까지만 해도 소위 잘 나가던 나라였던 합스부르크 제국 오스트리아. 그러나 제국주의가 끝나고 제2차 세계대전의 소용돌이에 휩싸이면서 오스트리아 출신의 히틀러는 나치즘을 들고 나와 또 한 번 전체주의의 광기를 자행했다. 히틀러가 1938년, 오스트리아를 합병한 후, 영웅 광장Heldenplatz에 모인 오스트리아 군중을 향해, 지금의 국립도서관 2층 베란다에 서서 행한 연설은 오스트리아 출신의 광인 히틀러가 오스트리아를 어떻게 농락했는지를 잘 보여준다.

"독일 민족의 지도자로서, 수상으로서 나는 나의 고국 오스트리아가 독일 제국에 편입되었음을 역사 앞에 보고하는 바입니다."

이 연설은 흑백 TV 화면으로 전 세계인에 중계되었다. 물론 히틀러에 동조한 오스트리아 인들도 있었지만, 오스트리아 인 다수는 전체를 위한다는 명목하에 휘두르는 권력과 폭력이 더 이상 올바른 길이 아님을 잘 알고 있었다. 그 누구보다도 히틀러의 망상에 치를 떨게 된 오스트리아 인들은 전쟁 후 한 사람이 얼마나 무시무시한 비극을 불러올 수 있는지 처절히 깨달았다. 오늘날 오스트리아 인들은 '아돌프 히틀러'를 '히틀러'라고 입에 담는 것조차 혐오한다. 굳이 부른다면 그저 'H씨'일 뿐이다.

오스트리아는 1950년대에 영세 중립국을 표방하고 새로운 출발을 시작했다. 간섭 없이 온순하게 살기를 소망한 것이다. 그러한 국민성이 반세기를 훌쩍 넘긴 지금, 이제는 오스트리아 국민의 기질로 체화된 듯하다. 국민이라는 이름의 DNA가 바뀐 것이다. 비엔나가 세계에서 가장 살기 좋은 도시 1위로 꼽히는 이유 중에는 비엔나 시민들의 온순함과 평화 지향적 생활 습관이 적지 않다. 그 밑바탕에는 전체가 부분을 어떻게 유린하고 구속했는지에 대한 기억이 생생히 각인되어 있기 때문이다.

여기서 '전쟁'이란 용어도 새삼 떠올려 본다. 전쟁만큼 전체란 이름으로 부분의 희생을 강요하는 모순도 드물기 때문이다. 전쟁이 오늘날 우리들에게 그저 영화의 한 소재일 뿐일 순 없다. 일찍이 플라톤plato이 말하지 않았던가? "죽은 자만이 전쟁의 끝을 본다Only the dead have seen the end of war"고.

리들리 스콧 감독이 만든 영화 〈블랙 호크 다운black ihawk down〉(2001)이나 스티븐 스필버그 감독의 영화 〈라이언 일병 구하기Saving Private Ryan〉(1998)는 전쟁 영화의 바이블이면서, 앞서 언급한 플라톤의 말을 그대로 대변해준다. 그런데 그런 영화를 매개한 전쟁이야말로 역설적이게도 교훈적이다. 오스트리아 인들은 "살아 있는 자만이 전쟁을 영화로 볼 수 있다."는 명제를 만들며 살아가는 사람들이다. 그렇기 때문에 전쟁과 평화는 슈테판 싱당 안 제단 위 거룩한 향내와 성당 종소리와 함께 비엔나 시민의 일상 속에 녹아 있는 것처럼 느껴지는 것이 아닐까?

오스트리아 인들은 유대인 문제뿐 아니라 오늘날 난민 문제에 관해서도 가끔씩 제 발이 저린 듯하다. 그것은 집단주의라는 이름의 이기적 광기가 계속 떠오르고, 어떻게 끝날지 불안하기 때문인지도 모른다.

난민 소녀와 할아버지

웅크린 커다란 어깨 옆에
얼굴무늬 조그만 벙어리 장갑 소녀
쭈글쭈글한 손,
아빠 찾는 소녀의 목젖이 시끄러운 싸이렌 소리처럼 흔들린다.
할아버지는 백발을 가로저으며
참고 견뎌야 하는 이유를 온몸으로 말해 보지만
연신 쏟아지는 눈빛에 가위눌린 소녀는
이내 눈물이 되고 공포가 된다.

하품하고 재잘대던 투정일랑
저 하늘 종달새에게 던져 두고
별밤 하늘 치거운 어둠일랑
먼저 떠난 엄마 별 따다 호호-
겨울 침묵 긴 스카프 하나 목에 건 채
할아버지 미소는
주름살에 기생하는 성탄절 동방의 별.
나무아비타불 목탁소리에
스르르 꿈을 불러내는 찰나,
2015년 성탄절 전날
할아버지 사망선고는 그렇게 끝나고 말았다.

- 2015.11.29.

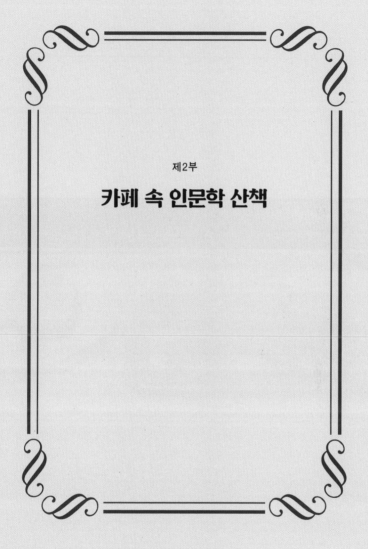

제2부

카페 속 인문학 산책

◆ 비엔나 사람들이 좋아하는 카페 디글라스(cafe Diglas)와 멜랑주(오른쪽 커피).
오스트리아에서는 커피와 함께 물이 항상 따라 나온다.

하나. 카페, 그 팜므파탈Femme fatale의 유혹

팜므파탈Femme fatale은 프랑스어로 '치명적인 여자', 흔히 드라마나 영화에서 '악녀'로 분류되는 여성을 말한다. 화려한 외모에 자극적인 몸매로 한 남자를 유혹해 파멸로 이끌거나 함께 파멸하는 캐릭터가 바로 그러하다. 보들레르의 시집 『악의 꽃』에서 그려진 아름답고 매력적인 여인의 모습은 상징주의와 세기말 탐미주의의 인기하에 한 세기를 넘어 지금도 인상적인 영향력을 행사하고 있다. 영화 〈원초적 본능〉에서의 샤론 스톤이, 사극 〈장희빈〉에서의 장희빈이 바로 악녀 이미지의 대명사다. 필자에게는 비엔나 카페 자체가 팜므파탈이었다.

한국인에게 '비엔나' 하면 가장 먼저 떠오르는 것이 아마도 비엔나커피, 모차르트, 클림트 정도일 것이다. 특히 비엔나커피는 한국인이 즐겨 마시는 것도, 맛이 독특한 것도 아니지만, 왠지 '비엔나'라는 음가에 '커피'가 얹어져 어감 자체가 신비로운 맛을 연상시키는 것이 아닐까 싶다. 그 결과 한국인 사이에 긍정적인 이미지로 강하게 자리 잡은 것은 아닐까? 거기에다 '이탈리아에는 이태리 타올이 없다'는 말처럼 정작 '비엔나에는 비엔나커피가 없다'라는 호기심 다분한 가십성 진실 공방이 덧붙여

지면서 비엔나커피를 소재로 한 이야기가 입에 오르내리고 있다.

확언컨대 비엔나커피는 있다. 물론 비엔나에는 '비엔나커피'라는 이름의 커피는 없다. 그러나 한국에서 말하는 비엔나커피는 다행히도 있다. 외국에서 비엔나 시민들이 즐겨 마시는 커피를 지칭하기 위해 '비엔나커피'라고 하는 커피를 팔고 있을 뿐이다. 서울에서, 뮌헨에서, 모스크바에서 '비엔나커피'라는 커피를 마셔 보았다.

그런데 나라마다 '비엔나커피'의 실체는 다르다. 한국에선 커피에다 뜨거운 우유를 붓고 그 위에 생크림이나 우유거품을 얹고 카캉 가루를 푼 린 커피를 흔히 '비엔나커피'라 부른다. 비엔나 카페에서 흔히 아인슈패너 Einspanner라 부르는 커피와 유사하다. 아인슈패너는 원래 마부들이 즐겨 마시던 커피로 생크림을 듬뿍 얹은 것이 특징이다. 한국인이 즐겨 마시는, 달달한 밀크커피와 유사한 멜랑주Melange 커피도 있어 비엔나커피라는 이름으로 한국인을 유혹하기에 충분하다. 뮌헨에서는 실당을 뺀 일반 밀크커피에 우유거품을 얹은 '비엔나커피'를 맥도널드 매장에서 마실 수 있다. 모스크바 시내 어느 카페에서도 메뉴판에 버젓이 'Viennese Coffee'라는 이름의 '비엔나커피'가 있어 마셔 보았다. 실제로 그 커피는 비엔나 사람들이 좋아하는, 에스프레소 커피의 일종인 브라우너Brauner였다.

'비엔나커피'는 전 세계인에게 팜므파탈이 되기를 원한다. 비엔나야말로 커피와 카페의 천국이기를 원한다. 발걸음을 옮길 때마다 마주치는 왕궁과 박물관, 음악당, 고딕식 바로크식 성당과 미술관, 각종 동상들, 그 밖의 많은 역사적 순간들로 채워진 비엔나 거리마다 당당히 그것들과 대등하게 그 품위를 발산하는 곳 역시 비엔나의 카페들인 것이다. 비엔나만큼 카페를 연결해 올레길로 만드는 것이 쉬운 도시도 아마 없을 것이다.

◆ 카페 슈페를(cafe Sperl).
영화 〈비포선라이즈〉에서 남녀주인공이 전화 장난하던 장면을 찍은 카페

17세기에 베네치아, 런던, 파리에 카페가 처음 등장했다. 그리고 1673년 브레멘에도 카페가 생겼다. 브레멘은 커피 덕분에 생선 비린내 대신 커피 향이 가득한 도시로 탈바꿈했다. 비엔나의 경우, 1685년경에 처음 카페가 등장했다. 1683년 비엔나 전투에서 패배한 오스만 투르크 인들이 도망칠 때 그들은 자신들이 마시던 커피 원두 자루를 그냥 버리고 갔다. 처음 커피 원두를 본 비엔나 사람들은 그것을 낙타 똥이라 여겨 멀리했지만, 폴란드 인 통역사였던 콜쉬츠키Kolsyczki는 그것이 커피 원두임을 알고는 왕의 허락을 받아 돔 거리Domgasse에서 비엔나 최초로 카페를 냈다. 그가 처음으로 개발해 판 커피가 바로 '멜랑주'였다. 1819년에 150여 개였던 비엔나 카페가 1910년에는 1,200개가 넘는 카페 천국으로 바뀌었다.

독일은 유럽 국가 중에서도 커피를 즐겨 마시는 나라로 유명하다. 그런데 사실 독일보다 커피를 더 즐겨 마시는 이들은 스칸디나비아 인들이다. 그중에서도 핀란드는 유럽 최고다. 핀란드 인들은 1인당 평균 연 12kg의 커피를 마신다. 그리고 그 다음이 오스트리아인데 9kg을 소비한다. 독일인은 7.3kg으로 핀란드를 제외한 북유럽 나라들 다음으로 소비량이 많다. 이처럼 오늘날 커피 소비량만 놓고 볼 때, 오스트리아는 유럽에서 2위를 자랑한다. 커피가 얼마나 오스트리아를 대표할 만한 아이콘인지 짐작할 수 있다.

유명한 카페를 언급하는 것 자체가 무의미하다 싶을 정도로 개성과 역사, 그리고 온갖 명성과 스토리가 카페마다 그득하다. 그중 '카페 첸트랄Cafe Central'은 역사만큼이나 외국인 관광객에게 널리 알려진 명물 카페이다. 자허 초콜렛을 파는 명품 브랜드의 '카페 자허Cafe Sacher'도 관광객으로 북적대는 비엔나 카페의 대명사와 같은 곳이다. 그런가 하면 클림트, 에곤 실레 등 젊은 화가들이 즐겨 찾았던 카페 무제움Museum, 모차르트와 베토벤이 피아노 초연을 했다던 카페 프라우엔후버Frauenhuber와 카페 임페리얼Imperial, 영화 〈비포 선 라이즈〉에서 남녀 주인공줄리 델피와 에단 호크이 전화 놀이하며 서로의 마음을 고백했던 카페 슈페를Sperl, 모차르트가 즐겨 찾던 카페 모차르트Mozart, 가난한 문인들의 고향 같았던 카페 그리엔슈타이들Griensteidl과 카페 홈멜Hummel, 카페 하벨카Hawelka. 이밖에도 비엔나에는 천 날 밤 한 카페씩 다니며 카페 이야기를 하나씩 들려줘도 좋을 법한 흥미진진한 이야기가 넘쳐나고 있다.

이런 카페들을 드나들던 호프만스탈, 알텐베르크, 칼 크라우스, 슈니츨러, 츠바이크 등 예술가들의 흔적과 조우하는 재미도 특별하다. 합스부르크 귀족 문화에서 소외된 채 평생 가난한 예술을 추구해 나갔던 시대적 방외인들이 느꼈을 씁쓰레함을 그들이 즐겨 찾던 카페에서 쓴 커피 한 잔을 마시며 시대정신을 음미해보는 것도 퍽이나 낭만적이리라. 만약 이런 카페 이름과 문인 이름을 처음 들어보았다면 당신은 아직 비엔나에 관한 한 초보자임에 분명하다.

케이크와 커피를 함께 파는 카페 아이다Aida-오페라의 '아이다'에서 온 말로 오스트리아 인들의 오페라에 대한 애정을 확인할 수 있다-는 체인 카페인데 우리나라 카페 파리 바케트만큼 비엔나 시민들이 즐겨 찾는 곳이다. 이런 카페들은 19세기말~20세기 초 시인, 작가, 음악가 및 화가들에게는 '세기말 비엔나'의 예술 꽃피우는 은밀한 창작 공간이자 아지트가 되었고, 일반 시민들에겐 낭만과 휴식이 있는 안식처가 되어 왔다.

카페 무제움과 율리우스 마이늘 커피

오퍼른가세Operngasse 7번지에 위치한 카페 무제움Cafe Museum은 기능주의 건축을 추구했던 아돌프 루스Adolf Loos가 설계한 곳으로 유명하다. 비엔나의 명사들과 시민들은 물론, 관광객의 발길이 끊이지 않는다.

　필자도 점심시간에 종종 카페 무제움을 찾곤 했다. 그곳에 가면 늘 피아노 옆 창가 쪽 자리에 앉아 동일한 음식을 주문했다. 비엔나 전통 햄 파스타Schinkenfleckerl에 오타크링거Ottakringer 맥주, 또는 브라우너 커피를 곁들이는 맛이 일품이다. 햄 파스타는 사각형 모양의 햄 조각과 파스타 조각에다 쪽파와 모짜렐라 치즈가 어우러진 파스타로 냄비에 담겨 나온다. 커피는 '브라우너 더블Grosser Brauner'을 주문한다. 브라우너는 비엔나 사람들이 가장 즐겨 마시는 에스프레소 커피다. 아마 비엔나에서 마실 수 있는 커피 중 한국인 입맛에 가장 잘 맞는 커피가 아닌가 싶다.

　카페 무제움에서는 오스트리아 인들이 가장 사랑하는 '율리우스 마이늘Julius Meinl' 상표의 커피를 내놓는다. 마이늘 로고가 그려진 잔에다 마이늘 원두를 갈아 만든 커피가 나온다. 마이늘의 로고는 빨간 모자를 쓴 어린 흑인 소년이다. 그 소년의 얼굴을 쳐다보며 커피를 마시다 보면, 내가 마시는 이 커피 한 잔이 아프리카 소년의 노동력 착취의 결과인지, 품위와 여유를 즐기던 가진 자들의 미적 감각인지 헷갈릴 때가 있다. 커피 잔 받침 역시 'Julius Meinl'이라는 상표명이 뚜렷하다. 커피 잔 손잡이 역시 녹특하다. 교묘하게 휘어져 감긴 손잡이 부분은 보이는 것과 실제로는 더 틀어져 있어 순간적으로 헛짚을 수 있다.

　커피 맛은 어떠한가? 쌉싸름하다. 비엔나에서 일반 브라우너 커피나

◆ 율리우스 마이늘 건물(좌) 율리우스 마이늘 2세와 미치코 마이늘 사진(우)

◆ 율리우스 마이늘 마스코트 인형

아인슈페너, 또는 카페라떼 정도를 마셔 본 이들이라면 비엔나커피 맛에 실망을 자주 했으리라. 한국에서 아메리카노를 비롯해 다양한 커피 맛을 보고 핸드 드립handdrip 커피까지 섭렵하고 온 한국인의 입맛에 비엔나커피는 명성과 달리 커피 맛이 평범하다 할 수도 있다. 그러나 카페 무제움에서 마시면 그런 비엔나커피도 마법을 부린 듯 일품이 된다. 커피맛은 분위기가 절반을 차지한다.

　그런데 정말 분위기 탓일까? 아니면 맥주를 마신 뒤 맥주의 신맛이 혀끝에 남아 있기 때문일까? 비엔나커피는 진한 커피맛의 여운이 강하다. 아니다. 다름 아닌 율리우스 마이늘 커피이기 때문이다. 커피 원두가 다르다는 말이다. 살짝 한약재 느낌마저 나는 이 커피 맛. 거기에다 카페 무제움이 선사한 커피 맛이기 때문이다. 그것은 심플하고 단아함을 카페 장식의 표본으로 내세우는 카페 무제움이 나한테 선사한 반전이다. 커피 향은 살짝 쥐똥나무 줄기에 들어 있는 진액 향기와도 흡사하다. 이 이상야릇한 커피 맛이 살짝 사람을 취하게 만든다. 그러면서 율리우스 마이늘 커피에 대한 호기심을 불러일으킨다.

　이참에 그라벤Graben 거리에 위치한 율리우스 마이늘 본점까지 들러 보자. 비엔나에서 가장 먼저 가공한 원두커피를 선보여 오스트리아에서 가장 성공한 원두커피 회사인 '율리우스 마이늘'. 마이늘은 원래 1862년에 설립된 커피 수입회사로 출발했다. 이 회사 로고가 바로 앞서 말한 흑인 소년이다. 아프리카 산지에서 커피를 들여오는 까닭에 흑인 소년을 전면에 내세운 것일지 모르겠다. 현재 그 소년 형상은 건물 외벽 모퉁이 기둥 돌에 앉아 있는 모습으로 새겨져 있기도 하고, 내부에서 2층으로 오르는 계단 손잡이 위에도 걸터앉아 있다.

본점 2층에 올라가면 미모의 동양인 '미치코 마이늘' 사진과 마주하게 된다. 마이늘 매장에서 뜻밖에 동양인 여성을 보게 되면 그녀의 정체를 궁금해 하지 않을 수 없다. 동양인 고객을 대상으로 한 상술일지 모르지만, 사진 속 여주인공은 20세기 초 비엔나에서 이름을 날렸던 오페라 가수 미치코 마이늘이다. 그녀는 당시 율리우스 마이늘 2세와 결혼해 큰 뉴스거리를 낳았다. 그러나 비록 부와 명예를 누렸지만, 결혼 생활은 평탄하지 못했다. 결국 두 사람은 이혼하고 미치코는 독일인 남자에게 다시 시집가고 말았다. 그럼에도 불구하고 율리우스 마이늘 2세는 상점 2층에 그녀의 사진을 걸어놓고 한때 자신의 순애보였던 그녀와의 사랑 이야기를 전 세계에서 몰려드는 관광객에게 보여주고 있다. 그 역시 마이늘 커피 맛만큼이나 낭만적인 구석이 있었던 사내guy였는지 상상에 맡길 따름이다.

◆ 카페 첸트랄

카페 첸트랄과 시인 알텐베르크

음악의 도시 비엔나가 카페 천국이 될 수 있었던 이면엔 비엔나에서 활동한 음악가들의 커피 사랑이 컸다.

음악의 아버지로 평가받는 바흐Bach야말로 커피 애호가였다. 오죽하면 그가 작곡한 작품 중에 〈커피 칸타타〉가 있었을까. 1732년 그의 음악이 퍼져 나갈 즈음, 유럽 여러 도시에도 카페가 다수 출현했다. 처음에 카페를 즐긴 이들은 시인·작가, 특히 음악가와 연극배우, 그리고 극장 관객 등 예술가와 예술을 사랑하던 이들이었다. 커피를 마시며 낭만과 인생, 격정과 고민, 작품과 검열, 사랑과 배신을 이야기했다. 쓴 커피를 마시며, 현실의 쓴 맛을 자연스럽게 연결시켜 토론과 사교를 위한 촉매제로 사용하기도 했다.

이 시대에 극장 주변에 카페가 자리했다. 그 전형적인 예가 비엔나 국립 오페라극장과 그 주위에 있는 '카페 모차르트'와 '카페 자허'다. 비엔나를 무대로 한 오스트리아 흑백 영화의 걸작이자 오스트리아 인들이 너무나 사랑하는 영화 〈제3의 사나이〉에 이 카페 모차르트가 등장한다. 모차르트가 즐겨 찾던 때인 1794년에 문을 열었다. 그 뒤로 베토벤, 슈베르트 모두 이 카페의 단골이었다. 이처럼 유럽 도시의 중심 광장에는 대개 오페라극장이 주위를 흘겨보듯 당당히 자리 잡고 있다. 그리고 시민의 사교와 교양의 열린 터전인 극장 주변에 카페가 생겨나 도시 문화와 도시 전체의 상징이 되다시피 했다. 마치 최근 10년 사이에 모바일폰스마트폰이 우리 일상생활을 점령해 버린 것처럼 말이다.

비엔나의 카페 문화는 19세기 중엽 이후 세기말에 절정에 올랐다. 비엔나를 찾는 이들은 카페 자허Sacher의 명성을 익히 알아 관광객으로 북적대는 그 카페를 힘들게 비집고 들어간다. 그러나 카페 자허보다 비엔나 카페의 매력을 맘껏 느낄 수 있는 곳을 들라면, 단연 카페 첸트랄을 추천한다. 1868년에 문을 연 카페 첸트랄은 장려한 바로크풍 건물들이 맞닿아 있는 헤렌 거리Herrengasse, 귀족의 거리에 위치해 있으며, 비엔나의 유명한 건축가 하인리히 폰 페르슈텔Heinrich Von Ferstel이 지은 건물 '팔레 페르슈텔Palais Ferstel' 모퉁이에 있다.

카페 첸트랄보다 앞서 1847년에 문을 연 '그리엔슈타이들Griensteidl'도 빼놓을 수 없다. 그곳에는 알텐베르크, 헤르만 발, 슈니츨러, 호프만스탈 등 비엔나 세기말 문학을 추구하던 젊은 비엔나 문인들이 상주하다시피 했던 곳이다. 그러나 도시개혁이란 명분 때문에 1897년 카페가 문을 닫았다. 이 카페를 좋아했던 많은 이들이 폐점을 몹시 아쉬워했다. 언론인 칼 크라우스Karl Kraus가 '헐고 해체되는 문학'이라는 추도문을 써서 폐점 운명에 놓인 카페 그리엔슈타이들을 안타까워했다는 일화는 너무나 유명하다. 그 후 예술인들이 그리엔슈타이들 근처 새 카페로 옮겨 둥지를 틀기 시작한 것이 바로 카페 '첸트랄Central'이었다. 이곳을 즐겨 찾았던 프로이트Freud와 호프만스탈Hofmannstahl, 슈니츨러Schnitzler 같은 이들이 있었다.

카페 첸트랄을 즐겨 찾은 이유 중에는 복고풍의 인테리어와 고상한 장식 일체를 빼놓을 수 없다. 보헤미안 스타일의 고딕 건축 양식이 이국적이면서 화려하고 몽환적인 분위기를 연출하고 있기 때문이다. 예술을 논하기에 딱 어울리는 고풍스런 느낌이라고나 할까? 그 분위기란 마치 여생을 조용히 보내는 귀부인의 도도하면서도 새침한 스타일에 가깝다. 고풍스런 장식이 묻어나는 이 카페를 즐겨 찾던 사람들은 세기말 유럽의 석양빛과도 같은 찬란한 문학과 예술 및 사상에 출렁거렸고 정치, 사회, 경제의 암울한 소식에 심상치 않은 앞날을 준비하고 있었을지도 모른다.

카페 첸트랄에는 작가나 음악가, 미술가뿐 아니라 반유대주의자들과 시오니스트들, 사회주의자들과 국수주의자들이 자주 출몰하여 열띤 토론을 벌이기도 했다. 한때 화가를 꿈꿨던 히틀러도 종종 이곳을 찾았다는 후문이 전해오는 카페 첸트랄. 이곳은 음울한 시대의 도래를 예고하는 바람개비 같은 곳이기도 했다.

어디 그뿐인가. 카페 첸트랄은 세계와 만나는 최전방이기도 했다. 인터넷과 모바일 폰이 없었던 그 시절, 유럽에서 매력적인 문학카페의 조건 중 하나는 바로 신문, 잡지를 얼마나 다양하게 구비해놓고 있느냐에 있었다. 첸트랄에는 유럽과 미국의 문학과 예술에 관한 주요 잡지와 22개국에서 발행된 251종의 신문이 언제나 갖추어져 있었다. '국제도시 비엔나', '세계 예술의 용광로 비엔나'라는 명성에 걸맞게 단골들은 만날 사람을 기다리는 동안 신문·잡지를 손에 들고 있었다. 심지어 특별한 일없이 신문과 잡지만 하루 종일 붙잡고 커피 마시며 앉아 있던 이들도 적지 않았다. 카페 첸트랄에서 유명한 급사장이었던 프란츠는 단골들이 나타나면 먼저 그들이 애독하던 신문부터 갖다 주곤 했다. 20년 만에 다시 카페를 찾아온 옛 손님에게 이전에 그가 애독하던 신문을 곧바로 갖다 주었다는 이야기는 지금도 카페 첸트랄을 얘기할 때 빼놓을 수 없는 전설로 전해 온다.

카페 첸트랄이 한창 인기를 누리며 사람들이 몰려 들 때, 숱한 일화를 뿌리며 카페 첸트랄의 주인공처럼 나타나 주가를 올린 이도 있었다. 바로 시인 페터 알텐베르크Peter Altenburg다. 오늘날 카페 첸트랄의 큰 문을 열

◆ 카페 첸트랄 내부(위) 카페 첸트랄 내 시인 알텐베르크 밀랍인형(아래)

고 홀 내부로 들어서면 첫 번째 테이블 앞에 신문을 펼치고 앉아 있는 납 인형상이 바로 그 주인공이다. 그는 옛 친구들을 대하듯 멜랑콜리한 표정이나 항상 반갑게 수많은 손님을 맞이한다. 살아 있을 때, 그는 '눈을 뜨고' 있는 동안 언제나 첸트랄에 앉아 있었다. 그리고 자기 집 주소를 늘 '비엔나 1구 카페 첸트랄'이라고 말하곤 했다.

알텐베르크야말로 '이상적인 카페 맨'이 아니었을까? 세기말 비엔나 화단을 대표하는 '오스카 코코슈카'가 1909년 첸트랄 안뜰에서 그린 알텐베르크의 초상화는 이 카페 풍 보헤미안의 모습을 기막히게 표현해냈다. 알텐베르크 자신도 〈Kaffeehaus〉란 제목의 시를 지어 카페 첸트랄을 기념코자 했다.

> 고민이 있으면 카페로 가자
> 그녀가 이유도 없이 만나러 오지 않으면 카페로 가자
> 장화가 찢어지면 카페로 가자
> 월급이 4백 크로네인데 5백 크로네 쓴다면 카페로 가자
> 바르고 얌전하게 살고 있는 자신이 용서 되지 않으면 카페로 가자
> 좋은 사람을 찾지 못한다면 카페로 가자
> 언제나 자살하고 싶다고 생각하면 카페로 가자
> 사람을 경멸하지만 사람이 없어 견디지 못한다면 카페로 가자
> 이제 어디서도 외상을 안 해주면 카페로 가자

국내 독자에게도 널리 알려진 시 〈Kaffeehaus〉의 전문이다. 시에서 카페 첸트랄은 알텐베르크의 모든 것을 받아줄 수 있고, 포용할 수 있는 엄마 품 같은 곳임을 암시한다.

그래서일까? 러시아의 혁명가였던 레오 트로츠키도 1차 대전 후 오스트리아에 망명 와서는 바로 카페 첸트랄에서 당구를 치며 나날을 보냈다. 비엔나의 카페에는 보통 당구대가 4, 5대 놓여 있고 포커놀이에 열중하는 손님들도 종종 발견할 수 있다. 그때 첸트랄의 당구대에는 프로이트와 '이민자'로 위장하여 1907년부터 몇 해 동안 비엔나에서 망명의 나날을 보냈던 러시아의 트로츠키도 자주 모습을 나타냈던 것이다.

카페 첸트랄과 더불어 명성을 날렸던, 또 다른 카페 디글라스Diglas나 카페 프뤼켈Prückel도 가 보시라. 그곳에 가면 여전히 100년 전 비엔나 카페의 분위기를 만끽할 수 있다. 지금도 피아노 연주, 문학 작품 낭독회, 출판기념회, 그리고 각종 연회가 열린다. 사교를 겸한 신문 구독, 당구를 치며 커피를 마시는 여가, 때로는 토론과 사색이 치열한 예술 창조의 진원으로서 카페는 다양한 변신을 시도해 오고 있다. 비엔나 예술 문화는 현재도 카페에서 진행형이다.

모스크바 카페와 비엔나 커피

모스크바에도 카페가 적지 않다. '카페'란 간판을 내걸고 음식점을 겸한 곳도 많다. 즉 먹고 마시는 곳 전부가 카페인 셈이다. 그러나 카페를 찾는 이유는 커피를 마시며 대화를 나누려는 것도 있지만, 인터넷 사용 등 부가적인 이유도 적지 않다. 그러나 와이파이가 잘 된다고 소개되어 있고, 와이파이 비밀번호를 선뜻 알려주지만 2015년 기준으로 모스크바에서는 정작 인터넷이 제대로 되는 곳은 많지 않았다. 영어가 통하지 않아

◆ 모스크바 아르바트 거리에 위치한 카페

◆ 모스크바 구세주 그리스도 대성당(위) 스탈린 시대에 지어진 세븐 시스터즈 건물 중 하나(아래)

직원과 이맛살을 찌푸리기가 일쑤다.

10월 말, 모스크바는 벌써 영하의 날씨에 예고도 없이 눈이 내리고, 바람도 세다. 걷다보면 귓볼이 너무 시려 실내로 들어갈 생각이 간절하다. 그때 절로 찾게 되는 곳이 카페다. 그러나 들어간 카페에선 영락없이 미녀 여직원의 쌀쌀맞은 응대에 반복되는 배신감을 맛본다. 몸을 녹이고 추위를 피하는 것 외에 커피 맛도, 인터넷도 내 편은 아니다.

그나마 카페 창가에 앉아 창밖을 내다보며 바깥 풍경을 감상하는 즐거움이라도 있어 좋다. 모스크바 건물의 특징을 두 가지 찾아냈다. 하나는 러시아 정교회 건물의 황금 돔 지붕으로 표상되는 종교적 건물과 레닌과 스탈린이 통치하던 공산주의식 직선형 건물이 불협화음을 이루지만 그 안에서 미묘한 화음을 이루는 것이 일말의 긴장을 자아낸다는 점이다. 지나치리만큼 인공적인 직선 사이에 작고 예쁜 귀족적 주택이 공존하는 것은 마치 예술 작품에 가까운 모스크바 지하철 플랫폼 장식의 아름다움을 둘러싸고 있는 직사각형 구조 역사驛舍의 단순함과도 비교된다.

다른 하나는 대비되는 건물의 색채다. 건물들은 크게 보아 검은 빨간색, 에머랄드 빛 옥색, 흰색과 옅은 노란색으로 대표되는, 다른 나라나 우리나라에서는 그다지 호감을 주지 못할 색깔들이다. 그런데 이런 색채 대비가 모스크바에서는 퍽이나 능청스럽게 조화를 이루어지고 있다. 주요 관광지나 크렘린 궁전 건물에서도 이것을 확인할 수 있다. 그런데 일반 주택가나 아파트, 모스크바 시민들이 사는 공간은 대개가 여전히 회색빛 시멘트 건물이다. 공산주의 잔재가 남아 있다고는 하나, 여전히 칙칙하고 무거운 느낌의 회색 건물을 볼 때마다 멜랑콜리한 느낌에 젖어들기 쉽다. 이들 건물이 보여주는 색채의 향연이 모스크바의 겉모습, 그 이미지를 만들어내고 있다.

중요한 것은 이런 건축 감각과 색감을 추구하는 러시아인들의 감각일 것이다. 스페인의 대건축가 가우디는 "곡선은 신이 인간에게 내린 선물이요 직선은 인간이 만든 죄악이다"라고 말한 바 있고, 오스트리아의 훈데르트바서 역시 곡선을 통해 인간이 자연으로 돌아갈 것을 소망하기도 했다. 건축가 아돌프 루스는 장식은 범죄라며 바로크식 화려한 건축 외양과 실내 디자인을 철저히 거부한 채, 실용성을 강조한 직선형 건물을 처음으로 오스트리아에 적용시키지 않았던가? 러시아에서 느껴지는 인공적으로 만들어진 직선 건물들은 크기와 형태로 국민과 시민을 통제하고 관리하고자 했던 기능성만 노골적으로 보일 뿐이다.

이른 가을부터 모스크바에 차가운 바람이 불고 눈발이 날린다. 나뒹구는 낙엽이 잿빛 하늘 아래 갈 길을 몰라 헤매는 듯하다. 아직 모스크바에 마음 둘 곳을 찾지 못했다거나 어딘가 있을 정겨움과 포근함, 그리고 사람 사는 냄새를 제대로 느끼지 못했다면, 그것은 어쩌면 모스크바 카페에서 따뜻함을 느끼지 못했기 때문일지 모르겠다. 한 가지 흥미로운 것은 모스크바 카페에서 비엔나커피를 만났고, 그 커피가 다름 아닌 브라우너 커피임을 알게 되었다는 것이다. '비엔나커피'라고 적혀 있었고, 그 실체는 에스프레소 커피인 브라우너였다. 이제 비엔나의 커피는 세계적인 트렌드가 되었다.

율리우스 마이늘 커피가 한국에도 진출해 서울에 매장을 열었다는 소식도 들려온다. 한국인에게 비엔나커피는 어떤 색감, 어떤 미감으로 인사하고 있을지 궁금하다. 요즘 한국의 많은 카페에서 선보이고 있는 아인슈패너 중 진정한 비엔나커피를 찾기란 쉽지 않다.

둘. 클림트라 읽고 프로이트라 쓴다

비엔나의 거리를 걷다 보면 쉽게 발견할 수 있는 홍보 문구가 있다.

'Never leave Vienna without a Kiss'

벨베데레 박물관에 있는 클림트의 그림을 염두에 둔 관광 홍보 문구인데, 재치가 묻어난다. '〈키스〉를 보지 않은 자, 비엔나를 절대 떠날 수 없다.'라니. 비엔나를 찾은 손님 중 클림트의 유명한 그림 〈키스〉를 직접 보지 않고, 비엔나를 떠나는 것은 헛 구경임을 은연 중 채근하면서 관광객의 자존심을 건드리는 도발적 표현이 아닐 수 없다. 그만큼 비엔나에 오는 것은 자유지만, 비엔나를 떠날 때는 최소한의 책임과 과제에서 벗어나야 할 것 같은 느낌마저 든다. 비엔나를 먹여 살리는 건 클림트라 아니라 현재의 상술과 재응용능력에 있다 해도 과언이 아닐 듯하다.

클림트는 오스트리아가 보여줄 수 있는 여러 선물 보따리 중 하나일 뿐이다. 유명 오스트리아 화가로는 페르디난트 게오르그 발트뮐러, 루돌프 폰 알트, 한스 마카르트, 구스타프 클림트, 에곤 실레, 오스카 코코슈카, 프리덴슈라이히 훈데르트바서 등 많다. 사진가로는 매그넘 최초의 여성 작가인 잉게 모라스, 에른스트 하스 등이 있는데, 역시 세계적인 명성을 자랑한다. 그럼에도 구관이 명관이라고, 클림트를 떼어놓고는 오스트리아 예술과 비엔나를 말할 수 없다. 그가 100년이 지난 오늘날에도 우리에게 선사하고 있는 매력은 무엇인가? 왜 그의 그림 세계와 미학에 그렇게 열광하는가?

클림트의 진정성, 그 반항의 이면

비엔나 대학은 2015년에 대학 설립 650주년을 맞아 대대적인 홍보와 기념행사를 열었다. 조선 시대에 성균관이 세워지고[1415년] 성균관대가 2015년에 개교 600주년 기념행사를 거행했는데, 비엔나 대학은 이보다도 50년 나이를 더 먹었다. 오스트리아에서 가장 크고 최고 수준을 자랑하는 비엔나 국립 대학교. 1365년에 설립된 비엔나대학은 현재 재학생 92,000명에, 교수 3,000명이 활동하는 세계 70위권 내 명문 대학이다.

비엔나 대학의 심장부는 바로 본부 건물이다. 현존 본부 건물은 링 스트라세 도시 건설 계획의 일환으로 1873년에 새로 짓기 시작해 1884년에 완성됐다. 인문주의의 부활을 내세워 신학, 철학, 의학, 그리고 법학과 이렇게 전통적인 네 학과만이 본부 건물에 들어왔다. ㅁ자 형태의 건물 중앙에는 잔디밭이 있고 사방의 벽 앞에는 오스트리아의 저명한 학자, 교수들의 흉상이 놓여 있다. 비엔나 대학 재직 저명 교수, 또는 출신 명사들이 망라되어 있는데, 프로이트를 비롯해 칼 포퍼, 비트겐슈타인, 알츠만 등의 흉상을 발견할 수 있다.

19세기 말 비엔나 대학 교수들은 세계를 더 이상 가톨릭으로 설명하

◆ 비엔나대학 본부 건물(위) 비엔나대학 본부 측면 계단(아래)

◆ 비엔나 예술사박물관-클림트가 그린 계단 벽화(위, 아래)

려 하지 않았다. 자연과학과 경험주의를 가져왔는데, 여기에 수학적 사고를 접목한 비트겐슈타인의 논리 언어가 선구적인 역할을 했다. 검증이 어려운 전통 철학 대신 증명 가능한 것만을 진리로 인정하고자 했다. 비트겐슈타인은 언어 사용의 혼란을 자연과학적 명제, 곧 참 명제와 거짓 명제로 그 체계를 마련하고자 했다. 이와 유사한 관심을 가졌던 칼 포퍼나 프레게G. Frege 등이 소위 '비엔나 학파'를 형성해 관련 연구를 이어 나갔다. 세상의 어떤 진리도 잠재적 가설일 뿐, 반증이 가능하다면 더 이상 진리일 수 없다고 보았다.

59세에야 비로소 교수가 된 프로이트는 가톨릭 세계관을 정신분석학으로 근본에서 뒤흔들었다. 시민계급의 합리적 이성에 기초한 연구는 의학적 경험에 입각해 인간을 새롭게 규정하고자 했다. 인간이 정신적, 종교적 존재가 아니라 무의식적 성적 욕망과 죽음 충동이 지배하는 존재로 규정한 것이다. 동물과 인간의 성욕을 동일한 것으로 보고 인간 정신과 심리를 분석한다는 연구를 비엔나 대학이 받아들일 수 없었음은 자명하다. 이 때문에 프로이트는 오랫동안 교수 채용에서 낙방할 수밖에 없었다.

또한 보수의 철옹성과 같은 대학과 예술인과의 갈등을 잘 보여주는 일화 속 주인공으로 구스타프 클림트를 호명할 수 있다. 구스타프 클림트는 비엔나 대학의 의뢰를 받아 네 개의 학과, 즉 법학과와 의학과, 신학과, 그리고 철학과를 상징하는 그림을 그리게 되었다. 보는 이로 하여금 꽤나 충격을 줄 만한 그림들이 높은 곳에서 내려다보는 듯하다.

만약 클림트가 그린 대형 그림을 더 감상하기 원한다면 예술사 박물관과 비엔나 대학 본부 건물을 찾아가면 된다. 예술사 박물관 계단에 클림트가 그리스 신화를 소재로 그린 아름다운 벽화와 비엔나 대학 본부 건물 대강당 천장에 몽환적인 클림트만의 정신세계를 잘 보여주는 천장화가 있기 때문이다. 그가 그린, 몇 점 안 되는, 대형 작품 중 하나다. 특별히 예술사 박물관 계단 벽화를 보노라면 클림트의 도상학적 그림이 그리스 신화 속 세계로 화化해 사방에서 신비스런 이야기를 조잘대듯 이야기하는 착각을 갖게 하기에 충분하다. 도발적이고 반항적인 느낌 또한 다분하다.

클림트의 이런 도발적인 회화 정신이 차라리 아름답다 싶은 곳이 있다. 바로 세기말 빈 분리파 운동의 본산지였던 제체시온secession이다. 이 건물은 황금빛 돔으로 되어 있어 멀리서도 금방 알아차릴 수 있다. 제체시온은 예술의 자유를 주장한 퀸스틀러 하우스 소속의 미술가들이 기존의 예술 정신에서 탈피한다는 의미에서 '분리'라는 뜻의 'Secession'이란 새로운 예술협회를 창설한 데서 가져왔다. 제체시온 건물은 협회 멤버였던 요제프 마리아 오블리히가 1898년에 아르누보 양식으로 세운 것이다. 이때 함께 활동한 화가 중에는 구스타보 클림트와 에곤 쉴레도 포함되어 있었다.

비엔나 재래시장 바로 옆에 위치한 제체시온이 오늘까지 유명한 이유 중 하나는 외형의 아름다움뿐 아니라 그 안에 남아 있는 클림트 벽화 때문이다. 일명 '베토벤 프리즈Bethoven Freeze'라 불리는 프레스코화가 남아 있기 때문이다. 길이 34m, 높이 2m의 대작大作인 이 작품은 클림트가 베토벤 교향곡 9번에서 영감을 얻어 제작한 것이다. 클림트가 벽면, 또는 천장에 그린 프레스코화는 많지 않기 때문에 이곳에서 클림트의 또 다른 그림세계를 감상하면 좋다.

◆ 클림트가 비엔나 대학 본부 건물 내 페스티발살(Festivalsaal) 천정에 그린 대형 천정화.
신학, 법학, 철학, 의학을 형상화했다.

클림트 도상 해부학, 〈사랑〉에 대한 감상

클림트 그림을 좋아하는 이들이 많고, 그에 비례해 인기 있는 그의 작품 또한 많다. 그런데 내가 가장 좋아하는 클림트 그림은 〈키스Kiss〉도 〈유디트Judith〉도 아닌, 〈사랑Love〉이란 제목의 초기 작품이다. 〈사랑〉은 그림에 불꽃을 피우기 시작한 청년 클림트의 순수한 예술혼과 오롯이 만날 수 있는 원천이 되는 작품이라 생각되기 때문이다. 현재 이 원화는 비엔나 시립박물관Wien Museum에 소장되어 있다.

처음 이 그림을 실물로 본 순간, 나는 한동안 말을 잊고 떠오르는 상념을 주체할 수 없었다. 그림틀과 배색 자체는 고전적이다 못해 고풍스럽다. 마치 '사랑'에 관한 소설책 표지 느낌이라고나 할까? 본 그림 양 옆에 구획된 액자틀이 있는데, 또 다른 그림인 듯, 혹은 배경 그림인 듯 진한 노란색 바탕에 상단에 가시가 있는 흰 장미가 사실적으로 그려져 있다. 남녀 간 사랑과 가시 달린 장미와 나무를 연결 짓는 것은 상징치고는 너무나 평범한 수준의 비유에 속한다. 활짝 만개한 장미꽃도 있지만, 아직 피지도 않은 꽃봉오리도 보인다. 확실히 가운데에 위치한 본 그림을 받쳐주는 배경적 요소가 강하다. 그것도 위에서 아래로 향해 뻗어있는 구도라 마치 박수라도 치는 듯한 착각마저 불러일으킨다.

그런데 이런 배경 그림이 배경으로 존재할 수 있는 이유는 너무 밝고 촌스러운 듯한 색감과 분위기 때문이 아니라, 가운데 본 그림의, 어딘지 음산해보이는 배경 속에서 긴장한 듯한 남녀 간 입맞춤 직전의, 격정적이면서도 순수한 떨림의 그 순간을 편안히 안정적으로 떠받쳐주고 있기 때문이다. 그것은 본 그림 상단에 등장하는 인물들의 시선을 역시 두 남

◆ love(1895)

녀 간 격정적인 순간 자체에 집중시키게 하는 역할을 할 뿐 아니라, 동일한 위치의 장미로 둘러싸여 어둠 속 인물들의 시선과 극적인 대비를 보여주는 별천지의 이미지를 선사한다. 이질적인 경계를 분명히 구획해놓고, 그 틀 안팎에서 펼쳐지는 색감과 이미지의 반발과 조화를 절제된 감정으로 느낄 수 있도록 만들어놓은 것이다.

본 그림은 어떠한가? 그림 한가운데에 껴안은 채 서로를 너무나 원한다는 듯 응시하고 있는 남녀의 모습이 너무 리얼하다. 잘생긴 얼굴의 남자가 여자의 허리를 두 팔로 감싼 채 듬직한 표정으로 여자를 지긋이 내려다보고 있고, 하얀 드레스를 입은 여자는 온몸을 남자에게 맡긴 듯 지그시 눈을 감은 채 얼굴을 남자에게 향하고 있다. 그 여자의 얼굴은 클림트의 다른 그림에서도 종종 발견되는, 클림트의 그림임을 알아차리게 하는, 일종의 이미지화된 아이콘이다. 황홀한 순간 그 자체다. 시간이 멈춘듯, 심장이 넋이 버린 듯한 찰나의 행복이다.

그림 상단에는 8명 정도의 인물이 각기 다른 형상을 하고 있다. 얼핏보면 4명만 보인다. 그러나 눈을 크게 뜨고 자세히 살펴보라. 오른쪽 상단의 어여쁜 처녀와 곱슬머리 어린 여자애 사이로 미묘한 얼굴 표정을 짓고 있는 아프리카 흑인을 발견할 수 있다. 또한 삐쩍 마른 몰골의 노파-어쩌면 귀신일 지도 모르겠다-와 왼쪽 끝부분에 산발한 중년 여성의 측면 얼굴 사이에 3명의 얼굴이 교묘하게 겹쳐져 있다. 제일 위쪽에는 해골의 얼굴이 있고, 그 바로 아래에 어딘지 모르게 슬퍼 보이면서도 화난 듯한, 공포감을 주기에 충분한 늑대소년 같은 인물이 숨어 있다. 그리고 그 늑대 소년 아래에 두 눈이 왕눈이처럼 튀어나온, 개구리 같기도 하고, 정체불명의 괴물 형상을 한 존재가 있다. 눈의 위치와 쫙 벌린 듯한 입 모양으로 보아 이 존재의 얼굴은 거꾸로 되어 있다. 즉, 머리가 아래를 향하고 있어 시선은 다른 이들과 달리 위를 향하고 있다. 그렇다. 다시 자세히 이들 8인을 스캔해보면, 이들의 시선은 동일한 곳을 향하고 있지 않다. 이들은 그림 한가운데에 있는 사랑하는 남녀를 향해 내려다보고 있는 것이 아니다. 이들은 지금 시선을 한 곳에 모을 수 없는, 둥둥 허공에 떠있는 자유로운 영혼들인 것이다.

그런데 이 그림을 볼 때마다 탄복하지 않을 수 없는 이유는 다른 데 있다. 바로 이 두 남녀 주인공과 그림 상단에 나타난 인물들 사이에 드리워진, 희끄무레한 연기처럼 두 공간을 연결 짓고 있는 영혼의 그림자를 발견할 수 있기 때문이다. 사랑하는 남녀의 머리 위에서 스멀스멀 피어오르는 듯한, 영혼과 무의식의 자취가 그림 상단의 정체불명의 인물들과 닿아있다. 그 의미가 무엇일까? 지고지순한 사랑을 나누는 듯한 남녀 주인공과 여러 형상의 인물들이 하나의 연기 자락으로 연결되어 있는 것이다.

이것은 기기 막힌 메타포다. 클림트는 한 폭의 그림에서 스토리텔링을 하고 있는 것이 분명하다. 그것도 음양의 이론을 교묘히 사용하고 있다. 밝음과 어둠을 기본적으로 대비시키면서 남자와 여자, 아이와 어른, 젊음과 노쇠, 삶과 죽음, 육체와 영혼, 희망과 절망, 영원과 순간이 끊임없이 움직이고 있음을 말하고 있는 것이다. 우리의 삶 자체가 그렇듯이, 어느 하나 고정된 가치의 절대값이란 없다. 시각의 영점이란 없다. 사랑 너머에 존재하는 절망과 슬픔을 이해할 필요가 있다. 시간은 덧없이 흘러가고, 사랑도 변한다. 형태를 바꾸고, 본질도 헷갈리게 만든다.

클림트가 말하고 싶었던 '사랑'은 인간의 의식과 존재에 대한 고민을 풀고자 한 열쇠와 같다. 인생을 들여다보는 창문인 셈이다. 클림트가 〈사랑〉을 액자 틀로 나타낸 이유도 바로 여기에 있다. 누군가의 사랑은, 그들만의 사랑 이야기라 할지라도, 그 사랑을 타자화하고 객관화할 필요가 있다고 여긴 것이리라. 클림트 시대에 TV가 없었음에도 불구하고, 저 천재화가는 이미 120년 전에 그림을 통해 한 편의 인생극장을 보여주고 싶었던 것이 아닐까?

비엔나에서 내가 만난 클림트의 〈사랑〉은 바로 이런 울림이었다. 아름다운 착각을 하며 그림을 감상하고 인생을 이해하는 법. 그것이 내가 클림트한테서 배운 한 수이다.

클림트와 프로이트, 세기말 시대정신의 쌍두마차

프로이트는 네 살 때부터 히틀러의 핍박을 피해 영국으로 망명하기 전까지 수십 년을 비엔나에서 살았다. 그러나 그에게 있어 비엔나는 애증의 도시였다. 비엔나 출신의 저명 인사들, 곧 칼 크라우스나 비트겐슈타인, 말러 등 유태계 지식인들처럼 그 역시 비엔나를 싫어했지만, 다른 한편으로 비엔나만한 도시도 없다는 이중적 사고를 갖고 있었다.

그가 만난 히스테리 환자들과 그들에 대한 치료는 일반 비엔나 인들이 체험하던 일에서 찾아야 했기에 비엔나를 미워할 수만은 없었다. 그러나 비엔나에서 정신분석학과 프로이트를 우호적으로 받아들인 이들은 별로 없었다. 무엇보다 최고 지식인들이 모여 있다는 비엔나 대학 의과 전문가부터 가톨릭 교리에 충실하고 절대왕정 체제에 사로잡혀 있었기 때문에 프로이트의 정신 치료를 부정적으로 바라보았다. 성性을 매개로 한 연구도 이미 당대에 활발히 다뤄지고 있었던 것이라 별반 관심을 끌지 못했다. 거기에다 이성과 충동의 문제, 무의식의 문제를 한쪽으로만 이해하고자 했던 프리델, 크라우스, 빌헬름 슈미트 등은 프로이트의 정신분석을 물고 늘어지며 반박을 가했다.

그런데 프로이트에 대한 반감은 아이러니하게도 제1차 세계 대전 후 나르시시즘에 빠져있던 비엔나 귀족사회와 절대왕정이 붕괴됨에 따라 오히려 정신적 충격을 극복하기 위한 대안으로 바뀌게 되었다. 유럽 문명의 자기 파괴적 폭력을 전쟁을 통해 직접 목격한 이들이 프로이트의 이론을 수용하거나 관심을 보이기 시작한 것이다. 가부장 중심 사회에서 가장인 아버지의 권위와 그 영향력에서 벗어날 뿐만 아니라, 일반 시민들의 두려움과 공포감을 제거시키기 위해 많은 이들이 프로이트의 학설에 관심을 갖게 된 것이다.

프로이트는 원래 개인주의자였다. 사회 현실 문제에 적극 뛰어들고자 했던 위인은 아니었다. 그런데다 정치적으로, 학문적으로 팽 당하는 분위기 속에서 그는 정치적 변화보다 철저히 은둔하며 자기 학문을 즐겼다. 1908년까지 투표자 명단에 그의 이름이 없었다는 것은 비엔나가 그를 차별한 증거가 된다. 그는 제1차 세계대전이 발발하자 오히려 사회의식의 변화를 더 바랐을지도 모른다. 이렇듯 현실과 정치, 사회와 아슬한 경계에서 양가적 면모를 보였다. 1926년, 그가 지인에게 "저는 정치적으로 보자면 아무 것도 아닙니다."*라고 고백한 것도 정치적 무관심을 일부러 강조한 말이었다. 그렇기에 프로이트의 정치적 무관심을 비판한 지식인도

---

* 윌리엄 존스턴, 변학수 · 오용록 외 옮김, 『제국의 종말 지성의 탄생』, 글항아리, 2008, 394쪽.

적지 않았다.

그는 가톨릭교회특히 비엔나의 보수적 가톨릭 문화를 비판했지만 유대교와 유대인에 대해서는 우호적인 관점을 분명히 취했다. 그러나 '성'에 대한 그의 관점, 여성 천대 의식 등을 볼 때 유대인의 사고에서 벗어나 있다고 말하기 어렵다. 그렇다고 그는 순진한 유대인도 아니었다. 유대인의 농담에 익숙한 생각들을 정형화된 틀에 치환시켜 꿈의 언어로 밝혀냈다. 소쉬르나 라캉 같은 구조주의적 해석가들은 프로이트의 『꿈의 해석』에서 설명한 무의식 상태의 언어 기표를 관찰해 언어적 구조주의 이론으로 발전시켰다.

프로이트는 삶의 허무함과 죽음에 관심이 많았던 당대 비엔나 인상주의자들과 젊은 비엔나 지식인들의 감수성과 비합리적 확신 태도를 보며 전쟁과 죽음에 대한 무의식 문제를 본격적으로 다루기 시작했다. 『전쟁과 죽음에 대한 시론』1915 그리고 『쾌락 원칙을 넘어서』1920에서 죽음 충동과 삶의 충동 문제를 다루면서 '자아'와 '이드' 이론을 만들어냈다. 그 결과물이 『자아와 이드』1923다.*

한편, 그는 반교회주의자들처럼 그리스와 로마의 고전에 심취했다. 1901년과 1904년에 각각 로마와 아테네를 여행했다. 이후로 그는 골동품 수집과 그리스 신화에 깊은 매력을 느끼게 되었다. 그가 『꿈의 해석』에서 소포클레스의 오이디푸스왕의 비극을 기려 1910년에 그 유명한 '오이디푸스 콤플렉스'를 제안할 수 있었던 것도 그의 관심사가 투영된 결과였다.

클림트 그림을 프로이트의 '꿈의 해석'으로 읽어 내고, 프로이트의 꿈

---

* 윌리엄 존스턴, 변학수·오용록 외 옮김, 『제국의 종말 지성의 탄생』, 글항아리, 2008, 405쪽.

의 해석을 클림트 그림에서 발견할 수 있다. 동시대를 살며 자기 영역을 외롭게 구축해 나간 두 사람은 서로 긴밀한 영향을 주고받았을 것이 분명하다. 클림트라 읽고 프로이트라 써도 좋은 이유는 비단 두 사람이 남긴 작품 때문만이 아니다. 당대 사회에 대한 반항과 부적응, 그리고 고독을 제 방식으로 구현해 낸 이들이 100여 년 전 비엔나 한 지붕 아래서 함께 호흡하며 사회와 시대 변혁을 고민했기 때문이리라.

셋. 학문의 언덕, 문학의 호수

비엔나에는 맥도날드 매장이 너무 많다. 전 세계적으로 맥도날드가 없는 곳이 없지만, 자기네 문화와 전통을 중시하는 유럽 내 국가 중 시내에서 맥도날드 매장을 이리도 쉽게 발견할 수 있는 곳은 비엔나밖에 없는 듯하다. 그것도 바로크식 궁전처럼 화려한 건물을 매장으로 만들어 놓은 곳도 있다. 이런 매장에 들어가보면, 인스턴트 정크 푸드를 먹는 것이 오히려 황송하다 싶을 만큼 우아하고 고급스러운 인테리어가 압권이다. 비엔나의 맥도날드 매장은 그저 한 끼를 그럭저럭 때우기 위한 패스트푸드점이 아니다.

비엔나 맥도날드는 카페의 진화다. 맥 카페가 따로 있지만, 비엔나 맥도날드라면 어딜 가든 카페문화가 진동한다. 그것은 카페에 들러 무한정 수다를 떨거나 공부를 하거나 책을 읽거나 신문을 보는 생활이 일상화된 비엔나 시민들의 취향을 고려한 공간 미학의 산실이다. 사람들은 자연스레 노트북을 켜놓고 정보를 검색하거나 책을 펴놓고 공부를 한다. 2~3시간은 기본이다. 사교의 장이자 휴식의 공간이며 지식 형성의 샘물이다. 단순히 먹기 위한 공간이 아니라, 가볍지 않은 자아 성찰의 장소로 삼기에 충분하다. 이런 공간 개념과 분위기는 19세기에 유행했던, 유럽 내 살롱 문화의 21세기 버전이라 할 것이다. 그 기질이 어디 가겠는가? 외피는 미국식이나 내면은 유럽식의 절묘한 조화라고나 할까.

그 조화의 현장은 맥도널드 음식 메뉴에서도 확인 가능하다. 가장 쉽게 눈에 띄는 특징은 햄버거 빵이다. 한국이나 미국 본토에서 흔히 볼 수 있는 말랑말랑하고 부드러운 빵이 아니다. 유럽 인들이 좋아하는 둥근 모양의 딱딱한 빵 중간을 잘라 그 안에 샐러드와 토마토, 그리고 고기를 넣었다. 폴란드에서는 이 빵을 부우카Bulka라 부른다. 치아바타 식감과 비슷하나 좀 더 딱딱하면서도 고소한 맛이 난다. 빵이 일상인 유럽 인들의 식생활을 고려할 때, 맥도널드에서 햄버거를 먹는다는 것은 열량 놓은 부드러운 빵이 아닌, 샌드위치처럼 채소와 고기를 곁들인 한 끼 식사로서의 햄버거 빵인 것이다. 제빵점에서 파는 샌드위치류 빵과 다를 바 없다. 여기서 일단 비엔나 맥도널드 햄버거가 정크 음식이 아닐 수 있다는 느낌을 주기에 충분하다.

또 한 가지 놀랄 만한 사실은 햄버거와 함께 주문하는 세트 메뉴에 들어있는 음료가 콜라나 환타 등 탄산음료가 아닌 비엔나커피라는 점이다. 카푸치노 커피 모양이지만 오스트리아 인이 즐겨 마시는 멜랑주라는 커피가 기본 음료라는 사실. 커피를 좋아하는 오스트리아 사람들은 미국식 음식문화를 자기네 것으로 바꿔 놓은 것이다. 이처럼 빵과 커피를 맥도널드에서 저렴한 가격으로 즐길 수 있다니 비엔나 사람들이 카페만큼 즐겨 찾을 만한 이유를 충분히 이해할 만하다. 단, 한국이나 미국과 달리, 세트 메뉴에 프라이드 포테이토가 없다. 결과적으로 맥도널드 매장에서 시켜 먹는 음식이란 정크가 아닌, 부담 없는 식사요 오스트리아 인들이 만들어낸, 현대인의 기준에 부합한 음식문화의 최전선이 된다. 탄산음료를 시켜도 리필은 없다. 음료잔의 크기는 앙증맞을 정도로 작다. 역시 건강을 배려한 전략이라고 할까?

그래서일까? 값이 의외로 저렴하다. 물가를 고려했을 때 저렴한 것은 물론이려니와 단순히 한국의 맥도널드 햄버거 가격을 비교하더라도 싸다. 햄버거와 음료 합해 평균적으로 고작 3.5유로이니 한화로 4천 5백원 정도다. 그러니 맥도널드 매장 문을 열고 들어가고픈 유혹을 떨쳐내기 어렵다.

한국의 어느 맥도널드 매장에서 떡과 샐러드가 섞인 햄버거가 세트 메뉴의 하나로 판매되고, 음료로 탄산음료 대신 보성녹차나 유자차, 또는 식혜, 보리음료가 나온다면 어떨까? 건강을 먼저 생각하고, 생활 속에 친숙하게 다가갈 수 있는 우리네 식재료를 활용하되, 비용 단가를 고려한 한국식 맥도널드 마케팅 전략 내지 문화 전략은 없을까? 의식이 기능을 만든다. 형태가 욕망을 창조해낸다.

비엔나를 세계적으로 만든 지성 중에는 경제학 분야에서 '오스트리아 경제학파'로 불리던 일군의 사단이 있다. 1870년대 이후로 비엔나 대학 교수들이 주장한 경제 이론, 곧 '한계효용이론'은 세계 경제에 막강한 영향력을 행사하면서 유명해졌다. 특히 카를 멩거, 프리드리히 비저, 에프겐 뵘바베르크 교수 등이 그 주인공이다. 그라츠 대학의 교수로 재직했던 슈페터 역시 오스트리아 경제학파의 거두로서 빼놓을 수 없다

이들이 내세운 경제논리를 쉽게 설명하면 이렇다. 한국에서 피자나 치킨을 시켜 먹을 때 으레 찾게 되는 것이 콜라다. 사실 피자나 치킨을 먹을 때 피자나 치킨만 시켜 먹는 한국인은 많지 않다. 비엔나 사람들은

피자나 치킨만을 잘도 먹지만서도 말이다. 이때 피자와 치킨, 콜라는 각각 그 나름의 효용가치가 있다. 그런데 피자나 치킨을 먹으면서 콜라 맛을 그리워하게 됨에 따라 콜라의 효용가치가 높아지고, 콜라의 소비로 이어지게 된다. 땀을 뻘뻘 흘리며 운동을 한 뒤 찾게 되는 맥주 첫 모금을 위해 비싼 가격임에도 불구하고 돈을 지불하게 되는 만큼, 그 상황에서의 맥주의 효용성은 대단히 증가하게 되는 것이다. 이것이 바로 오스트리아 경제학파가 말하는 한계효용 이론이다.

이뿐 아니다. 학문에 관한 한, 오스트리아는 국제적 명성을 얻은 수많은 학자들의 요람과 같다. 19세기의 저명한 과학자로는 루트비히 볼츠만, 에른스트 마흐, 빅토르 프란츠 헤스, 크리스티안 도플러 등이 있고 20세기에는 핵 연구와 양자역학의 체계화에 기여한 리제 마이트너, 에르빈 슈뢰딩거, 볼프강 파울리, 그리고 21세기에는 최초로 양자 원거리 이동을 증명한 양자물리학자 안톤 차일링거 등을 꼽을 수 있다. '멘델의 법칙'을 주장한 생물학자 그레고어 멘델을 비롯해 수학자 쿠르트 괴델, 포르셰 자동차의 설계자인 페르디난트 포르셰, 세계 최초 벤젠 연료 자동차를 개발한 지그프리드 마르쿠스 또한 오스트리아 인이다.

근대 철학정신을 뒤흔든 지그문트 프로이트뿐 아니라 알프레드 아들러, 폴 바츨라빅, 한스 아스페르거는 오스트리아가 낳은 세계적인 심리학자들이다. 이 중 프로이트, 융과 함께 세계 3대 심리학자로 불리는 오스트리아 출신의 알프레드 아들러1870-1937는 우리에게도 낯설지 않은 인물이다. 가족 내 출생 순서가 아이의 성격은 물론 장래에도 큰 영향을 미친다고 주장했던 장본인이기 때문이다. 최근 연구에서는 출생 순서와 성격 사이에는 별 상관성이 없다는 사실이 밝혀졌지만, 첫째가 책임감이 더 강하다고 느끼는 이유가 아이 중 나이가 가장 많기 때문이라고 주장한 아들러의 생각은 아직도 유효하다. 그의 심리학이 프로이트와 오스트리아 심리학 전통에 기초한 것만큼은 분명하다.

그런데 오스트리아는 과학, 심리학뿐 아니라 철학 분야에서도 소위 '잘났다'. 그중 두 명의 오스트리아 철학자 '루트비히 비트겐슈타인'과 '칼 포퍼'는 더 잘났다.

비트겐슈타인과 칼 포퍼

세기말 비엔나를 찾다 보면 한 오스트리아 철학자의 독특한 자취가 봄날의 꽃가루를 맡고 재채기하듯 다가온다. 철학에 관한 알레르기 때문이라고나 할까, 잔뜩 웅크린 어깨 위에 갸름한 얼굴의 유대인 천재 철학자 루드비히 비트겐슈타인Ludwig Wittgenstein, 1889~1951의 잔상이 내려앉는 느낌이다.

비트겐슈타인. 그는 언어철학자로 널리 알려진, 오스트리아 출신의 문제적 사상가다. 19세기 말~20세기 초 비엔나 지성계를 이끈 대표적인 사상가로 그를 빼놓고 비엔나의 마음♥을 훔쳤다고 말할 수 없다. 린츠Linz에서 태어난 그는 당시 오스트리아에서 가장 부유한 유태인 집안의 아들이었다. 어려서부터 총명하고 똑똑했으나 가정교사를 통해 교육을 받은 까닭에 그리스어를 배우지 못해 인문계 학교인 김나지움에 가지 못하고 린츠 실업학교Realschule in Linz를 다녔다. 이내 같은 1889년생으로 비트겐슈타인보다 7일 먼저 태어난 동갑내기 아돌프 히틀러Adolf Hitler도 린츠 실업학교를 다녔다. 훗날 히틀러는 나치즘을 내세워 유태인 학살의 주범이

된 반면, 비트겐슈타인과 그의 가족은 히틀러의 유태인 대학살의 악몽에서 벗어나기 위해 목숨을 걸고 영국으로 넘어가야 했다.

영국의 캠브리지 대학에서 강의를 하고 있던 비트겐슈타인은 제2차 세계 대전 당시 비엔나에 거주하던 누나들을 구하기 위해 나치 정부에 금 1.7톤을 제공했다. 그때 나치 정부에 준 금의 양은 당시 오스트리아가 보유한 전체 금 중 약 2%에 해당하는 것이었다.

비트겐슈타인은 세기말 비엔나의 불안한 모습과 6백 년 이상 된 합스부르크 제국의 몰락을 직접 목도했다. 또 오스트리아가 독일에 합병되었다가 제2차 세계 대전 후에는 독일과 마찬가지로 패전국이 된 것도 보았다. 예전에 누리던 영광을 송두리째 빼앗기고 영세 중립국으로 간신히 자기 앞가림조차 하기 어려워진 오스트리아의 현실을 고스란히 지켜보았던 비트겐슈타인. 비트겐슈타인과 그의 사상을 이해하기 위해서는 세기말 비엔나의 모습과 그 역사적 체험을 먼저 이해할 필요가 있다.

부호였던 비트겐슈타인 집안 덕분에 어린 비트겐슈타인은 음악 문화의 중심부였던 비엔나의 음악을 쉽게 생활 속에서 접하며 자라났다. 또한 학창 시절에는 하인리히 헤르츠와 볼츠만 같은 학자의 수학과 물리학 이론을 탄탄하게 학습할 수 있었다. 그런데 비트겐슈타인이 어린 시절을 보냈던 비엔나는 여러 면에서 독특했다. 당시 합스부르크 비엔나의 마지막 사회적, 문화적인 모습은 역사적으로 수면 상태였다고 할 만큼 경직되어 있었고, 권위와 공허한 동어반복의 삶에 짓눌려 있었기 때문이다. 이러한 제국 내 보수적 문화를 조롱하고 비판한 지성인에는 분야별로 무질문학, 지그문트 프로이트의학, 쇤베르크음악, 아돌프 로스건축, 오스카 코코슈카미술, 칼 크라우스언론를 꼽을 수 있고, 거기에 비트겐슈타인철학도 포함시킬 수 있다.

　사실 19세기 후반 오스트리아-헝가리 이중 제국은 광대한 영토와 군건한 권력 구조, 그리고 확고한 정치 체계를 오랫동안 구축해왔던, 자타가 공인하던 '초강대국'이었다. 그러나 1914년부터 1918년까지 제1차 세계 대전을 겪으면서 이전의 화려하고 웅장했던 제국의 모습은 모래성처럼 붕괴되고 말았다. 일부 독일어권을 제외하고는, 오늘날 예컨대 발칸 지역에는 과거 합스부르크 제국의 통치 지역이었음을 알 수 있을 만한 흔적이 거의 남아 있지 않다. 그토록 대단했던 초강대국이 일순간에 파멸되고 말았다는 사실이 오히려 당혹스러울 정도다. '꿈의 도시'의 이미지가 강했던 비엔나가 졸지에 가장 통렬한 비판의 대상이 되면서 '세계 파괴의 실험장'이 되고 만 것이다.

　어린 비트겐슈타인은 일찍부터 수학과 철학에 명석했다. 우수한 성적으로 학교를 마친 비트겐슈타인은 잠시 시골의 수학 교사로도 지냈으나, 그의 재능을 발휘해 연구에 몰두하게 된다. 결국 그의 수학적 능력을 인정받아 언어철학과 언어분석의 대가라는 평가를 받게 되었다. 영국 캠브리지 대학에서 강의도 했다.

　그런데 비트겐슈타인은 모호하거나 불안한 것을 좋아하지 않았다. 모두가 명쾌히 이해할 수 있도록 설명해낼 수 있는 것이 철학의 사명이자 철학의 존재의의라고 보았다. 그렇기에 비트겐슈타인은 우리가 수학을 배울 때 흔히 다루는 '참Truth'과 '거짓False' 명제 자체가 존재할 수 없다고 주장했다. 무엇보다 그는 우리의 인식을 혼란스럽게 만드는 현학적 진리는 결코 철학이 될 수 없다고 보았다. 그는 숨어 있는 무의미를 명백한 무의미로 보여주는 것이야말로 진정한 철학이라고 여겼다. 그래서 그는

철학자들이 던지는 난해한 질
문들을, 함께 고민하고 사유
해야만 하는 '문제'가 아닌, '언
어적인 수수께끼'에 불과하다
며 철학의 현학적 태도를 비
판했다.

◆ 비엔나대 본부건물 내 회랑에 위치한
칼 포퍼 교수 두상

그래서 그에게 있어 철학이
란 "파리통에 빠진 파리에게
그곳을 벗어나가는 길을 보
여주는 것"과 같다. 그렇기 때
문에 인간도 파리통에 걸려들
수밖에 없는 운명을 지닌 존
재로 인식했다. 그리고 이렇
듯 파리통에 빠져 헤어 나올
수 없는 이유를, 그는 언어에서 찾고자 했다. 즉, 언어가 교묘히 우리의
인식을 혼란하게 만들어 우리가 진리를 깨닫게 하는데 오히려 방해를 한
다고 본 것이다. 따라서 그의 말대로라면, 우리를 홀리는 언어의 마법과
싸우는 일이 대단히 중요한 문제가 된다. 그는 우리가 스스로에게 덮어
씌운 혼란의 그물에서 오히려 빠져나오게 하는 것이 진정한 철학의 목적
이 되어야 한다고 믿고, 평생 언어철학에 천착하고자 했던 것이다.

언어에 관해 이와 유사한 생각을 한 이 중에 야콥 그림Jacob Grimm, 그림 형
제 중 형이 있었다. 그는 동화 작가뿐 아니라 독일어 어원을 밝히고『독일어
문법』과『독일어 사전』을 발표한, 독일 최초의 언어학자이기도 하다. 야

콥 그림은 『언어의 기원에 대해서』라는 자신의 저서에서 언어는 그 자체로 경외할 만한 대상이라고 보았다. 그것은 언어가 지닌 짜임새와 법칙이 인간의 정신세계만큼 복잡하고 정교하다고 믿었기 때문이다. "인간이 생각하고 고안하고 마음속에 품고 서로 전하고, 인간의 마음에 담겨진 후 자연과의 협력을 통해 탄생한 것 가운데 언어가 가장 위대하고 고귀하며, 가장 불가결한 재산이다. 하지만 언어를 완전히 소유한다거나 깊은 이해를 구하는 것은 퍽 어려운 일이다. 언어의 기원은 신비롭고 불가사의한 것이다."*고 밝혔다. 언어 일반에 대한 경외감이 낭만적으로 기술되어 있지만, 언어의 불명확성을 언급한 지점에 있어서는 비트겐슈타인의 문제의식과 맞닿아 있다.

그런데 이런 비트겐슈타인의 철학관에 정면으로 비판하고 나선 이가 있었으니 바로 칼 포퍼Karl Raimund Popper, 1902~1994다. 칼 포퍼는 과학철학자이자 사상가였다. 토마스 쿤Tomas Koon과 너불어 20세기 지성사에 큰 영향을 미친 인물로 평가받는 포퍼는 오스트리아 비엔나 출신의 학자다. 비엔나 대학과 뉴질랜드 대학, 그리고 런던 정경대학LSE 등에서 오랫동안 교수로 재직하면서 이름을 날렸다. 우리나라에도 그의 저서 『열린사회와 그 적들』이 소개되어 그에 대한 인지도가 상당히 높다. 현재 비엔나 대학 본부 건물 안 아카데미 회랑에는 역대 비엔나 대학 재직 교수의 흉상이 세워져 있는데, 2015년 현재 가장 마지막으로 세워진 흉상이 바로 칼 포퍼다. 무엇보다 칼 포퍼와 비트겐슈타인은 여러 면에서 닮은 듯 다른 철학자라는 점에서 흥미를 끈다.

---

* 손관승, 『그림 형제의 길』, 바다출판사, 2015, 207~208쪽 번역 재인용.

칼 포퍼 역시 파란만장한 격동의 20세기 유럽 역사를 지켜본 산증인이다. 그런데 경험을 통해 그가 갖게 된 역사관은 대단히 실제적인 것이다. 즉, 그는 역사에는 플롯이 없다는 입장을 취했다. 진보를 역사의 필연적 과정으로 보지 않는다는 점에서 그는 발전론적 역사관을 부정했다. 반면, 사회와 경제가 발전하는 데 있어 가장 효과적인 촉진제는 바로 '개방성'에 있다고 보았다.

그는 정치 발전이 이루어지기 위한 필수조건은 실험과 검증, 그리고 조사의 가능성을 열어놓은 개방된 사회에 있음을 유럽 역사를 통해 깨달았다. 나치즘이나 파시즘 같은 광기 어린 사관이야말로 폐쇄적 사회가 '진보'와 '발전'이란 이름하에 만들어낸 괴물과 같다. 이는, 한편으론, 대단히 실존적 인식에 기반한 것이다. 그렇기 때문에 난해한 철학적 질문들을 '언어적 수수께끼'에 불과하다고 치부해 버렸던 비트겐슈타인의 논리를 칼 포퍼가 유아적 발상이라며 직격탄을 날린 것도 어떤 면에선 이해가 될 법하다.

두 사람은 같이 영국 런던 소재 다른 대학에서 근무했기에 서로 만날 기회가 있었다. 1950년대 후반에 한 차례 학회에서 만나 얼굴을 맞대고 논쟁을 벌인 일화가 유명하다. 두 사람의 인연은 이것으로 끝이 아니다. 비엔나 대학 교수이자 유태인이었던 프리드리히 폰 하이에크는 1960년대에 노벨 경제학상을 수상한 인물이다. 그가 아끼던 제자가 바로 칼 포퍼였다. 그는 칼 포퍼가 뉴질랜드 대학과 영국 런던정경대학 교수로 갈 수 있도록 다리를 놓아주고 추천해주기도 했다. 그런데 하이에크 교수는 비트겐슈타인의 6촌 형이기도 했다. 칼 포퍼가 하이에크 교수로부터 받은 후의를 생각하면 하이에크 교수의 천척 동생인 비트겐슈타인과 그렇게 면전에서 철학적 논쟁과 비판을 가할 수 있었을까 싶기도 하다.

그렇다면 비트겐슈타인은 왜 '하필' 철학의 모호성과 언어 문제에 천착하게 된 것일까? 사실 그 이유가 가장 궁금하다. 그러나 그 해답은, 앞서 언급했듯이, 19세기 말, 20세기 초 비엔나의 문화와 도시 분위기를 조금이라도 고려하거나 이해할 수 있다면, 의외로 쉽게 찾을 수 있다. 그가 태어나 자란 비엔나의 특별했던 환경과 분위기하에서 그의 철학 이론이 배태되었고, 그가 천상 비엔나 출신 철학자임을 확인할 수 있기 때문이다.

현재 비트겐슈타인의 철학 세계를 평가하는 이들은 영국 프레게와 러셀의 수학 논리학을 알고 난 뒤에 러셀과 무어의 인식론과 언어분석을 접함으로써 그의 철학이 구축되었다고 본다. 정설이 되다시피 한 이런 견해는 사실 1950년대 이후에 영국과 미국 대학에서 만들어진 것이다. 그리고 철학을 독자적인 학술분야로 보는 시각에서 재단한 결과일 뿐이다. 다시 말해 비트겐슈타인의 철학과 그에 대한 평가를 둘러싼 제반 요소는 근대 분과적 학문을 좋아하던 당대 학문적 풍토와 비판하에서 만들어진 다분히 유행성이 강한 평가라는 것이다.

물론 비트겐슈타인이 프레게의 위대한 작업과 친구 버트런드 러셀의 저술들을 참고한 것은 분명 있었을 것이다. 그러나 그것은 그가 이미 자기 철학에 관심이 있었고, 해결 의지가 있었기 때문에 이들을 만나 묻고 여러 논리적인 방법론을 구상했던 것이다. 더욱이 프레게가 비트겐슈타인의 직무을 이해하지 못해 당황해했던 일이나 러셀을 소개시켜 주면서 답을 넘긴 일들을 고려할 때, 더더욱 그렇다. 비트겐슈타인의 철학은 1914년 이전 비엔나 사회의 분위기 속에서 배태되었던 것이다.

비트겐슈타인이 직접 말했듯이, 그의 철학은 비엔나에서 교양 있는 상류사회 다수가 논하던 주제였다. 그리고 예술과 과학, 법과 정치, 음악과 문학 등이 그의 관심사에 직접적인 영향을 미쳤다. 비트겐슈타인의 철학이 독자적이고 자족적인 어떤 분야에 대한 전문적인 관심사에서 촉발된 것이 아니라, 19세기 말~20세기 초 비엔나의 문화 전통의 영향을 받고, 당대 다면적인 사유의 영역 속에서 구축된 결과였다는 것이다. 정작 비트겐슈타인은 그 누구보다 윤리문제에 집착했고 비엔나의 문화적 전통과 분위기가 그의 정신세계를 이끌었다.

비트겐슈타인은 두 권의 철학서를 썼는데, 그중 제1차 세계 대전 직후에 출판한 『논리철학논고Logisch- philosophische Abhandlung』에 그의 철학이 잘 나타나 있다. 그는 언어, 상징체계, 다양한 표현 매체가 우리에게 '표상Darstellung'이나 '그림Bild'을 제공한다고 주장했다. 그런데 이런 주장이 실은 그가 처음 말한 것이 아니라, 이미 1910년대 비엔나의 문화 토론장에서 종종 얘기되던 관심사였던 것이다. 비엔나의 역사와 문화, 문학, 사상, 음악, 미술, 의학, 건축, 교육이 그의 언어철학을 만든 모든 원천이었다고 해도 과언이 아니다.

그렇다면 어떻게 특정 '매체'가 특정 '메시지'의 표현 수단으로 어울릴 수 있을까? 음악과 그림, 건축, 일상 언어 등을 하나의 표상으로 간주할 수 있다면, 그것은 도대체 어떤 의미인가? 이런 질문과 해답 찾기는 헤르츠가 물리 이론을 자연현상을 설명하는 도구로 사용하면서 그림과 표상 문제를 언급한 이래로 비엔나에서 널리 퍼진 지적 놀이와 같았다. 그래서 이 질문에 대해 예술 분야에서는 클림트미술를 비롯한 쉰베르크음악의 작품 세계에서 언어, 그림, 표상, 상징체계가 적극 활용되었다. 그 당시 이를 제대로 알지 못하고는 감상조차 할 수 없었다. 당시 비엔나 지식인들은 표상과 상징체계, 의미 등 '기호적 기능'에 대해 열띤 토론을 벌였고, 이를 그림이나 음악, 문학으로 구현해내고자 했던 것이다. 비트겐슈타인은 이를 철학적으로 풀어보고자 했던 것이다.

그것은 '삶의 문제'와 '삶의 형식'을 반추하는 형식으로 나타났다. 윤리학이 매력적일 수 있는 이유는 윤리학이야말로 '말없는 신념'과도 같기 때문이다. 그런데 그대는 행복한가? 묻는 것 자체가 쓸데없는 질문이라고 비트겐슈타인은 말했다. 그러면서 존재와 인식 문제를 해결하기 위해 되물었던 수많은 철학자들의 질문이야말로 그저 쓸데없는 '언어적 수수께끼'에 불과하다고 비난했다.

비트겐슈타인은, 예컨대, '사람은 죽거나 죽지 않는다'라는 문장이 있다고 할 때, 이것은 예외적인 사항을 허용하지 않으므로 항상 진리인 명제_{항진명제}로 보았다. 이 명제는 현실과 상관없이 인간의 논리적 사고에 의해서 그렇게 정해진 법칙이다. 이렇듯 인간의 사고는 세계와 대상을 항진명제처럼 규정하고 있기에 비트겐슈타인은 이에 대한 반성에서부터 출발해야 한다고 주장한 것이다. 그렇기에 그는 "언어는 세계의 그림이다"와 같은 추상 명제에도 동의하지 않았다. 언어로 끊임없이 변화하고 움직이는 세상을 어떻게 다 담아낼 수 있단 말인가? 아무리 아름답게 찍은 사진일지라도 그 사진 속엔 새소리와 꽃향기까지 전달할 수 없다. 그렇기 때문에 비트겐슈타인은 이런 명제 자체를 인정하려 하지 않았던 것이다. 어찌 보면 삭막한 모래사막 위를 걸어가는, 무미건조한 사고의 결과에서 그만의 사유적 가치를 찾고자 한 것이 아닐까 싶기도 하다.

그것은 달리 말해, 세기말 비엔나 문화를 비판하거나 토론하던 지식인들의 삶 자체가 그의 항진명제에 대한 비판만큼 팍팍하고 삭막했었다고 할 것이다. 독특한 그만의 언어 철학세계는 비엔나 사회가 낳은, 철학계의 오아시스가 아닐까?

근대 비엔나 모더니즘, 특성 없는 하모니

오늘날 현대인은 '현대modern'라는 자의적 감옥에 사로잡혀 있다. 현대를 근대로 부르든, 근세로 부르든, 설령 '동시대contemporary'로 부르든 그것은 중요하지 않다. 이들은 현재 우리 삶과 시간을 과거의 '모든 것'과 구별시켜 인식하는 용어로 당당히 힘을 지니고 있기 때문이다. 그리하여 은연중 현대인은 이 '모든 것'은 과거를 통하거나 과거와의 대비를 통해서가 아니라 과거와 무관한 것으로 인식하고 그것으로 자기 자신을 규정하려 한다. 역사와 전통을 다음 시대로 공급해주는 영양분으로 여기지 않고 토해내야 할 역겨운 음식으로 치부하고, 과거와의 단절과 구분을 선호하게 되었다.

그 거대한 의식의 흐름 속에 '모더니즘'이 있었다. 그리고 유럽에서 이 모더니즘은 '개인의 발견'이란 측면에서 이해되었다. 칸트가 이를 '주체적 인간'으로 명명한 것에 반해, 비엔나 태생의 심리학자인 하인츠 코후트Heinz Kohut, 1913~1981는 좀 다른 맥락에서 이것을 '자아의 개편'이라고 불렀다. 그것은 역사 또는 전통에 대한 짐을 벗어던지는 순간, 과거에 대한 무관심 덕분에 상상력이 해방되어 새로운 형식과 구조가 마구 생겨날 수 있다는 것을 의미했다.

19세기 말, 비엔나는 유럽 모더니즘의 온상이었다. 그러면서 제국 체제가 흔들리고 새로운 사조가 유입되는 가운데 전통 문화 해체를 가장 전방위적으로 실천해나가고자 한 도시였다. 모더니즘을 각자 자신이 이해한 대로, 자신의 관심 분야에 따라, 과거로부터 스멀스멀 옥조여 오는 관습과 전통과 관계를 어느 정도 고의로 끊고, 해체시키고, 한없이 자유로울 것 같은 개인의 완성시키고자 한 지적 공동체가 자연스레 형성된 곳이었다.

『빈. 세기말의 정신과 사회』의 저자인 쇼르스케는 비엔나 모더니즘을 전통적 질서의 거부, 자유의 추구, 그리고 새로운 질서를 향한 열망 사이의 균형 감각으로 설명하고자 했다. 비엔나 성을 없애고 새로운 도시를 건설하기 시작한 1860년대에 유태인 시민계급이 사회 곳곳에서 자기 목소리를 내기 시작하면서 비엔나가 예술, 정치, 문화, 사회, 경제의 새 동력으로 거듭날 때, 그들이 견지했던 윤리주의적 종교가 큰 역할을 했다고 보았다. 그러나 그것은 또한 19세기말 비엔나의 필연직인 역사적 결과이기도 했다. 전통적 사회에서 배제된 소수집단이 고유의 정체성을 유지하기 위해 각고의 노력을 하는 중에 얻어진 성과였던 것이다. 유럽의 다양한 모더니즘 사조들의 영향도 분명 컸지만, 그 소수집단이 삶의 형식으로서 택한 예술창작과 학문연구 자체의 관성, 즉 해당분야에서 계속 생존하기 위해 끝없이 노력한 점도 높게 평가되어야 마땅하다.

비엔나 모더니즘의 일반적인 특징은 데카당스, 과학정신, 그리고 윤리주의라 할 수 있다 이때 비엔나 모더니즘 문학을 이끌어 나간 이들은 주로 오스트리아 유태인과 자유주의 시민 계급이었다. 호프만스탈, 슈니츨러, 알텐베르크 등으로 대표되는 '청년 비엔나' 작가들뿐만 아니라, 그 이후에 활동한 소설가 무질, 브로흐 같은 '제3세대' 작가들, 그리고 프라하에서 활동한 카프카까지도 이에 포함된다. 이들은 과거 절대 군주에 대한 충성심과 엄격한 시대 규정에 얽매이지 않고, 새로운 양식 실험을 추구하고자 했다. 이것이 사회 전반에 걸쳐 포괄적으로 나타난 것이 20세기 초까지의 일이다. 이때 산출된 비엔나 문학을 일반적으로 '비엔나 모더니즘 문학'으로 부를 수 있다.

분명 비엔나 모더니즘은 유럽 지성사에서 눈에 띄는 현상이었다. 특별히 오스트리아의 산업화와 도시화라는 사회적 현상과 다양한 유럽 모더니즘독일 자연주의, 북유럽 모더니즘과 프랑스 데카당스 문학 등의 영향, 거기에다 합스부르크 왕국의 특유한 문화전통이 어우러져 비엔나만의 비엔나 모더니즘을 산출해냈기 때문이다. 작가들은 단막극, 비평, 에세이, 장편소설 등을 신문 문예란에다 발표했다. 이때 이들이 내세운 담론은 주로 주체와 사회의 해체, 사회 정체성에 관한 것이었다. 또한 남성주의 관점에서 거칠게 다뤄진 성 담론도 빼놓을 수 없다.

마하의 상대주의 철학과 프로이트의 심리학 이론, 호프만스탈, 슈니츨러, 베어-호프만 등의 문학 비평과 무질, 카프카, 브로흐 같은 소설가들의 소설 작품, 언론인 칼 크라우스의 사회 비평, 그리고 비트겐슈타인의 언어철학 등이 세기말 비엔나 모더니즘 문학을 다채로우면서 독특한 평지評地로 만든 장본인들이었다.*

* 인성기, 『빈-예술을 사랑하는 영원한 중세도시』(살림지식총서 296), 살림출판사, 2007, 59~62쪽.

문학은 철학과 예술을 한다

비엔나 문학 박물관이 2015년 4월에 문을 열었다. 국립도서관 산하 박물관 중 하나로 출발한 것이다. 박물관의 천국이라 할 비엔나에서 2015년에야 비로소 문학 박물관이 설립되었다는 것은 늦어도 한참 늦었다. 예술사박물관, 자연사박물관, 비엔나 시립역사박물관, 왕궁 박물관, 보물 박물관, 마차 박물관, 에스페란트 박물관, 지구본 박물관, 건축박물관 등등 제 분야별 박물관이 자리를 잡고 있고, 벨베데르 미술관, 알베르티나 미술관, 레오폴드 미술관, 응용미술관MAK 등 특화 영역의 전문 전시 공간도 헤아릴 수 없을 만큼 많은 비엔나에서 2015년에 문학 박물관이 설립되었다는 것부터가 허겁지겁 막차를 탄 느낌이다. 그도 그럴 것은 오스트리아 예술 분야 중 외부에 가장 덜 알려진 것이 문학이기 때문이다. 박물관 건립은 한 나라의 자부심과 자기 애정의 표현인데, 그동안 박물관 건립의 필요성이 적었기 때문이다. 달리 말해, 오스트리아와 예술을 연결지을 때, 가장 소극적인? 세계적으로 가장 덜 알려진 분야가 문학이기 때문이다. 왜 그럴까? 상대적으로 음악과 미술, 건축 등이 너무 유명해 그렇게 느껴지는 것인가? 아니면 정말 문학이 발달하지 않은 것인가?

가장 큰 이유는 번역 때문이다. 오스트리아 문학을 제대로 번역하기 어렵게 만드는 고약한 측면이 있기 때문이다. 난해한 내용은 물론, 번역이 어려운 독일어 표현이 적지 않기 때문이다. 물론 번역만이 유일한 이유는 아니지만, 그것이 세계적인 문학으로 나가는 데 걸림돌이 된 것만은 분명하다.

번역과 관련한 재미있는 일화가 있다. 『톰 소여의 모험』과 『허클베리

핀의 모험』을 쓴 미국의 소설가 마크 트웨인이 1878년에 독일을, 1897년에 오스트리아 비엔나를 각각 방문한 적이 있었다. 그리고 그는 첫 번째 독일 방문 시 느꼈던 독일어에 대한 자신의 생각을 『끔찍한 독일어』라는 수필집으로 출간한 바 있었다. 그 책에서 그는 동사가 맨 끝에 온다거나 복문인 문장이 자주 나타나는 식의 어려운 독일어 표현에 대한 불평을 이렇게 토로했다. "독일 작가들이 문장 속에 뛰어들 때마다 그를 다시 보려면 입에 동사를 물고 대서양 건너편에서 다시 떠오를 때까지 기다려야 한다." 는 뼈 있는 말을 남겼다.

그 후 비엔나 프레스 클럽의 초청을 받아 다시 독일어권에 온 마크 트웨인은 연설 제목을 '독일어의 공포'로 정했다. 그리고 비엔나 연설에서는 마크 트웨인 특유의 익살과 재치로 좌중을 웃겼다. "내가 죽어 하늘나라에 가서 베드로를 만나 독일어로 설명하려고 애썼다. 왜냐하면 명확하게 말하고 싶지 않았기 때문이다."라며 독일어의 복잡한 문법을 비꼬았다. 외국어를 많이 알지 못하지만 가끔씩 독일어나 슬라브 어가 아닌 영어로 의사소통을 하다 보면, 영어만큼 쉬운 서양어도 드물다는 착각을 종종 하게 된다.

이처럼 오스트리아 독일어 문학은 표현이 어렵고, 문법이 까다로워 다른 언어로 번역하는 것이 쉽지 않다. 그럼에도 불구하고 오스트리아가 자랑하는 세계적인 문인들이 다수 있다. 우리가 잘 모르는 것과 상관없이 그들의 문학 세계는 오늘날까지 오스트리아 인들의 감정과 의식을 좌우하는 동력이자 가치관으로 작동되고 있다.

먼저 네스트로이Johann Nepomuk Eduard Ambrosius Nestroy, 1801~1862다. 그는 오스트리아를 대표하는 극작가이다. 비엔나에 그의 이름을 딴 네스트로이 광장과 네스트로이광장 역지하철 1호선이 있을 만큼, 오스트리아 인들이 사랑하는 작가 중 한 명임이 틀림없다. 19세기 민중극은 사회를 미화하는 비더마이어극 계열과 이 비더마이어 사회를 비판하는 풍자극 계열로 대별되었는데, 전자가 라이문트F. Raimund에 의해 절정을 이루었다면, 후자 계열의 민중극은 네스트로이에 의해 완성되었다. 그의 첫 작품『악령 룸파치바가분두스Der base Geist Lumpazivagabundus』(1883)는 서민계급의 서사를 중심으로 한 통렬한 풍자극이다. 그 후로 그는 리얼리즘 극으로 손꼽히는 풍자희극『기분풀이』,『수호신』같은 작품을 잇달아 발표했다.* 이런 작품들은 낭만주의 예술이 중심이던 19세기 후반 풍자와 비판을 위주로 한 사실주의 극문학으로 방향을 트는 데 결정적인 역할을 했다.

청년 비엔나 문학의 총아는 슈니츨러A. Schnitzler, 1862~1931였다. 슈니츨러는 H. 호프만스탈과 어깨를 나란히 하는, 청년 비엔나 문학의 대표적 작가다. 집안은 넉넉했고 머리가 좋아 비엔나대학 의대 교수였던 부친의 뒤를 이어 의학을 공부해 정신과 의사로 개업을 했다. 그런데 여러 환자를 만나면서 인간의 심리와 최면술에 깊은 흥미를 갖게 되었다. 또 프로이트와 종종 교류하고 있었는데 31세 때부터 아예 창작 활동을 본업으로 삼게 되었다. 고국 오스트리아는 독일 비스마르크의 영향하에 있었지만, 다른 한편으로 비엔나는 전통을 고스란히 간직한 도시로 제국의 수도답게 그 전아한 향취를 잃지 않고 있었다. 슈니츨러는 정서가 넘치는 이곳 비엔나에 한없는 애정을 느끼면서, 이 도시에서 영위되는 세기말적인 애욕의 세계를 정신분석의 수법을 써가면서 묘사해 나갔다. 희곡『초록 앵

---

* 인성기,『빈-예술을 사랑하는 영원한 중세도시』(살림지식총서 296), 살림출판사, 2007, 52~53쪽.

무새』와 장편소설『테레제, 어떤 여자의 일생*Therese, Chronik eines Frauenlebens*』1928
이 대표작이다.

또 한 명의 청년 비엔나 멤버로는 앞서 카페 첸트랄을 다룰 때 소개
한 바 있는 페터 알텐베르크Peter Altenberg이다. 비엔나에서 태어난 그는 한
때 서점을 경영하기도 했지만, 주로 문필가로 활동했다. 무엇보다 그는
세기말 퇴폐적 분위기의 비엔나를 소재로 한, 인상주의적 스케치풍의 산
문을 잘 썼다. 문학적인 보헤미안이었던 그는 기지로 가득 차고 문명비
평적인 작품을 즐겨 창작했다.『하찮은 인생의 그림책*Bilderbögen des Kleinen
Lebens*』(1909)이라는 책이 대표적이다.

그리고 한 명 더, 호프만스탈Hofmannstahl, 1874~1929을 빼놓을 수 없다. 그는
심미적이며 심리적인 인상주의를 부르짖던 비엔나 모더니즘 작가 중에
서도 출중한 문학적 재능을 보인 작가였다. 특히 그의 문학적 재능은 오
스트리아 인의 인간성의 본질을 형상화하는 면에서 빛났다. 오스트리아
인이 지닌 심리적인 기질의 내적 본질이 무엇인지를 포착해내는 데 장기
가 있었던 인물이다.

젊은 호프만스탈은 신동처럼 보였다. 고등학생이던 17세에 그는 '로
리스'라는 가명을 사용해 서정적인 드라마『어제*Gestern*』(1891)를 발표한 후,
연이어 다른 드라마도 써서 성공을 거두었다. 그가 10대에 쓴 이들 드라
마에는 시대의 멜랑콜리, 생활에 거리를 둔 몽상성, 그리고 신비적이며
도취적인 죽음에의 경도傾倒가 나타나 있다. 고전적이며 엄격한 억제로
쓰인 문체가 잔잔한 동경이 어려 있는 음악성과 결합한 것이다. 그렇지
만 그는 비엔나가 오랫동안 품어 왔던 가톨릭 중심의 바로크적 문화유산
속에서 살았다. 그렇기에 폭넓은 교양을 가진 유럽 사람으로서, 전통 있

는 다양한 문화의 미와 정조를 꿈이나 회상의 형태로 자신의 정신적 고향을 마련했다. 이처럼 고뇌하면서 향유한다는 것, 이것이 호프만스탈 생활의 전부였다고 규정할 수 있을 만큼, 그는 만물을 절실히 느끼고자 고뇌한 작가였다. 작가 호프만스탈을 만든 것은 다름 아닌 '세기말 비엔나'였다.

논리와 오해

나는 다가 아니다.

가는 나가 다가 아니듯

오는 나도 가는 나가 아니다.

그러나 그러니가 아니기에

나는 다가 아닌,

가는 나였음을

이제야 알겠다.

- 2015.11.11.

◆ 하이든 생가 안으로 들어가자마자 보이는 하이든의 집마당

넷. 음악은 골목을 지나 꿈이 된다

오스트리아가 왜 선진국인지를 말하긴 무척 쉽다. 예술 분야에서 그 진가가 세계적으로 빛나기 때문이다. 예술 분야 중에서도 그 역사가 오래되고 영향력까지 지대한, 첫 번째 매력을 꼽으라면 단연 음악이다. 전 세계 음악 발달에 큰 기여를 했고, 지금도 전 세계인이 가장 사랑하는 음악가와 음악을 오스트리아를 빼놓고는 얘기할 수 없기 때문이다. 유럽 음악의 중심임을 아무도 부정하지 않는다. 오스트리아는 왈츠와 요들의 고장으로 유명하다. 또한 낭만주의 음악, 바로크 음악, 궁정 음악뿐만 아니라 현대 음악 전 분야에서 수많은 음악가들을 배출한 것으로 유명하다. 하이든, 모차르트, 슈베르트, 안톤 브루크너, 프란츠 리스트, 요한 슈트라우스 1세와 2세 등 기라성 같은 작곡가들이 오스트리아에서 태어났거나 주로 활동했다. 음악의 변신을 꾀한 카를 체르니, 프리츠 크라이슬러도 빼놓을 수 없다.

그렇다면 왜 비엔나에 유독 세계적인 음악가가 몰려들고 아름다운 음악이 탄생할 수 있었을까? 예나 지금이나 음악가는 배고프다. 무엇보다 18~19세기에 비엔나에는 천재 음악가를 적극 후원하는 합스부르크 왕가와 귀족들이 많았다. 비엔나를 유럽 음악의 수도로 만든 실제적인 요인은 바로 안정적인 음악 활동에 있었다. 일찍이 이탈리아 출신의 비발디가 비엔나를 찾아온 이유도 바로 이 때문이었다.

유럽 음악의 수도 비엔나

음악의 아버지로 잘 알려진 요제프 하이든 역시 귀족의 후원을 받아 자신의 음악적 재능을 마음껏 뽐낸 수혜자였다. 특히 하이든은 자신의 음악을 좋아한 헝가리 귀족인 에스테르하지 공작만을 위해 작곡한 것으로 유명하다. 29세의 젊은 하이든이 에스테르하지 공작의 궁정 전속 부악장으로 계약을 맺은 이후로 그는 1809년에 죽을 때까지 48년 동안 공작의 후원을 받으며 생계 걱정 없이 마음껏 창작할 수 있었다. 바로크 풍의 음악을 많이 작곡한 하이든은 100여 곡 넘는 교향곡도 작곡했다. 그러나 미안하게도 그의 교향곡을 아는 이들은 많지 않다. 음악 감각이 현대인과 달라 다소 지루하게 느껴지기 때문인지 모른다. 원래 오스트리아 국가國歌도 하이든이 작곡한 곡이었으나, 제2차 세계 대전 이후에 모차르트 작곡의 곡으로 바뀌었다. 그러나 현재 독일의 국가는 오스트리아 인인 하이든이 작곡한 곡이다.

비엔나에는 하이든 관련 자취가 많이 남아 있다. 비엔나 서부역 근처에 하이든 생가가 있고, 현재 그곳은 하이든 박물관으로 사용되고 있다. 그곳에서 하이든의 음악을 헤드폰을 끼고 직접 들을 수 있고, 음악적 영감을 받으며 사색하던 아담한 정원도 만날 수 있다. 하이든이 오르간 연주를 하던 마리아힐프 성당도 생가 근처에 있다. 성당 앞에는 하이든 동

◆ 하이든 생가 피아노(좌) 하이든이 사용했던 몽당 연필(우)

상이 서 있다. 동상은 서부역에서 시내 중심부로 나 있는 대로변에 면해 있어 쉽게 그를 만날 수 있다. 하이든의 음악을 직접 듣고 싶다면 하이든 축제가 열리는 기간에 비엔나에서 남쪽으로 조금 떨어진 아이젠슈타트의 에스테르하지 궁전을 방문해보시라.

하이든에 이어 음악의 천재 모차르트가 1781년 25세에 비엔나에 나타났다. 모차르트는 오스트리아 잘츠부르크에서 태어났다. 모차르트가 6살 때 부친을 따라 비엔나를 방문해 쉰브룬 궁에서 여왕 마리아 테레지아 앞에서 연주할 정도로 신동이란 평가를 받았다. 어린 모차르트가 비엔나 음악당에서 하이든의 피아노 연주를 듣는 장면을 그린 그림 작품도 현재 쉰부른 궁전에 걸려 있다. 두 번째 비엔나 방문은 젊은 모차르트가 성공을 위해 뮌헨에서 비엔나로 온 것이다. 프랑스어와 라틴어 등 외국어까지 잘하던 모차르트는 비엔나에 살던 귀족과 왕족으로부터 음악적 재능을 인정받고, 곧바로 상류사회에 진입할 수 있었다. 그러나 돈을 버는 족족 카드게임이나 당구, 볼링 등 내기 시합으로 다 써버렸고, 고급 요리를 즐겨 먹곤 했기 때문에 늘 경제적으로 쪼들렸다. 그래서 비엔나에서만 열네 번이나 이사를 해야 했다. 현재 슈테판 성당 근처 돔 가세 Domgasse 5번지에 모차르트 생가 하나가 유일하게 남아 있다. 피가로 하우스란 이름으로 모차르트를 좋아하는 이들이 즐겨 찾는 곳이다

한편, 비엔나 시내 비드너하우프트스트라세Wiednerhauptstrasse 7번지에는 드보르작이 살았다. 드라마 오페라 〈오르페오와 에우리디체〉를 작곡한 크리스토프 빌리발트 글루크Christoph Willibald Gluck는 같은 거리 32번지에 살았다. 근처에 있는 칼스가세Karlsgasse 4번지에는 브람스가 살았고, 또 그 근처인 요한슈트라우스가세Johann Strauß-gasse 4번지에는 슈트라우스 부자가 살았다. 그리고 또 그 인근에 슈베르트, 시벨리우스도 살았다. 이처럼 음악가들이 비슷한 지역에 살았던 것은 아마도 멀지 않은 곳에 오페라 하우스와 음악협회Musikverein, 비엔나 극장 등이 모여 있어 활동하기에 편했기 때문이 아니었을까?

독일 출신의 루트비히 판 베토벤, 요하네스 브람스도 대부분의 음악 인생을 비엔나에서 보냈다. 귀가 멀기 전 베토벤은 비엔나 북쪽 전원주택이 있는 그린칭Grinzing 지역에 살면서 곡을 썼다. 브람스는 비엔나 국립 공대 근처인 칼스가세Karlsgasse에 살았다. 사후 브람스의 유품이 하이든가세Haydngasse에 있는 하이든 생가로 옮겨진 후, 지금까지 하이든 생가는 하이든 기념관과 브람스 기념관으로 사용되고 있다.

이처럼 비엔나에서 이 골목 저 골목 다니다 보면 심심치 않게 세계적인 음악가, 예술가, 학자들의 흔적을 만나게 된다. 인적 드문 어느 골목길을 눈감고 걷다가 눈을 떠보라. 또는 전차를 타고 가다 아무 곳이나 내려보라. 그리고 주위를 둘러보라. 그러면 당신은 얼마 안 가 세계적인 음악가가 살았던 생가 또는 박물관을, 우리가 아는 유명인들의 자취를 발견할

수 있다. 이때 맛보는 놀람과 희열을 경험한 적이 있는가? 비엔나가 이토록 매력적인 도시로 다가오는 이유는 예상 밖 놀람의 횟수와 비례한다.

19세기에 나폴레옹이 몰락한 후 합스부르크 제국이 다시 절대왕정으로 복귀하자 다수의 비엔나 시민들은 상층 귀족을 따라 소위 '노세' 문화를 추구하기 시작했다. 소소한 일상의 행복을 중요하게 여겨 왈츠와 축제를 생활화하기 시작한 것이다. 한 번 왈츠에 빠져든 시민들은 집집마다 빚을 내면서까지 무도회를 열었고, 심한 경우 파산하는 집도 있었다. 〈아름답고 푸른 도나우 강〉을 작곡한 왈츠의 왕 요한 슈트라우스 부자가 등장할 수 있었던 것도 이런 시대적 요구에 잘 맞았기 때문이기도 하다.

비엔나 시립공원 중앙에는 바이올린을 켜고 있는, 요한 슈트라우스의 황금 동상이 서 있다. 가볍고 경쾌한 동작으로 바이올린을 연주하고 있는 슈트라우스의 동상을 보노라면 당장이라도 3/4박자 바이올린 선율에 맞춰 옆 사람과 손잡고 왈츠 춤이라도 추고 싶은 충동을 느끼게 된다. 그런 충동을 느끼는 당신이라면 당신은 이미 비엔나를 사랑하게 된 것이다.

쇤베르크는 어떠한가? 오스트리아 현대음악을 대표하는 이 음악가만큼 비엔나 시민들로부터 비난을 많이 받았던 이도 드물다. 비엔나 시민들의 음악에 대한 조예는 상당하다. 물론 바로크 음악에서부터 고전주의 음악, 왈츠 춤곡에 이르기까지 향유의 폭도 다양하다. 그런데 쇤베르크는 당대 비엔나 시민들의 기대와 감수성을 완전히 저버린 현대곡을 선보였다. 오죽하면 〈알텐베르크의 그림엽서 텍스트에 따라 작곡된 5편의 오케스트라 노래들〉이란 쇤베르크의 곡을 듣던 비엔나 시민들이 음악이

◆ 비엔나 시립 공원-요한 스트라우스 동상

너무 낯선 나머지 연주를 중단시키기까지 했을까.*

쇤베르크의 음악을 들으면 청자가 괴로움과 불안감에 빠져들 것만 같다. 고상함을 어깨에 얹고 음악을 들으며 마음의 평안함을 느끼려 연주회장을 찾던 시민들에게 쇤베르크의 음악은 오히려 휴식이 아닌 긴장과 불쾌함 그 자체였다. 쇤베르크의 이 곡이 초연된 곳도 귀족들이 즐겨 찾던 연주회가 아니라, 시민들이 애호하는 음악협회Musikverein 음악당이었다는 점에서 그 충격은 더 컸다. 쇤베르크는 일부러 노세 문화를 즐기려는 시민들의 욕망이 위선적임을 드러내고 현실을 직시하기 바라는 의도에서 그런 곡을 지었는데, 정작 그 대상들은 온몸으로 작곡가의 의도를 거부했던 것이다. 쇤베르크의 음악은 정통과 규칙을 벗어난 것이 많다. 그럼에도 비엔나 음악하면 쇤베르크를 떠올리는 이들이 많다는 사실은 그의 실험 내지 반골 정신이 음악 세계에서도 인정받고 있음을 의미한다 할 것이다.

오늘날 음악협회 음악당에서는 새해 첫 날 비엔나 필하모니 오케스트라의 신년 음악회가 연주된다. 헤르베르트 폰 카라얀, 카를 뵘, 구스타프 말러, 카를로스 클라이버와 같은 세계적인 지휘자가 비엔나 필하모닉 오케스트라를 이끌었고, 지금은 주빈 메타가 그 역할을 맡고 있다. 음악협회 음악당은 붉은 양탄자에 바로크풍의 화려한 황금색 벽면 장식이 가득하다. 영화를 보기 위해 영화관을 찾는 것처럼 비엔나 시민들은 평소 이 음악협회 음악당을 찾아 각종 음악 연주를 감상한다. 화려한 황금 장식과 대리석 조각으로 만들어 놓고 세계적 수준의 음악을 시민 누구나 감

* 인성기, 『빈-예술을 사랑하는 영원한 중세 도시』(살림지식총서 296), 살림출판사, 2007, 66쪽.

상할 수 있도록 해놓은 것이야말로 음악을 사랑하는 비엔나 시민들을 향한 커다란 서비스이자 복지라 할 것이다.

비발디(Vivaldi)와 비엔나

음악가 비발디. 그는 한국에서 비교적 널리 알려진 음악가이다. 비발디의 음악 중 〈사계four seasons〉는 중고등학교 음악 시간에도 감상용 음악으로 널리 소개되고, '사계' 중 '봄'은 특히 전 세계인이 사랑하는 감미로운 바로크 음악의 대명사로 통한다. 이렇듯 고전 음악의 거장 중 한 명인 안토니오 루치오 비발디Antonio Lucio Vivaldi. 그는 1678년 3월 4일, 베니스에서 태어났다. 그리고 생의 대부분을 베니스에서 보냈다. 그렇기에 베니스는 그의 온전한 음악적 터전이기도 했다. 그런 그가 비엔나에 묻혀 있다. 이탈리아 작곡가였던 그가 비엔나에 묻혀 있는 이유가 무엇일까?

비발디는 부친으로부터 바이올린 연주 재능과 빨간 머리카락을 물려받았다. 1703년, 비발디는 먼저 성직자로서의 길을 걸었다. 그렇기에 많은 사람들은 그를 '빨간 머리 성직자il Prete Rosso'라 부르곤 했다. 그리고 20대 중반에 비발디는 오스페달레 델라 피에타Ospedale della Pietà 고아원에서 바이올린 교사로 활동했다. 그 고아원에서는 남자아이들에게 무역을 가르치고, 여자아이에게 음악교육을 시켰기 때문이다. 이 고아원 출신으로 음악적 재능이 뛰어난 여자아이늘은 당시 가장 유명한 오스페날레Uspedale 오케스트라 합창단의 일원이 되곤 했다. 이때 비발디는 고아원 여자아이들이 부르는 천사의 목소리를 자신의 바이올린 연주에 얹어 새로운 음악을 탄생시켰다. 비발디가 30년 넘게 그의 악기 연주와 신비로운 합창 음성을 섞은 협연곡을 다수 작곡한 이유는 바로 젊은 날 수도원 합창단을 매개로 한 감흥이 너무나 컸었기 때문이었다.

비발디의 명성이 세계적으로 알려지게 된 것은 그의 합주 협주곡인 〈화성의 영감L'Estro Armonico〉(1711)을 발표하면서부터였다. 그러나 비발디는 자신의 성공과는 별개로 18세기에 베니스에서 가장 인기 있는 공연물이었던 오페라에 더 많은 관심을 갖고 시간을 투자했다. 그리고 베니스 근방의 만투아Mantua에서 지휘자로 활동하던 1718년에 주위 자연 환경에 영감을 얻어 그의 대표작인 〈사계〉를 작곡하기에 이른다. 이미 유명세를 타고 있던 비발디는 이탈리아 곳곳을 여행하게 된다. 이때 당시 교황이 었던 베네딕트 13세로부터 개인적으로 초청을 받아 로마에서 연주를 하기도 했다. 그리고 1725년에 다시 베니스로 돌아왔을 때, 비발디는 일약 바로크 음악의 슈퍼스타가 되어 있었다.

그런데 그런 인기도 잠시뿐. 그가 이탈리아 여행을 할 때, 만투아에서 지휘자로 재직하던 시절에 알게 된 안나 지로Anna Giro라는 젊은 소프라노와 함께 다녔다는 사실이 알려지면서 두 사람의 관계에 대한 소문이 일파만파로 퍼져 나갔다. 물론 비발디는 두 사람이 부적절한 사이가 아니었음을 밝혔지만, 일부 평자들은 그런 소문 자체가 있는 한 그의 고향인 베니스에서 계속 있을 수 없다는 이유를 내세워 1740년에 그를 강제로 비엔나로 내쫓았다. 표면적으로는 황제 찰스 6세의 황실 후원을 얻기 위한 목적에서 비엔나로 간 것으로 얘기되었지만, 실제로는 쫓겨난 것이었다.

비엔나에 온 비발디는 8개의 성문 중 하나인 케른트너 문Kärntnertor 옆에 있던 집에 세 들어 살았다. 비록 그 성문은 오래 전에 허물어졌고, 오늘날 그 흔적은 찾아볼 수 없다. 다만 비발디가 살았던 그 건물은 현재 오스트리아 최고의 초콜릿 가게인 자허 초콜릿과 커피를 파는 자허Sacher 카페와 자허 호텔로 사용되고 있다. 자허 카페 건물 외벽에 안토니오 비발디가 살았던 곳임을 알려주는 석문이 새겨져 있으나, 이를 눈여겨보며 지나가는 사람은 없다. 물론 비발디는 자신이 세 들어 살았던 성문 밖 근처에 자신이 그토록 사랑했던 오페라를 공연하는 비엔나 국립 오페라 극장이 들어설 거라는 사실은 꿈에도 생각지 못했을 것이다. 세 들어 살았던 집 바로 근처에 케른트너 극장이 있었고, 그 극장 역시 사라졌지만, 그 자리에 다시 현재의 오페라 극장이 세워지게 된 것이다. 공교롭게도 케른트너 극장에서 오페라를 공연했기 때문에 비발디는 자신의 오페라를 무대에 올릴 수 있는 극장 옆으로 집을 정한 것이었는데, 그의 바람대로 비발디가 죽은 지 수백 년이 지난 오늘날까지 그가 살았던 집 옆에는 세계적인 오페라 극장이 세워져 오늘도 끊임없이 수준 높은 오페라가 공연되고 있다는 것은 기이한 인연이 아닐 수 없다.

비발디의 말년은 비참했다. 다른 작곡가들처럼 비발디는 별다른 수입이 없었기 때문에 종종 자신의 필사 악보를 쥐꼬리만 한 가격에 팔아야 했다. 설상가상으로 그나마 비발디를 후원해줄 것으로 기대했던 오스트리아 황제마저 그가 비엔나에 온 뒤 얼마 안 되어 죽고 말았다. 생활고와 현실에 대한 낙담을 견디지 못한 비발디는 결국 비엔나에 쫓겨온 지 1년 만인 1741년 7월 28일, 세 들어 살던 집에서 극빈자 상태로 자살해 삶을 마감하고 말았다. 2015년 가을, 한국 화단에서는 전설과도 같았던 천경자 화백이 미국에서 조용히 삶을 마감했다는 소식이 뒤늦게 전해졌다. 비발디와 닮은 구석이 있다. 고독한 예술인의 삶. 고독이란 단어가 일반

◆ 비발디가 살았던 곳임을 나타내는 표시-오페라극장 옆 카페 자허 건물 벽에 붙어 있다.

인의 고독과 다른 무게로 다가오는 이유는 무엇일까?

그래도 비발디의 장례식은 그의 음악을 좋아하던 비엔나 시민들의 호의 속에 슈테판 성당에서 거행되었다. 이때 6개의 소년 성가대가 장례식에 참여했는데, 그 성가대원 중에 9살 난 하이든Josef Haydn도 포함되어 있었다. 장례식 후 비발디의 시신은 케른트너 문 밖에 있던 공동묘지에 묻혔다. 그런데 그 공동묘지는 1789년에 황제 요제프 2세의 명으로 폐쇄되고, 오늘날 비엔나 외곽 귀르텔Gürtel 지역에 새 묘지가 조성됨에 따라 유해들도 모두 그곳으로 이장되었다. 그러나 이상하게도 당시 비발디의 유해는 기존 공동묘지에서 발견되었다거나 이관되었다는 기록이 없다. 비발디의 유해가 망실되어 버린 것이다. 그 이유도, 관련 기록도 전무하다. 기존에 비발디의 시신이 묻혔던 공동묘지 자리에는 1815~1818년에 비엔나 공과대학이 세워졌다. 다만 비발디를 기억하고픈 오늘날 비엔나 시민들에 의해 비엔나 공과대학 건물 벽에 비발디가 그곳에 묻혔었다는 사실을 적은 표지판만이 말없이 세월과 역사의 무게를 짊어지고 있을 뿐이다.

오스트리아 인들의 입장에서는 비발비의 유해보다 그들이 가장 사랑하는 음악가 모차르트의 시신이 없어져 그 유해를 찾지 못하는 것이 더 비통하고 안타까울까? 현재 오스트리아 인을 포함해 전 세계 음악 애호가들을 위해 비엔나 외곽의 중앙묘지공원과 성 마르크스 공원에는 각각 모차르트 기념비를 세우고 모차르트 추정 무덤을 만들어놓았다. 이는 비발디 사후 오스트리아 인들의 유해 관리와 대비되면서 죽은 비발디를 더욱 쓸쓸하고 비참하게 만들고 있지 않나 싶다. 이탈리아 사람이었기 때문에, 아니면 이방인으로서 오스트리아 인들과 교감할 만한 것이 많지 않았기 때문이었을까? 의도하진 않았겠지만, 정치적 도망자요 가난한 세입자였던 비발디를 비엔나 시민들도 열렬히 품어줄 마음의 여유가 없었던 건 아닐까?

비록 슈테판 성당에서 장례식도 치러주었지만, 시간이 지나 쉽게 잊혀진 예술가 비발디. 그 안타까운 최후를 조금이라도 느끼거나 이해한다면, 밝고 부드럽게 들려오는 〈사계〉의 멜로디 속 바이올린 소리가 운명의 무게에 눌려 쓰디쓴 소주 한 모금의 맛으로 거듭나고 있음도 느낄 수 있으리라. 그것은 안타까움을 넘어 하나의 수수께끼로 역사적 진실과 대면하지 않고는 알 수 없는 잔인한 고배苦杯와도 같다.

◆ 브레겐츠 저녁 풍경

브레겐츠(Bregenz)의 수상(水上) 오페라

예술 작품을 만들어내는 데 있어 일탈은 창조적 재구성을 가능케 한다. 오페라opera의 일탈. 그것은 무대 공간의 파격으로 가능하다. 실내라는 무대의 제약을 벗어버리면 연출 방식과 내용, 주제까지 달리 구현할 수 있다. 특히나 노래와 연극, 무대 장치와 의상, 화려한 조명 등을 아우르는 오페라의 경우, 그 변주와 일탈은 더 다채로워질 수 있다. 무대종합예술에 상상력을 결합시킨 결정체가 오페라 작품이며, 무대 공간과 무대장치가 음악과 어울려져 발산하는 메시지는 연극이나 문학작품과 또 다른 강력한 힘을 발산한다. 오페라는 한 편의 연출된 마술 음악 쇼다. 오페라가 이탈리아 바로크 시대에 발전하여 대중예술로서 많은 사랑을 받았던 이유도 바로 문자 없이 전달할 수 있는 강력한 감화력 때문이었다. 문식력이 없는 일반 대중까지 쉽게 음악과 함께 오페라의 화려한 무대를 보며 열광할 수 있었던 것이다.

오페라 하면 이탈리아 로마와 프랑스 파리, 그리고 오스트리아 비엔나를 빼놓을 수 없다. 비엔나에서 슈테판 성당으로 나 있는 중심거리인 케른트너 거리가 시작되는 지점에 오페라 극장이 서 있고, 그곳을 찾는 관광객이 넘쳐난다. 바로크 음악의 심장부라 할 비엔나에서 오페라를 감상하지 않은 이가 드물다. 그런데 요즘 더 많은 관심과 사랑을 받는 오페라 공연은 비엔나가 아닌 오스트리아 서쪽 국경에 위치한 작은 마을 브레겐츠에서 매년 7월 하순부터 8월 하순까지 안 날산 열리는 깃이다.

매년 여름에 브레겐츠에서 열리는 오페라 페스티벌은 보덴 호수 Bodensee 위에서 펼쳐지는 수상水上 오페라로 유명하다. 2년에 한 번씩 호수 위에는 인간이 발휘할 수 있는 상상의 극치를 담은, 웅장하고 화려한 새 무대가 세워지고, 인간과 자연, 그리고 공연이 말 그대로 물아일체物我一體를 이루는 대단한 볼거리가 만들어진다. 또한 비엔나 심포니 오케스트라가 들려주는 음악 선율이 호수 위에서 더욱 청아하게 울려 퍼진다. 매년 열리는 이 별난 오페라 축제를 보기 위해 전 세계에서 7천 명 이상이 매일 브레겐츠를 찾는다. 호수 위 특별 무대 위에서 펼쳐지는 별난 오페라 세계를 느끼기 위해 7천 석이나 되는 야외 객석에 앉아 쏟아지는 별빛과 호수 위 달빛을 감상하며 2시간 동안 오페라가 선사하는 종합예술의 세계에 빠져들기 때문이다.

2015년에는 푸치니Puccini의 유작인 〈투란도트Turandot〉 무대를 호수 위에서 볼 수 있었다. 도도하고 냉혈한 공주 투란도트의 등장은 화려한 배를 타고 호수 위 무대 뒤편에서 등장했는가 하면, 투란도트 공주가 낸 수수께끼를 풀지 못해 죽임을 당하게 된 페르시아 왕자 역시 배를 타고 압송되어 참수당한 후, 높은 성에서 호수 위로 떨어진다. 실내 오페라 무대에서는 상상할 수도 없는 설정이다. 호수라는 무대 공간이 허락한, 연출가의 상상력이 빛나는 순간이다.

브레겐츠Bregenz는 오스트리아에서 가장 서쪽에 위치한 포랄베르크Voralberg 주의 주도州都로, 호수를 끼고 스위스, 독일과 국경을 맞대고 있다. 자동차로 1시간 남짓 남쪽으로 달리면 아름다운 소국小國 리히텐슈타인의 수도인 파두츠에도 닿을 수 있다. 이런 작은 도시 브레겐츠에서 오페라 공연이 처음 시작된 것은 제2차 세계대전 직후인 1946년의 일이었다. 호반도시의 이점을 이용해 호수 위에 자갈운반선 두 척을 띄어 무대를 만들고 오페라 극장으로 이용한 것이 오늘날 브레겐츠 페스티벌의 시초였다.

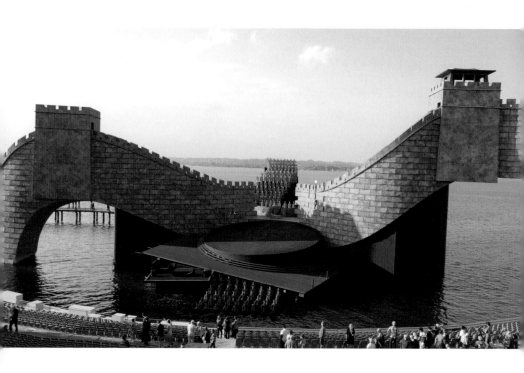

◆ 2015년 브레겐츠에서 공연된 수상오페라 〈투란토트〉의 무대

브레겐츠에서 수상 오페라 공연이 처음 시작될 때부터 비엔나 심포니 오케스트라가 참여했다. 매년 7~8월에 열리는 이 오페라 공연에 비엔나 심포니 오케스트라가 함께 하기 때문에 정작 비엔나 오페라 극장에서는 오페라 공연이 열리지 않는다. 1985년에 공연된 모차르트의 〈마술피리〉가 흥행하자 매년 해오던 공연을 격년제로 바꾸고, 격년마다 새 무대 설치를 통해 기막힌 무대 장식을 선사해 왔다. 브레겐츠 오페라가 더욱 세계에 널려지게 된 것은 2008년에 개봉한 영화 007 시리즈 영화 〈퀀텀 오브 솔러스Quantum of Solace〉 덕분이었다. 이 영화 촬영지로 푸치니 오페라 〈토스카〉 무대가 사용되었는데, 거대한 눈동자 영상이 설치된 무대 위에서 다니엘 크레이그Daniel Craig의 박진감 넘치는 액션이 펼쳐졌기 때문이다.

이 야외무대에는 대부분 푸치니, 모차르트 등의 고전 오페라 작품을 올렸다. 7,000명의 관객석은 연일 매진을 기록하며 세계인의 축제로 거듭났고, 소도시 브레겐츠는 축제의 큰 도시로서 전 세계 관광객으로 지금도 북적거리고 있다. 비록 여름에 열리지만 브레겐츠 여름밤은 호수에서 올라오는 차가운 공기 때문에 쌀쌀하게 느껴질 수 있다. 한여름 밤, 따뜻한 담요나 두꺼운 잠바를 입고 웅장한 스케일의 오페라를 별 하나, 바람 한 점 헤아리며 상상의 나래를 펴는 것은 무척이나 황홀한 경험이 아닐 수 없다.

◆ 비엔나 국립도서관 내 프룬크잘 도서관(Prunksaal der Österreichischen Nationalbibliothek) 내부 모습

다섯. 고서와 고서점, 그리고 도서관 풍경

비엔나 국립도서관

비엔나가 간직하고 있는 영롱한 유형의 보물 중에 고서점과 고서가 있다. 과거 황제가 통치하던 시기에 신 왕궁으로 세워진 건물이 현재 국립도서관으로 사용되고 있다. 그리고 이 도서관에는 합스부르크 제국 시절 전 세계에서 수집한 고서와 각종 문헌 자료들이 소장되어 있다. 가히 문헌학 연구의 보고라 할 만하다.

이곳에 한국학 관련 자료도 일부 보인다. 고서 중에는 1910년 이전 방각본목판본으로 찍어낸 고전소설 수십 종과 『성경직해』 등 천주교 교리서가 소장되어 있다. 반면 한국학 관련 일반서적은 대개 1950년대 이후 한국에서 출판된 것들이다. 국립도서관 소장 한국학 관련 서적 중 가장 오래된 것은 19세기 초 일본인이 한국조선에 관해 쓴 책과 유럽 인이 쓴 한국 방문기이다. 이 자료들은 국립도서관 사이트에서 'Austrian books online'으로 들어가 검색해야 찾을 수 있다.*

국립도서관 소장 한국 관련 고서 중 유일본은 없다. 이미 비교적 널리 알려진 자료들이지만, 그 중 세 가지만 간단히 소개해 본다.

1. 정실조선정토시말正實朝鮮征討始末記

제목을 일본어 발음대로 표기Jisshō chōsen seitō shimatsu-ki하고『實正朝鮮征討始末記』로 적었다. 그런데 바른 표기는『正實 朝鮮征討始末記』이다. 아마도 오른쪽에서 왼쪽으로 읽던 방식을 모르는 비엔나 사서가 正實을 實正으로 잘못 읽고 기입해놓은 것이 아닌가 싶다. 도서관에서 제공하는 서지사항은 다음과 같다.

> Yamazaki Naonaga, [Hrsg.] ;山崎尚長 ;Asakawa Zenan,
> [Bearb.] ;Kurokawa Harumura, [Bearb.] ;Asakawa Dōsai,
> [Bearb.] ;Muraichi Zen, [Korrektor]
> Tōto[東都] : Seikakudō[誠格堂] : Murashi ;Izumodera
> Bunjirō ; Kawachiya Mohē ; Akitaya Taēmon ; Izumiya Zenbē
> ;Kaei 7 [1854]

* http://search.obvsg.at/primo_library/libweb/action/search.do?fn=search&ct=search&initialSearch=true&mode=Basic&tab=default_tab&indx=1&dum=true&srt=rank&vid=ONB&frbg=&tb=t&vl%28freeText0%29=korean&scp.scps=scope%3A%28ONB_aleph_abo%29&vl%281UI0%29=contains

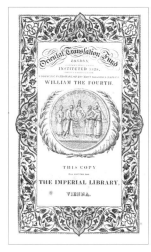
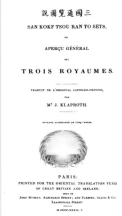

◆ 삼국통람도설 표지
(국립도서관 소장)

◆ 삼국통람도설 속표지
(Kraproth 번역 프랑스어, 1832)
(국립도서관 소장)

◆ 정실 조선정토시말기
권4 겉표지
(국립도서관 소장)

2. 지리서 『삼국통람도설三國通覽圖說』

한국인에게 소중한 자료다. 원래 일본의 하야시 시헤이林子平 1738~1793가 만든 지도책을 베를린 출신의 동양학자인 클라프로트Klaproth가 1832년에 영국 왕실의 지원을 받아 프랑스 파리에서 프랑스어로 번역, 출간한 지리서이다. 이 책에 대한 서지사항은 아래와 같다.

San Kokf Tsou Ran To Sets, ou apercu general des trois royaumes. Trad. de l'original Japonais-Chinois par (Heinrich) Julius (von) Klaproth.
Rinsifee de Sandai ;Klaproth, Heinrich Julius von
Paris : Murray ;1832

이 지리서는 독도가 조선 영토였음을 보여주는 역사자료라는 점에서 더 중요한 의미를 지닌다. 『삼국통람도설』에 실려 있는 지도 〈삼국통람여지노정전도三國通覽與地地路程全圖, Carte des trois Royaumes〉에 울릉도를 '죽도竹島'라 적고 그 옆에 독도로 보이는 작은 섬이 그려져 있다. 이 두 섬은 동일하게 노란색으로 표시되어 있다. 그리고 그 옆에 '조선의 소유인 둘섬'이라고 일본어로 적어 놓았다. 이런 결정적인 기록 때문에 18세기 말~19세기 초 일본에서 울릉도와 독도를 조선의 땅으로 인정하고 있었음을 알 수 있는 자료로 언급되곤 한다. 현재 국립도서관에 소장되어 있는 이 지리서는 파리에서 발행된 초판본이다.

3. 조선서해탐사기 Account of a voyage of Discovery to the west coast of Corea

영국 해군 장교였던 바질 홀Basil Hall이 쓴 한국 여행기이다. 서해 5도에 관해 외국인이 처음으로 쓴 흥미로운 기록물이다. 이 책에 백령도 등 서해 5도의 풍경을 그린 그림까지 포함되어 있어 우리한테는 매우 귀한 자료가 아닐 수 없다. 비엔나 국립도서관 소장본은 1820년 밀라노 출판본이다. 원제는 다음과 같다.

Raccolta De'Viaggi piu interessanti eseguiti nelle varie parti del mondo tanto per terra quanto per mare dopo quelli del celebre Cook, e non pubblicati fin ora in lingua italiano. 2,27. Relazione D'Un Viaggio Di Scoperta Alla Costa Occidentale Della Corea Ed Alla Grand'Isola Lu-Tsciu ... Prima traduzione dall'inglese Di F. Contarini ...

Hall, Basil

Milano : Sonzogno ;1820

국립도서관 소장 한국 관련 고서는 많지 않지만, 이처럼 귀한 자료들도 고스란히 남아 있다. 세계를 경영하던 제국이었기에 이런 자료들까지 소장할 수 있었던 것이다.

유럽에서는 일찍부터 도서관이 발달했다. 민간에서 일반인들이 책을 접할 수 있는 통로가 마련되어 있었던 것이다. 도서관은 기본적으로 책을 빌려주는 업무를 하던 기관이라는 점에서 세책점貰冊店, 곧 도서대여점과 유사한 성격을 지닌다. 한국과 달리 유럽에서는 비교적 일찍부터 교구도서관, 회원제 도서관독서조합, 상업적인 대출도서관세책점, 공공도서관 등이 있었다.

이중 교구도서관은 교회성당에서 운영하던 것으로 성직자들이 주로 종교서적을 빌려다 보았다. 회원제 도서관은 일정한 자격을 갖춘 지식인들이 회원 가입 후 전문서적을 빌려다 보던 곳이었다. 반면 대여료를 내고 빌려다 보던 대출도서관은 일반 대중에게 세속문학, 그중에서도 소설책을 위주로 빌려 주었다. 이 밖에도 개인도서관이나 공공도서관이 그 뒤로 나타났으나, 상업적 성격은 띤 것은 대출도서관, 곧 세책점이 대표적이었다. 우리의 경우, 민간 도서관이나 서점은 19세기 말 이후에 나타났다.

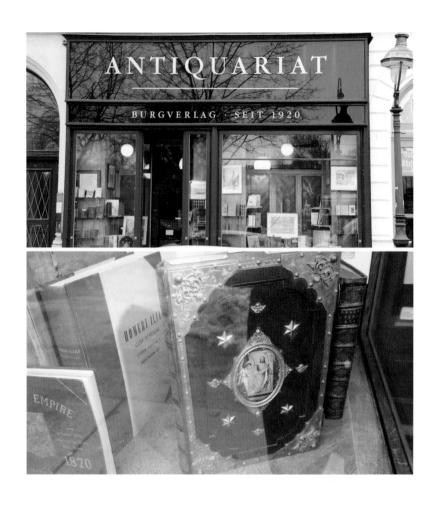

◆ 1920년에 개점한 부르그페어락(Burgverlag) 고서점(위)과
오딧세이의 일리아드와 레오나르드 다빈치의 책이 놓여 있는 진열대(아래)

잡독(雜讀)의 바다, 고서점과 도서관

18세기 후반 이후로 영국을 비롯해 덴마크, 스웨덴, 독일, 프랑스, 스위스, 스웨덴, 미국, 일본 등 여러 나라에서 세책업이 성행했다. 책을 사는 것이 문제가 되지 않는 상류층 인사들도 대여용 도서로 가득한 세책점을 즐겨 찾았는데, 그것은 도서 대출을 명분삼아 사교의 기회로 삼고자 했기 때문이었다. 특별히 휴양지에 마련된 세책점은 유흥과 오락을 위한 사교 공간으로 충분했다. 그럴듯한 고급 취향의 세책점 라운지에서 대낮에 여성들은 게임을 즐기기도 하고 다른 사람들을 쳐다보거나 반대로 타인의 이목을 받으면서 비싼 책을 꺼내 읽곤 했다. 이때 도서관에서 책을 빌려다 읽는 행동 자체가 당시로선 지식 혁명과 같았다. 기존에 소수만을 위한 전유 활동이었던 독서 활동이 일반 독자로까지 확대되고, 그러한 독서가 일종의 개인 취미 활동으로 전환되면서 이러한 세책 문화와 세책 독서가 나타난 것이다. 문자해득률이 높아지고 지식이 확산되면서 시민의 의식 각성이 유럽 전역에서 나타났다.

이런 도서관의 장점은 바로 지식의 집적과 분류에 있었다. 그것은 도서관을 이용하는 고객 입장에서는 대단히 유리한 점이 아닐 수 없다. 오스트리아의 마리아 테레지아 여왕이 계몽주의의 영향을 받아 출판 및 검열 제도를 완화했을 때, 슬로바키아의 일반 시민독자들이 세책점에서 빌린 책들을 통해 새로운 지식과 세계 이해의 틀을 공급받을 수 있었다. 오스트리아처럼 가톨릭 보수 집단이 견고한 철옹성을 쌓았던 나라에서는 이러한 세책 문화와 세책 독서가 나타나기가 쉽지 않았다. 그러나 다양한 분야에 대한 지적 호기심이 커져갈수록 사회는 변하고 개인 역시 성장하게 된다.

도서관은 가히 우주와 세계를 축소해놓은 지식의 축소판이라 할 수 있다. 그곳에 가서 하루를 보낼 수 있는 취향이 있다면 즐겨라. 개가식 도서관에서 눈을 감고 무작정 책을 뽑아 들어라. 10권, 20권. 아무래도 좋다. 대출을 하지 않는다면 뽑아든 책 수는 중요하지 않다. 그 책들을 도서관 책상에 쌓아놓고 한 권씩 정독精讀이 아닌 다독多讀의 방식으로 무작정 읽어나가 보라. 공학 책이든, 철학 책이든, 예술 관련 화보집이든, 비록 자기 전공과 상관없는 책이라 할지라도, 목차서부터 전체 내용까지 두루 확인해보고, 그중 마음에 와 닿는 구절이나 관심 있는 부분이 있다면 메모해두면 된다. 이때 메모는 감동적인 부분을 그대로 옮겨 적는 것도 있지만, 그 책의 출전 정보, 곧 서지사항쪽수까지 밝혀 적어 놓는 습관을 들이면 금상첨화다. 이렇게 서지사항까지 적어가며 메모해놓은 것은 미래에 어떤 형태로든 활용 가능한, 자신만의 지식의 보고가 된다. 정보의 바다는 넓고 깊다.

특정 전공에 함몰된 선독選讀 말고, 잡독雜讀을 권한다. 비엔나는 이런 점에서 온갖 분야의 전문가가 모여 불꽃을 튀긴 지식의 용광로와 같다. 문학과 수학, 음악과 역사, 과학과 철학, 회화와 종교, 경제와 물리학 등을 무관한 별개 영역으로 인식하는, 파편화된 사고일랑 걷어 버리고, 모든 분야와 직접 씨름하면서 자기 전공을 특화시켜 나가는 것이 소중하다. 이것이 개방형 도서관을 이용하는 이들이 얻을 수 있는 최고의 특권이다. 인터넷 서핑은 바로 디지털화된 개방형 도서관의 다름 아니던가?

현재 세계에서 두 번째로 많은 장서량을 자랑하는 런던 소재 영국도서관British library 입구 벽면에는 이런 글귀가 적혀 있다. "안으로 들어오세

요, 그리고 지식을 마음껏 이용하세요. Step inside, Knowledge freely available". 이 글귀를 남긴 사무엘 존슨은 아마 도서관이, 비엔나가 축적해온 지적 문화유산을 어떻게 전 세계인들에게 전해주어야 할지를 가장 잘 알고 있었던 것임에 틀림없다.

오스트리아 서적 출판의 역사 풍경

오스트리아는 언어와 역사 측면에서 독일과 긴밀한 유대관계를 형성해왔다. 오스트리아는 1806년까지 신성로마제국의 일부였으나 그 전후로 수세기 동안 합스부르크 가문의 지배를 받아 왔다. 합스부르크 가문이 신성로마제국과 오스트리아를 모두 통치해 온 것이다. 합스부르크 왕조하에서 보헤미아와 헝가리는 1526년에 오스트리아와 하나가 되었다. 1867년에 오스트리아 헝가리 이중제국이 탄생한 후에는 독일어 사용자뿐 아니라 중유럽의 신생 국가 대부분을 아우르게 되었다. 1910년 기준 다민족 인구 5천 1백만 명, 비엔나 인구 2백1십만 명

중세 시대에 서적 문화는 수도원을 중심으로 이루어졌다. 잘츠부르크 Salzburg, 애드몬트Admont, 생트 플로리안St. Florian, 멜크Melk 등에 위치한 수도원이 대표적이다. 그리고 1365년에 세워진 비엔나 대학이 인문학 연구의 중심지 노릇을 했다. 출판과 서적 유통에 있어서는 비엔나가 가장 앞섰다. 1471~1480년 사이에 비엔나에서 인쇄한 인큐내뷸러유럽에서 1500년 이전 시기에 간행된 인쇄본을 일컫는 말 책만 해도 1,000여 종에 이르렀다. 비엔나 최초의 출판업자는 1482년에 이탈리아 비첸자Vicenza 출신의 스테판 코블링거Stephan

Koblinger였다. 그 뒤 비엔나에 1492~1519년 머물면서 약 165권의 책을 만든 요한 빈터버거Johann Winterburger라든지, 다양한 언어로 약 400권의 책을 출판한 요한 싱그리너Johann Singriener, 1510~45년 활동와 그의 파트너 히로니무스 비토르Hieronymus Vietor 등이 있었다.* 1505년에는 비엔나에 서점이 처음으로 등장했다. 그리고 비엔나 이외에 인스부르크1547, 잘츠부르크1550, 그라츠 1559년경, 린츠1615 등에서도 책이 만들어졌다. 그러나 독일과 비교해 오스트리아 서적 거래는 상대적으로 발달이 덜했다. 그래서 아우구스부르크를 비롯한 독일 남부 지역의 서적상을 통해 책을 공급받는 경우가 많았다.

1520년대에는 투르크와의 전쟁으로 농촌 사회가 사회적으로 불안해지고, 종교개혁의 영향으로 종교적 삶이 흔들리게 되었다. 이를 두려워한 오스트리아 가톨릭교회는 1528년경부터 도서 검열을 하기 시작했다. 그래서 독일을 비롯한 주변 국가와 달리 신교의 서적출판은 오스트리아에서 활발히 이루어지지 못했다. 1600년에는 그라츠에서 1만 권의 책이 불태워졌고, 1712년에는 잘츠부르크에서 소방 검사를 하면서 비가톨릭 서적을 모두 몰수했다.

오스트리아는 유럽에서 일어난 30년 전쟁에 관여하지 않았고, 1648년부터 나폴레옹 시대까지 평화보다 전쟁이 훨씬 많았음에도 불구하고 경제적 어려움은 크지 않았다. 오스트리아 전역에서 출판업자와 인쇄업자가 많이 있었지만, 그 역할이란 일반적으로 제한적이었고 그 지역에 국한된 것이었다. 그들 중 수수만이 프랑크푸르트나 라이프치히에서 열리

---

* John L. Flood, "The History of the Book in Austria", ed. by Michael F. Suarez, S.J. & H.R. Woudhuysen, *The Book: A Global History*, Oxford: Oxford University Press, 2013, p.448.

◆ 브라티슬라바에 세책점이 있었던 벤투르스카 거리(Venturska Street)

◆ 1594년에 세워진 오스트리아 최고最古의 서점 'Buchhandlung Holrigl'.
잘츠부르크 소재(위) 가장 오래된 서점임을 알려주는 안내 표지(아래)

책 박람회에 참여했을 뿐이다.

한편, 18세기 초1703년에는 쉰베터Schönwetter가 일간 신문《비엔나 보고서 Wiennerische Diarium》를 처음으로 선보였다. 이 신문은 1780년에《비엔나 짜이 퉁Wiener Zietung》으로 개명됐고, 1812년에는 오스트리아 정부의 공식적인 신문이 되었다.* 이 신문은 오스트리아에서 오늘날까지 간행되고 있는 일간 신문이자 세계에서 가장 오래된 신문 중 하나이다.

그런데 18세기 비엔나에서 인쇄본 텍스트는 기존에 성행하던 극장공연이나 거리 공연과 경쟁해야만 했다. 도시에서의 오락물이란 흔히 정신적 휴식과 유흥오락을 둘 다 충족시킬 수 있어야 했다. 거기에다 점차 지적 호기심까지 충족시키고 싶은 욕구가 커지게 되면서 독서에 대한 관심이 점차 높아지고 있었다. 이런 욕구를 충족시킬 수 있는 브로슈어와 팸플릿, 그리고 작고 값싼 책이 많이 등장함에 따라, 독서 기회 역시 대거 늘어났다. 이는 18세기 후반에 혁신적인 황제 요제프 2세가 도서 검열 제도를 완화시킨 것과 밀접한 관계가 있다. 또한 요제프 황제가 가톨릭교회의 권한을 축소시켜 국가가 우선권을 갖도록 하는 정책을 취함으로써 반反 가톨릭 관련 책자, 곧 종교서적 이외의 책들이 다수 출현하게 되어 독서 열풍이 가속화될 수 있었다. 그리하여 간단하면서도 이해하기 쉬운 풍자적 성격의 브로슈어가 대거 나타나 정치적, 사회적 시사문제를 다루었다. 검열이 완화되자 특별한 장애 없이 다양한 인쇄물이 쏟아져 나온 결과, 1781~1782년 사

---

* John L. Flood, "The History of the Book in Austria", ed. by Michael F. Suarez, S.J. & H.R. Woudhuysen, *The Book: A Global History*, Oxford: Oxford University Press, 2013, p.448.

◆ 부다페스트 이동식 서점(위) 비엔나 일일 서적 장터에 나온 책들(아래)

이에 최소 1,200여 종의 인쇄물이 발행되었다.*

　이런 환경에서 도서대여점이 비엔나와 다른 도시에서 생겨났다. 이것은 개인 방문객에게 많은 수의 책을 접할 수 있는 기회를 제공해주는 것이었다. 소위 1년이나 6개월, 또는 3개월, 1개월 등 기간을 정해 이용권을 발급해주어 회원 자격을 얻은 사람들이 자유롭게 이용할 수 있었던 회원제도서관이 초기 모습이었다. 이 도서대여업은 일반 대중 독자 사이에서 책의 매매가 일반화되기 이전에 나타난 것이었다. 그러나 회원제도서관은 일종의 독서클럽 내지 자료관 성격이 강했기 때문에 전문적인 과학출판물부터 주요 작가의 전집이라든지, 아니면 외국서적과 정기간행물 등을 갖추었다. 그렇기 때문에 주로 전문 지식인이 회원이 되어 책을 빌려다 보았다.

　상업적 목적의 대출도서관세책점은 이런 회원제 도서관을 모델로 만들어졌다. 독일의 프랑크푸르트, 드레스덴, 그리고 영국의 여러 도시 등에서 발달했다. 이 도시들은 상업과 문화 중심지로서 도서 대여뿐 아니라 참고도서 열람실, 음악실, 휴게실 등의 부가적 서비스도 제공했다.** 세책점에서 책을 빌린 사람들은 커피숍이나 와인 바에서, 또는 걸어가면서 책을 읽었다.

　물론 대도시의 공공장소에서 무언가를 읽는다는 것은 당시로선 자기 과시적 측면도 분명 있었다. 당시 군중들이 많이 모이는 공간에서 식자

---

* 라인하르트 비트만, 『18세기 말에 독서혁명은 일어났는가』, 로제 샤르티에, 굴리엘모 카발로 엮음, 이종삼 역, 『읽는다는 것의 역사』, 한국출판마케팅연구소, 2006, 496쪽.
** 라인하르트 비트만, 『18세기 말에 독서혁명은 일어났는가』, 로제 샤르티에, 굴리엘모 카발로 엮음, 이종삼 역, 『읽는다는 것의 역사』, 한국출판마케팅연구소, 2006, 500쪽.

207

층이 읽었던 것은 책 형태가 아닌, 뉴스와 잡지, 소형 출판물 또는 브로슈어 같은 짧은 텍스트였다. 그렇기 때문에 당시 서적 판매업자들은 가치 있는 책보다 중요하지 않은, 가십용 텍스트에 해당하는 팸플릿과 브로슈어 등이 더 많이 팔리는 것이 마냥 못마땅했다. 사람들은 원본 책보다 싸구려 복사본을 더 좋아했기 때문이다.

모든 책 판매자는 정기적으로 서적 목록을 작성했다. 이것은 오늘날 출판사에서 작성하는 도서목록과 유사한 것으로, 서적 시장의 분위기와 독자의 요구 사항, 그리고 공급과 수요의 본질을 고려한, 일종의 판매전략 차원에서 마련된 것이었다. 그러나 금서 또는 비밀스런 서적의 경우, 서적 목록에 포함시키지 않은 채, 특정 수요자를 중심으로 거래가 이루어지기도 했다.

그런데, 이 시기 독서의 폭발적 증가를 견인한 것은 아무래도 개인적으로 사사로이 책을 빌려주던 세책업 덕분이었다고 할 것이다. 여제 마리아 테레지아의 통치기에 비엔나 궁중 도서판매업자이자 출판업자였던 토마스 폰 트라트너Thomas von Trattner는 여제의 후원을 받으며 활발히 독일어 책들의 해적판을 만들었던 인물이다. 트라트너는 나중에 브라티슬라바에서 세책점을 운영하기도 했다.

18세기 후반 오스트리아에서 도서 검열의 주체는 교회에서 정부로 바뀌었다. 황제 요제프 2세가 통치하던 시기1765~90에 검열제도가 완화되었으니, 나폴레옹과의 전쟁 이후 메테르니히 통치기에 다시 강화되었다. 책 유통의 본거지였던 회원제 도서관이나 세책점은 악의 소굴로 비난받으며 오랜 기간 감시를 받아왔다. 1798년에 회원제 도서관이 해산되고, 경찰의 감시를 받게 되었다. 1799년부터 1811년까지 세책점 운영도 중

◆ 골동품 서화가게 Christian Nebehay

◆ 비엔나대 소장 필사본10003 David und Bathseba, S. Mamerot, Neuf Preux(왼쪽)
◆ 비엔나대 소장 필사본10006 Zwei szenen zwischen dem Liebenden und dem Liebesgott(오른쪽)

단되었다. 세책점이 불온사상을 퍼뜨리는 주범이라 여겨 프랑스혁명과 같은 제2의 혁명이 오스트리아 합스부르크 제국 내에서 일어날 것을 염려한 나머지 취한 조치였던 것이다. 계몽주의의 영향하에 도서검열 정책을 완화했던 황제 요제프 2세가 정반대의 정책을 취한 것이었다. 도서검열 완화 정책 시 금서를 포함한 소설 작품들이 세책점을 통해 상당수 유통되다가 그 영향력이 커지자, 다시 족쇄를 채우게 된 것이다. 이러한 현상이 프랑스 혁명 직후인 1800년경에 독일어권 전역에서 공통적으로 나타났다.

1811년 이후로 다시 세책을 허용함에 따라 활기를 띠게 되었지만, 이전 시기만 못하였다. 1848년 혁명이 일어난 후에는 사정이 조금 나아졌다. 라이프치히 출판업자와 현금 지불을 조건으로 한 유통이 지속됨으로써 남부 독일과 오스트리아에서 값싼 재출판물들은 큰 인기를 누렸다. 회원제도서관과 세책점은 서로 경쟁을 벌이다가 점차 회원제 도서관에서 세책점대출도서관으로 전환되어 갔다. 특히 19세기 초 이후로는 세책점이 회원제 도서관을 능가하게 되었다. 가장 중요한 이유는 유사 관심사를 지닌 사람들끼리의 집단 독서나 문학 토론보다 고립된 개인적 독서 형태를 선호하게 되었기 때문이다. 즉, 사적이고 고립된 독서가 가능하기 위해서는 그만큼 잘 드러나지 않는 개인 거래로서의 상업적 유통 체계가 필요했는데 그중 하나가 바로 도서 대여였던 것이다.

❶	❹
❷	❺
❸	❻

❶ 고서점 '777'
❷ 고서점 '하스바흐(Hasbach)'
❸ 영어 전문서점 '셰익스피어 앤 컴퍼니'
　　내부 모습
❹ '셰익스피어 앤 컴퍼니' 서점의 외부 모습
❺ 고서점 '인고 네베헤이(Ingo Nebehay)'
❻ 고서점 '에르하트 라커(Erhard Locker)'

제3부

생활의 유혹, 비엔나의 속살

◆ 거리의 간판-열쇠

하나. 오스트리아다움에 관한 단상

한국과 오스트리아가 수교한 것은 19세기 말로 거슬러 올라간다. 1892년 남정철南廷哲과 오스트리아 전권위원全權委員 A. R. 베커를 대표로 양국이 조오수호통상조약朝墺修好通商條約을 체결했다. 그 후 명성황후의 친족인 민철훈閔哲勳이 1900년에 특명전권공사에 임명되었고 1901년 독일과 오스트리아 주재 전권 공사를 겸했다. 이후 나라를 잃기 전까지 계속 비엔나에 공사가 파견되었다. 그러나 20세기 전반기에 한국은 일본의 식민지 지배를 받게 되고, 오스트리아는 제국이 붕괴되고 새로운 국가 건설을 하느라 양국 간 교류는 실제로 이루어지기 어려웠다. 또한 제2차 세계대전이 끝난 후 한국은 독립을 했지만, 오스트리아는 전쟁 패망국이 되어 자기 앞가림하느라 서로를 바라볼 여유가 없었다. 1963년에 이르러서야 비로소 다시 국교를 수립했다. 그 후 서서히 교류가 이루어지기 시작해 이제는 양국 간 인적, 문화 교류가 활발한 상태다. 현재 오스트리아는 5만 5천 불 이상의 GDP 생산량을 자랑하는 선진국으로 문화와 관광, 제조 분야에서 특기를 발휘하고 있다.

무엇보다 오스트리아는 과거의 영광과 문화유산을 근간으로 새로운

◆ 잘츠부르크 골목길

부가가치를 창출해내고 있다. 무에서 유를 창조하기보다 유에서 유를 지키면서 창조하는 데 탁월한 국민성을 지니고 있다. 가히 법고창신法古創新의 귀재들이라 할 법하다. 전통은 없애야 하는 대상이 아니라 가꾸고 사랑해야 할 대상임을 잘 알고 이를 실천할 줄 아는 후손들이다. 최첨단 디지털 시대로 바뀌고 경계를 넘나드는 것이 일상이 된 사회가 되었다 할지라도 오스트리아는 오스트리아다운 매력을 맘껏 발산하며 전통과 현대를 아우르며 살고자 한다. 눈을 돌려 사람 사는 모습을 보거나 복지 제도를 살피거나 건축과 예술에 관심을 가져 보면 그것을 쉽게 확인할 수 있다. 난민과 여러 나라 이민자들이 모여 인종박물관을 방불케 하지만, 비엔나는 개별화된 개인보다 전통의 옷을 입은 공동체의 분위기로 가득하다. 오스트리아엔 오스트리아 인만의 기질과 유전자가 참으로 존재한다.

거리의 간판

모차르트가 태어난 곳이자 영화 〈사운드 오브 뮤직〉의 촬영지로도 유명한 잘츠부르크. 잘츠부르크는 눈 내리는 성탄절 무렵이 되면 동화의 도시가 된다. 그중 특별히 구시청사에서 모차르트 생가 건물을 지나 길게 나 있는 게트라이데Getreide 거리의 풍경이 압권이다. 그 거리 골목 상점마다 내건 간판이 장관을 연출하기 때문이다. 평소 간판 자체가 예술 작품을 방불케 하는 것들이지만, 형형색색의 성탄 장식과 조명을 덧입고 거기에 캐롤송이 흘러나오고 흰 눈마저 펑펑 내리는 날이면, 영영 그 황홀경에서 헤어 나올 수 없는 가슴벅찬 감동을 경험하게 된다. 유럽 어느 도시를 가더라도 상점 입구에 내건 예술적인 간판들을 감상하는 즐거움은 여행이 주는 또 다른 마술과도 같다. 오늘날 네온사인 간판 일색인 한국과는 전혀 다른 분위기를 연출하며, 엠블럼에 얽힌 아기자기한 전설 내지 사연까지 전해 준다.

우리에게도 일찍부터 간판이란 게 있었던가? 조선후기에 상업이 발달하면서 서울을 중심으로 점포가 다수 들어섰지만, 제대로 된 간판이 붙게 된 것은 19세기 말~20세기 초 이후의 일이다. 상업 발달이 더뎠고, 상거래를 천시했던 의식이 컸기 때문에 드러내 놓고 영업하는 것이 쉽지만은 않았기 때문이다. 1900년대 무렵, 비로소 서울 가게에 커다란 상호명을 적은 간판이 등장했지만, 그것은 커다란 직사각형 모양에 상호명을 붓글씨로 써놓거나 전화번호를 적어놓는 정도에 불과했다.

거기에 여러 문양 장식이나 그림 등이 들어갈 리 만무하다. 조선후기만 해도 상호명이 없는 가게가 대부분이었다. 그래서 세책점도서대여점의 경우도 고유한 상호명이 있었던 것이 아니라, 세책점이 있던 마을 이름을 적는 것으로 상호를 대신했다. 그래서 예컨대, 약현오늘날 용산구 청파동에 있던 세책점은 '약현세책점', 오늘날 소공동 롯데 백화점이 있는 곳에 있던 세책점은 '다방골세책점'로 불리기 일쑤였다.

장소를 비엔나로 옮긴들 비엔나 거리에서 잘츠부르크 거리처럼 벽에서 튀어나와 매달린 상점 간판을 발견하기란 무척 쉽다. 여제 마리아 테레지아 여왕이 통치하기 이전만 해도 비엔나의 거리와 광장 이름이 공식적으로 기록된 것이 없었다. 다만 입으로 구전되면서 '거시기 장소' 정도로만 불렸을 뿐이다. 그때만 해도 비엔나에는 집 또는 건물에 지금처럼 번지수가 붙어있지 않았다. 다만 문패와 같은 것으로 집주인의 이름을

◆ 뻐꾸기 간판(위), 식당에 복을 가져다 주는 굴뚝청소부 간판(아래 좌), 열쇠 간판(아래 우)

새긴다거나 특성 있는 조형물을 걸어놓음으로써 가게, 또는 집주인의 정체성을 드러내고자 했다. 그것은 많은 거주 시민들이 글자를 읽을 줄도, 쓸 줄도 모르는 사람들이 많았기 때문이었다. 문맹률이 높았던 시기에 특정 상품을 파는 가게임을 쉽게 전달할 수 있는 방법으로 간판만한 것이 없었다. 그렇기에 뚜렷한 상징물을 걸어 넣고 무슨 가게인지 알리고자 했던 것이다.

현재 비엔나 칼스플라츠Karlsplatz에 위치한 시립 박물관Wien Museum을 가보라. 비엔나 초기 예술 작품 같은 상점 간판들이 몇 점 소장되어 있다. 시립 박물관에는 18세기에 만들어진 아름다운 연철등鉛鐵燈, Zur schönen Laterne이 소장되어 있다. 그리고 이러한 연철등을 만들던 대장간이 있던 곳을 현재 '연철등 거리Schönlaterngasse'라 부른다. 현재 쇤라테른가세 6번지에 그 간판복사품이 걸려 있다.

구역을 나누고 건물마다 번지수를 붙이는 시스템은 1771년에 비엔나 1구역을 시작으로 처음 실시되었다. 원래는 합스부르크 제국에서 군인 징집을 용이하게 하기 위한 목적에서 마련된 것이었다. 그리고 18세기에 지어진 건축물 중에는 지금까지 과거 18세기 번지수 표기가 그대로 남아 있는 곳이 있다. 예컨대, 제1구역에 있는 클리블라트 거리Kleeblattgasse 5번지, 쾰르너호프 거리Köllnerhofgasse 3번지, 플라이츠마르크트Fleischmarkt 16번지, 발거리Ballgasse 8번지, 그리고 콜마르크트Kohlmarkt 11번지 등이 대표적이다.*

이들 건물 간판 중에는 금속판 위에 문양을 새기거나 공예 장식을 가한 것들도 있다. 또한 일부 건물명은 화려한 색깔을 이용해 간판으로 사

---

* Duncan J, D. Smith, *Only in Vienna*, Wien: Bradstätter, 2014, p. 25.

용하기도 했다. 비드너 중앙거리Wiedner Hauptstrasse 36번지에 있는 황금 사자 간판이라든지, 로텐투름 거리Rotenturmstrasse 21번지에 있는 검은 까마귀 간판, 요제프스테터 거리Josefstädter Strasse 85번지에 걸려 있는 흰 말 간판이나 레르헨펠더 거리Lerchenfelder Strasse 29번지와 피아리스텐 거리Piaristengasse 58번지 양쪽에 걸려 있는, 튀어 오르는 고래 모양 간판, 그리고 쇤라테른 거리Schönlaterngasse 8번지에 있는 신화 속 바실리스크 뱀 형상을 한 간판 등이 대표적이다.

현재 카페 겸 식당으로 운영 중인 '검은 낙타 카페' 간판도 빼놓을 수 없다. 이 가게 이름은 원래 요한 밥티스트 카밀Johann Baptist Cameel이 1618년에 보그너 거리Bognergasse 5번지에다 문을 연 향신료 가게에서 출발한다. 이 가게에는 베토벤과 넬슨 제독 같은 유명 인사들이 다녀가기도 했다. 현재 이 가게는 커피 원두를 이 가게만의 유통망을 통해 공급받고 있고, 빵 만드는 기술도 특허를 낸 곳이라 고급 취향의 마니아 손님들이 즐겨 찾는 곳이다.

19세기 후반에는 수많은 상점들이 오스트리아 왕궁에 물건을 납품할 수 있는 독점권을 받았다. 이때 왕실로부터 인정받은 가게들은 '제국과 왕실'을 뜻하는 독일어 'Kaiserlich- Königlich'의 첫 글자를 딴 'K.K.' 글자가 새겨진 간판을 사용할 수 있었다. 케른트너 거리Kärntnerstasse 26번지에 위치한 롭메이어Lobmeyr 유리세공품 가게 문이나 콜마르크트 거리에 위치한 데멜Demel 초콜릿 가게한때 왕실 크리스마스 트리 장식용 물건을 납품하기도 했다. 등에서 왕실 인증 글자를 확인할 수 있다.

오스트리아 문장이 아닌 체코 문양으로 나타낸, 체코 출신의 크니제Knize 재단사 가게그라벤 거리 13번지도 있다. 크니제는 오스트리아 왕실은 물론

이고, 터키의 술탄Sultan과 페르시아오늘날 이란의 샤Shah, 왕에게까지 제복을 납품했다. 이렇듯 거리마다 골목마다 면해 있는 가게와 그 간판만 보고 다녀도 그 설렘의 끝을 알 수 없는 것이 바로 골목길 산책이다.

호미 바바Homi Bhabba는 전통이야말로 '다양한 문화 사이의 복잡계와 현재 진행형적인 타협의 산물'*이라고 했다. 오스트리아 고유한 문화적 색깔에다 더 크고 보편적인 가톨릭 문화와 주변 나라의 문화가 섞여 만들어진 전통이라는 것은 결국 크고 작은 문화 간 교환과 영향의 현재진행형적 적용의 다른 이름이 아닐까? 오늘날 오스트리아 간판 문화란 유럽 전통 문화의 소산이면서 그 전통을 지키고자 노력하는 오스트리아 인들의 미적 감각을 대변하는 명함과도 같다 할 것이다.

비엔나의 '입춘대길, 건양다경(立春大吉 建陽多慶)'

요즘엔 이조차 보기 쉽지 않지만, 봄이 되면 한국에서는 집 대문이나 사무실 문에 '입춘대길立春大吉'과 '건양다경建陽多慶'이라고 한자로 쓴 입춘첩立春帖을 양쪽에 붙여 놓곤 했다. '봄을 맞이해 크게 길하고 경사스러운 일이 많이 일어나기를 바란다'는 뜻의 소망을 담은 일종의 축하글이라 할 것이다. 이는 집이나 사무실 안에 있는 사람뿐 아니라, 그곳을 드나들거나 그 글귀를 접하는 손님들 모두에게 축복을 비는 의미를 담고 있다.

---

* Homi Bhabba, "Beyond the Pale: Art in the Age of Multicultural Translation", ed. Ria Lavrijsen, *Cultureal Diversity in the Arts: Art, Art Policies, and the Facelift of Europe*, Amsterdam: Royal Tropical Institute, 1993, p. 22. "traditions stem from "complex and on-going negotiation" among various cultures."

◆ 비엔나에서 가장 유명한 에스테르하지(Esterhazy) 전통식당 지하 돌문 입구에 적혀 있는,
복을 비는 부적 글씨 '20-C+M+B-14'

흥미로운 사실은 이런 축하의 표현을 비엔나에서도 종종 발견할 수 있다는 것이다. 'C+M+B'라는 표시가 문이나 벽, 또는 기둥에 하얀 분필로 적혀있는 것을 본 적이 있는가? 이것이 바로 오스트리아식 부적이자 행운의 표시이다. 이것은 오스트리아에서 주로 새해를 맞이해 기독교인의 집에 안녕과 번영을 가져오기를 바라는 마음을 담은 것이다. 집이나 식당, 특정 공간을 드나드는 사람들에게 하는 일종의 새해 인사이자 덕담이라고나 할까? 당신이 만약 이니셜로 표시된 이 세 글자를 비엔나 또는 오스트리아 다른 지역에서 보았다면, 시력이 좋거나 운이 좋거나, 아니면 오스트리아 문화와 역사에 관심이 있는 사람임에 틀림없다. 가끔씩 "C+M+B' 양 옆에 숫자가 적혀 있는 것도 볼 수 있다. 예컨대 '20-C+M+B-15'는 2015년 새해에 복을 기원한 것을 의미한다. 분필로 적어 놓았기 때문에 매년 새해마다 숫자 하나만 지우고 새로 쓰는 방법을 사용하므로 복을 비는 방법도 많이 편리해졌다고 할까?

C, M, B는 아기 예수가 태어났을 때 동방에서 별을 보고 참배하려 베들레헴으로 왔다는 동방박사 세 사람, 곧 카스파Caspar, 멜콰이어Melchoir, 그리고 발타자르Balthazar의 알파벳 첫 글자를 따온 것이다. 그러나 잘 알려져 있지 않지만, 다른 일설에 의하면 이 세 글자는 원래 'Christus Mansionem Benedicat'라는 라틴어 표현에서 그 첫 글자를 가져온 것이라고도 한다. 이를 번역하면 '그리스도가 이 집에 복을 주시기를Christ shall bless this house' 정도의 의미가 된다. 어떤 것이 맞느냐는 그리 중요하지 않다. 복과 안녕을 기원하는 마음은 세계 공통이다. 이를 형상화하는 방법이 역사와 문화, 지역에 따라 다를 뿐이다. 그 사실을 확인하는 것만으로도 흥미로운 일이 아닐 수 없다.

사실 오스트리아에서 복과 행운의 상징적 아이콘은 '굴뚝 청소부'다. 지하철 쇼텐토르Schotentor 역 근처 비플링거 거리Wipplingerstrasse에는 세련되고 우아한 비엔나 아르노보Art Nouveau, 독일어로 유겐트슈틸Jugendstil 양식으로 지어진 높은 다리1903가 있는데, 거기서 보면 건물 모퉁이에 걸려 있는 커다란 조형물 -아니 인형이라 불러도 좋을 것이다-을 쉽게 발견하게 된다. 이 조형물은 사다리와 코일로 칭칭 감긴 청소 브러시를 어깨에 짊어 메고 걸어가는 흰색 굴뚝 청소부이다. 물론 굴뚝 청소부와 그 건물과는 아무런 연관이 없다. 그런데 그 굴뚝 청소부 인형이 걸려 있는 건물에는 1913년에 문을 연 복권판매점이 있다. 우연치고는 절묘하다. 왜냐하면 앞서 말했듯이, 굴뚝 청소부는 오스트리아에서 복과 행운을 가져다주는 존재로 인식되기 때문이다.

그 내력은 이렇다. 중세 때 모든 오스트리아 집의 중심에는 벽난로가 있었다. 그런데 벽난로를 사용하면 검댕 그을음이 생겨 굴뚝을 막아버리게 된다. 게다가 주로 집을 나무로 지었기 때문에 굴뚝을 깨끗이 청소하지 않으면 자칫 화재가 나기 쉬웠다. 그래서 집주인은 굴뚝 청소에 민감했다. 노심초사하며 기다리다가 일 년에 한 번, 이 마을 저 마을 돌아가며 청소하는 굴뚝 청소부가 그 마을에 나타나면 그들은 구세주가 나타나기라도 한 듯 비로소 안도감과 행운의 느낌을 갖게 되어, 기쁜 마음으로 그들을 맞이하곤 했다. 그래서 굴뚝 청소부는 행운을 가져다주는 존재로 인식되기 시작한 것이다. 물론 어린 아이들은 시커먼 얼굴과 더러워진 옷 때문에 종종 굴뚝 청소부를 무서워하기도 했지만, 오히려 청소부의 그런 외양 덕분에 악마를 쫓아낼 수 있다고 믿었다. 그래서 굴뚝 청소부를 보면 위험과 질병으로부터 집을 보호하는 기운을 받게 된다고 믿었다.

◆ 비엔나의 굴뚝 청소부 간판-복을 불러오는 사람으로 여겼다.(위)
비엔나의 굴뚝 청소부 간판(아래)

오스트리아를 포함한 유럽 여러 나라에서는 한 해의 마지막 날을 특별히 '실베스테르Silverster'라고 부른다. 실버스테르는 원래 기원 후 335년 12월 31일에 로마에서 죽은 교황 실베스테르 1세를 기리기 위해 붙여진 이름이었다. 그런데 이 실베스테르 날이면 사람들은 굴뚝 청소부를 형상화한 장신구를 서로 교환한다. 오늘날까지도 여자 굴뚝 청소부는 존경받는 직업으로 인식되는데, 빛나는 여자 굴뚝 청소부 모습을 한 단추나 장신구는 높은 가격에 팔리기도 했다. 이런 장신구 선물 또는 교환 풍습은 바로 오늘날 굴뚝 청소부와 행운을 연결 지어 새롭게 개발해낸 신 풍속도나 마찬가지다.

또한 빗자루로 뭔가를 쓸거나 먼지를 없애는 것은 한 해의 새로운 시작을 다짐하는 것이기도 하다. 그렇기 때문에 청소와 새해 소망이 이렇게 연결되어 하나의 즐거운 교환이 이루어지게 된 것이다. 심지어 비엔나 사람들은 지금도 아침에 굴뚝 청소부를 보면 그날은 행운이 올 것이라고 믿는다. 그것은 마치 한국에서 아침에 장의차를 보면 그날 하루가 불길할 것으로 여기는 미신과 정반대의 것이다. 한국에서도 누군가를, 또는 무엇인가를 보면 좋은 일이 생길 것이라 믿게 할 만한 것이 없을까?

덧붙이자면, 오스트리아에서 새해에 교환하는 행운의 물건 중에는 먹어도 되는 핑크색 마지팬-달걀과 아몬드, 설탕 등을 넣어 만든 일종의 과자-뿐만 아니라 장신구 형태의 행운의 돼지도 있다. 돼지는 고대 게르만 신들 중 하나로 숭앙받던 신령한 동물인 데다 유럽의 많은 나라에서 다산과 번영의 상징으로 인식되었기 때문이다. 고기가 귀했던 옛날에 돼지를 소유한 사람이야말로 복 받은 사람이었던 것이다. 즐거운 착각과 긍정적인 믿음은 삶의 불안을 넘어가게 만드는 지혜와 같다.

비엔나, 세계 최초로 스노우 글로브가 탄생한 곳

어린 시절, 유리 속 인형 위로 유영하듯 쏟아져 내리는 눈가루를 보며 신기해하던 때가 있었다. 외삼촌이 중동 건설 현장에 나갔다가 귀국할 때 선물로 사다 준, 또 하나의 동심과 동화의 세계 스노우 글로브snow globe. 그것을 보며 상상의 나래를 펼치고 꿈을 꾸곤 했었다. 이 스노우 글로브가 처음 만들어진 곳이 바로 오스트리아 비엔나다. 처음 이것을 발명한 이는 오스트리아 인 어빈 퍼지Erwin Perzy였다. 1900년에 처음 만들어 팔기 시작한 후 지금까지 3대째 가업으로 스노우 글로브를 제작하고 있다. 비엔나 17구의 슈만 거리Schumanngasse 87번지에 위치한 가게에 가면 수백 가지의 스노우 글로브를 만날 수 있다.

어빈 퍼지는 원래 쇤브룬 궁전 근처에 살았는데, 곡식을 이용해 눈가루 형상을 만든 마리아 젤Maria Zell의 바실리카 성당에서 처음으로 영감을 얻은 후 비엔나의 대표적 미를 나타내는 쇤브룬 궁전을 대상으로 스노우 글로브를 만들기 시작했다. 처음 만든 유리구슬은 지름 40mm 크기에 석고 바닥에다 검정색을 칠해 완성되었다. 수년 후 점점 더 다양한 장면을 담은 유리구슬을 만들게 되었고, 1920년경부터 20mm, 60mm 크기의 눈 유리구슬도 제작하기 시작했다. 1970년부터 오늘날 볼 수 있는 35, 45, 80mm 크기의 유리구슬을 만들기 시작했고, 1977년에 120mm짜리 유리구슬도 처음 만들었다.

이 가게는 많은 특별 주문 제작도 받았다. 그렇기에 세상에 단 하나뿐인 유리구슬도 많다. 빌 클린턴 전 미국 대통령도 은색 바탕의 120mm 크기의 유리구슬을 주문해 사 갔다고 한다. 많은 유명 영화 속 소품으로

제작된 스노우 글로브가 있고, 산업용 로그에 스노우 글로브를 사용한 것도 있다. 1995년에 퍼지가 처음 만들었던 스노우 글로브를 복제한 25mm 크기의 것도 만들었고, 지금 가장 잘 팔리는 80mm 크기의 스노우 글로브도 만들었다. 이 스노우 글로브는 세계 모든 사람들에게 많은 기쁨과 즐거움을 선사했다. 그렇기에 그 공을 인정받아 황제 프란츠 요제프 1세로부터 상을 받기도 했다. 지금도 이 스노우 글로브는 수작업으로만 만든다. 그렇기 때문에 이 흰 눈 가득 내리는 유리 구슬을 당신이 소유하고 있다면, 그것은 세상에서 유일한 것을 소장하는 셈이 된다.

어느 관광지를 가보아도 종류가 한정될 수밖에 없는데, 현재 이 가게에는 지금까지 제작한 수백 종의 스노우 글로브가 전시되어 있다. 4가지 크기에 따라 값이 차이가 난다. 게다가 미니 박물관을 겸하고 있어 스노우 글로브를 처음 만들 때 사용한 기계와 제작 원리, 그리고 과거의 작업 모습을 보여주는 여러 흑백 사진들과 화려한 입상 경력 증명서까지 보는 즐거움이 쏠쏠하다. 게다가 운이 좋다면 성탄절 즈음에 제공해주는 오스

---

* 어빈 퍼지 1세http://www.viennasnowglobe.at/index.php?page=history&lang=eng에서 인용.

트리아 전통 과일주까지 한 잔 마실 수 있다. 비록 시내 중심부에서 멀리 떨어진 주택가에 위치해 있어 찾아가려면 의지가 필요하지만, 일단 가보면 후회하지 않을 것이다.

가게 자체가 250년 된 역사적 건물 1층에 있어 과거와 현재가 공존하는 분위기까지 맘껏 느낄 수 있다. 2015년 겨울, 퍼지의 손자인 퍼지 3세가 운영하는 가게를 들러 눈 호강을 하며 스노우 글로브를 몇 점 사서 지인들과 아이들에게 선물해주었더니 너무 좋아하던 기억이 유쾌하다. 오스트리아의 전통과 고유한 물건을 선물하기 원한다면 주저 없이 '원조 오스트리아산産' 스노우 글로브를 권한다. 사는 본인뿐 아니라 받는 이에게도 오스트리아다운 '작은 겨울 세계'로 돌아가는 즐거움을 얻을 수 있기 때문이다.

둘. 나를 발견하는 스토리텔링
: 꿈에서 폴란드 여인이 나를 부르다

'민. 들. 레.'

이것은 우리나라 어디에서나 쉽게 볼 수 있는 야생화다. 그리고 코흘리개 시절, 고향 강화도에서 불리던 내 별명이기도 하다. 강화도 촌놈이 흔하디흔한 들판의 꽃, 노란 민들레를 좋아하는 게 이상하달 수 없다.

민들레를 좋아하던 섬 소년이 자라 대학생이 되자마자 넓은 세계를 보겠다고 세계의 문을 두드렸다. 그리고 지금까지 100여 회 이상 세계를 돌아다녔지만, 한국 고전문학을 껴안고 살아간다. 그러나 빛 좋은 개살구다. 어쭙잖게 유럽을 기웃하면서 이도저도 아닌 정체성에 갇혀 지내는 변방인 내지 회색인 정도라고나 할까? 여행은 설렘을 가장한, 지극히 평범하고도 우연한 삶의 연속임을 떠날 때마다 깨닫기 때문이다.

어디론가 떠나야만 하는 역마살 낀 인생. 일찍, 그것도 너무 멀리 갔었기에 외롭다고 느낄 때도 많았다. 지금 여행자와 공감할 수 없는 경험이 많기 때문이 아니라, 여행의 기억과 감흥이 샘솟지 않고 메말라가기

◆ 저자

때문이다. 이것이 착각이면 좋겠다. 그 착각에서 벗어날 궁리를 하자. 기
억해두자. 적어두자. 이렇게 짓기 시작한 글이 바로 이 책의 일부를 이루
었다.

민들레라 불리던 한 섬 소년이 어디서 왔으며 어디를 헤매다가 멈춰
서서 홀씨라 할 씨앗을 내렸는지, 그 걸어온 길이 불현듯 궁금한 걸 보니
나도 이제 제법 나이를 먹었나 보다. 한참을 걷고 또 걸어 왔는데, 어느
순간, 내 뒤에 남겨진 자취를 돌아보려니 이렇게 낯설게 느껴질 수가 없
다. 걸어가야 할 길이 저렇게 길고 먼 데, 오히려 여기서 머뭇거리며 자
신이 없어지는 이유는 뭘까? 민들레 홀씨를 퍼뜨리며 즐겁게 지냈다고
생각했는데, 어디에 무엇을 뿌렸는지, 과연 거둔 것은 있는지 잘 보이지
않아 두려운 것인지도 모른다. 확고한 믿음보다 불안을 더 느끼는 나이
가 되었다니 미욱하기 짝이 없다. 겁 없이 질주하던 패기 대신, 이제 역

사와 자연 앞에서 겸손을 보게 된 것일까?

1996년 초가을 아침, 짙은 안개에 휩싸인 프라하 카를 교 위에서 나 홀로 지적의 세상과 단절됐다는 느낌에 당황해하던 순간이 있었다. 그때의 방황과 다시 대면하게 된 듯한 느낌이다. 갈수록 자문자답하는 시간이 잦아진다. 인생은 그 자문자답의 조각들을 모아 만든 퍼즐이라 믿고 있는 듯 말이다.

1990년 여름 미국여행

88서울 올림픽 이후 해외여행 자유화가 이루어졌다. 그리고 1990년 여름, 대학생의 패기와 열정 하나로 여름방학을 이용해 미국 대륙횡단 여행을 다녀왔다. 로스앤젤레스에서 워싱턴 D.C.까지 '그레이하운드Grey Hound'라는 버스를 타고 넓디넓은 미국의 여러 도시를 돌아다니며 책에서, 영화에서 보던 꿈의 장소를 직접 가슴으로 만나는 민들레의 첫 해외여행이 그렇게 시작되었다. 그랜드 캐년Grand Cannon이 선사하는 장엄한 자연의 교향곡을 들었고, 모하비 사막을 지나며 말을 타고 질주하던 인디언 소년과 하이파이브를 하기도 했다. 라스베이거스Las Vegas의 야경에 취했고, 덴버 하늘을 나는 경비행기와 컨트리 송Country Song의 흥겨움에 겨워 잔디 위를 뒹굴기도 했다. 앨버커키Albuquerque를 지나 시카고에서 미국의 독립기념일을 맞이했다. 시내로 쏟아져 나온 시민들과 거리행진하며 축제를 만끽했다. 버팔로Buffalo에 위치한 나이아가라 폭포 앞에서 금강산의 만폭동 폭포를 상상하며 신선이 된 양 물보라에 옷이 흠뻑 젖기도 했다.

어디 그뿐인가? 보스턴에서는 1492년 영국의 청교도들이 영국 플리마우스Plymouth를 출발해 대서양을 건너 미 대륙으로 올 때 타고 온 메이플라워 호號를 보며, 오늘의 미국이 살아 숨 쉬는 정신적 유산이 무엇인지 조금이나마 느낄 수 있었다. 하버드대, MIT, 보스턴대 등을 돌아보며 세계 지성의 용광로를 눈으로 직접 확인한 것만으로도 내 가슴은 터질 듯했다.

뉴욕은 어떠했던가? UN 본부 앞에 위치한 함마르셸드Hammarskjöld 광장에서 아침에 벤치에서 부스스 잠자리를 털고 일어나는 홈리스homeless들과 친구처럼 이야기를 나누던 기억이 앞서는 건 왜일까? 월 스트리트Wall Street의 WTCWorldTrade Center 빌딩에 올라 눈이 어질할 정도의 마천루들을 쳐다보며 세계 경제의 심장이 뛰고 있음을 실감하기도 했다. 워싱턴에 위치한 링컨Lincoln 대통령 동상과 조지 워싱턴George Washington 탑 앞에선 엉뚱하게도 어린 시절 그렇게 외우고 또 외웠던 '국기에 대한 맹세'와 '국민교육헌장'을 자동적으로 웅얼거리는 내 자신을 발견하고는 깜짝 놀랐다. 이렇듯 3주간의 미 대륙 횡단 여행은 내 생애를 바꿔놓는 하나의 역사적 사건이 되었다.

그런데 여행 중 내 일생을 결정짓는, 백만 볼트 이상의 강력한 정신적 충격을 던져준 것은 시카고에서 만난 어느 술주정뱅이 흑인이었다. 그는 시카고 센트럴 파크에서 대낮에 술독에 빠져 있었다. 술기운 때문이었겠지만, 그는 어떤 망설임도 없이 민들레라는 동양인 남자에게 다가와서는 손을 잡으며 함께 춤을 추자고 했다. 그때 나는 처음으로 외국인의 손을, 아니 흑인의 손을 만져보았다. 그런데 그의 손은 너무나 따뜻했다. 그리고 너무나 촉촉했다. 새까만 피부를 제외한다면, 적당히 풍겨나는 술 냄새와 촉촉한 손의 온기는 바로 우리나라 푸근한 시골 아저씨의 체온과 정취와 전혀 다를 바 없었다. 나는 그때 처음으로, 정말로 이 흑인도 나와 똑같은 사람이구나 하는 사실을 온몸으로 느낄 수 있었다. 그 당연한 사실을 바보처럼 그제서 깨달았던 것이다. 그 순간, 나는 문화적 편견과 개인적 무지에서 오는, 자탄의 내면적 음성에 내 자신이 한없이 초라해진 모습을 느낄 수 있었다.

오기랄까? 그때 이후로 나는 외국인과 타문화, 그리고 비교문학에 대해 깊은 관심을 갖기 시작했다. 소위 비교문학에 발동이 걸린 것이다. 그래서 방위병 판정을 받았음에도 불구하고 일부러 영어와 국사, 국어 시험공부를 하고 카투사KATUSA 병 선발시험을 보아 합격해 27개월이란 현역병 생활도 마다하지 않았다. 미군들과 만나면서 미국문화를 배우고 우리와 또 다른 의식세계가 있음을 제대로 알게 되었다. 군대 생활 동안, 나는 전공하고 있던 국문학을 세계와 만나게 할 수 있는 방법이 비교 연구에 있다고 확신했다. 그래서 제대 후 본격적으로 국문학을 연구하고자 결심하고, 복학 후 계획을 세워 준비를 하기 시작했다. 목표는 당시 세계문학과 국문학을 아우른 연구에 몰입하고 계시던 서울대 조동일 선생님을 사사하는 것이었다. 그러면서 다른 한편으로 미국에 가서 비교문학을 제대로 공부하고 싶었다. TOEFL과 GRE 시험까지 치르고, 학부 졸업 전에 인디애나 주립대학으로부터 입학 허가까지 받았다.

그런데 그 계획은 실현되지 않았다. 아니 스스로 그 기회를 걷어찼다. 미국 대학에서 입학허가서를 받고 마음이 들떠 있던 어느 날 밤, 좀처럼 꾸지 않던 꿈을 꿨다. 다음날 아침, 잠에서 깨어났을 때, 꿈 내용이 너무나 선명했다. 그것은 바로 폴란드 중년 여성이 나타나 폴란드로 건너오라며 손짓하는 것이었다. 그때 충격은 아직도 내 기억 속에 생생히 남아 있다. 갑자기, 그것도 전혀 생각도 해보지 않던, 웬 폴란드람? (나중에 생각한 것이지만, 꿈속 주인공은 바르샤바대 한국어문학과를 세운 고故 할리나 오가렉 최Halina Ogarek-Choi 교수였다고 지금도 나는 믿고 있다.) 꿈을 꾼 후 폴란드에 대한 호기심이 주체할 수 없을 정도가 되었다. 짝사랑이라는 열병에 걸린 것이다. 그 후로 나는 폴란드, 폴란드 어, 폴란드 사람, 폴란드 문학에 대해 빠져들기 시작했고, 그럴수록 그곳에 가보고 싶다는 매력에 빠져들었다. 사람이 그곳에 살고 있기나 할까? 라는 우문愚問도 그 호기심을 이기지는 못했다.

그래서 궤도를 수정하기로 했다. 미국에서 폴란드로 가는 비행기로 바꿔 타기로 한 것이다. 결국, 대학원 진학 전, 면접 시간에 심사위원으로 들어온, 고전문학 연구의 대가이신 조동일 선생님께 폴란드 고전문학과 한국 고전문학을 비교연구하고 싶다고 당당히 밝혔다. 폴란드 문학이라. 그때가 1996년 가을이었다. 모두가 의아해했지만, 조동일 선생님께서는 무척 반가워하시며 기꺼이 지도학생으로 받아 주셨다. 그때부터 나는 폴란드 문학과 우리 고전문학을 동시에 공부하기 시작했다. 대학원 과정에서 고전문학을 공부하면서 방학 때마다 폴란드를 오가며 폴란드와 동유럽 문학세계에 빠져들었다. 그 결과 석사 및 박사학위를 우리 고전문학과 폴란드 고전문학을 비교한 논문을 써서 제출할 수 있었다. 거기엔 조동일 선생님의 무수한 격려와 지도가 있었다. 국내 고전문학 연구자가 외국문학, 그것도 유럽문학을 가지고 학위논문을 쓴다는 것은 아직까지 학계에서 한 번도 시도되지 않았던, 그래서 때로 보수적 시각을 갖고 계셨던 선생님들로부터 많은 비판도 받았던, 나 자신과의 고독한 싸움이기도 했기 때문이다. 오늘의 내가 존재할 수 있었던 이유 중 하나임에 틀림없다.

21세기가 열리자마자 결혼을 했다. 그리고 사랑하는 아내와 함께 바르샤바로 건너가 바르샤바대 한국어문학과 교수로서 5년 남짓한 기간 동안 파란 눈의 폴란드 학생들을 가르쳤다. 미지의 땅에서, 그러나 제2의 고향 같은 폴란드에서 새로운 삶을 신명나게 누릴 수 있었다. 그 후 좋은 기회가 생겨 한국에 돌아와 대학에서 계속 가르치고 연구하는 일을 할 수 있게 되었다.

꿈속에 도전의 길이 있다

꿈 많은 대학생이 되었다. 대학생이 되자마자 가장 하고 싶었던 것은 여행이었다. 국내 무전여행은 물론, 해외여행까지 도전해보겠노라 마음먹었다. 모험을 은근히 좋아하던 나는 먼저 친구들과 제주도 무전여행을 떠났다. 고등학생 시절부터 무전여행을 꿈꿔 왔었기 때문에 고등학교 동창생과 함께 지도만 보고 제주도 전체를 자전거로 이틀 만에 완주하겠다는 계획을 세웠다. 그리고 부산에서 서귀포행 야간 운행 배를 타고 소위 '짠내 여행'을 시작했다. 텐트를 갖고 다녔지만 여름이라 노숙을 주로 하고, 갖고 간 쌀은 인심 좋은 식당 아주머니나 아무 집 대문을 두드려 열어주는 아주머니께 자초지종을 말씀드리고 쌀을 드려 밥을 해먹곤 했다. 비록 우리의 자전거 일주여행은 그 다음날 불어 닥친 태풍 때문에 끝이 나고, 용달트럭에 자전거를 싣고 초라한 몰골로 돌아와야 했지만, 그때

우리가 여행하며 맛본 호기는 천하를 다 얻은 듯했다.

제주도 여행을 다녀온 후, 친구들과 달리 나는 다시금 곧바로 해외여행을 떠나야 했다. 미국 서부 LA부터 동부 워싱턴까지 대륙을 횡단하는 여행을 계획하고 대장정에 나선 것이다. 세상을 넓게 보고, 가급적 몸으로 부닥치며 많은 경험을 하는 것이 청춘의 특권이라고 믿었다. 그 당시만 해도 외국 여행은 낯선 도전이었다. 섬 소년이 유달리 외국에 대한 호기심과 궁금증이 컸는데, 그 모험심이 나를 미지의 세계로 안내해주었다.

당시 경비가 약 150만 원이었다. 경비의 일부는 1학기 내내 아르바이트를 해서 모았지만, 그래도 70만 원 가량 부족했다. 그렇다고 부모님께 손 내밀고 외국 여행을 다녀올 생각은 추호도 없었다. 그러나 세계를 보고 싶은 마음 하나만큼은 간절했다. 돈을 변통할 방법을 찾던 나는 어느 날 일간 신문에 실린 어느 한 인터뷰 기사를 보게 되었다. 당시 B그룹의 부회장인 L씨가 젊은이들이 세계를 직접 보고 세계경영의 인재로 성장해야 한다는 취지의 인터뷰를 한 기사를 본 것인데, 이 기사를 읽자마자 이런 분이라면 나를 도와줄 수 있겠다 싶은 생각이 들었다. 그래서 무작정 그 분께 편지를 써서 보냈다. ○○대학에 다니는 아무개 학생이 세계를 보고자 해외여행을 계획하고 있는데 경비가 모자라 그 뜻을 펼칠 수 없다며 구체적 여행 계획방문 도시와 여행 주제까지 적어 도움을 청하는 편지를 보냈던 것이다.

그런데 실제로 영화 같은 일이 벌어졌다. 며칠 후 부회장이 나를 직접 만나고 싶다며 B그룹 비서실을 통해 연락을 해온 것이다. 나는 여행 계획서를 정성껏 작성해 회사로 가지고 갔다. 그리고 부회장님께 자초지종을 말씀드리고, 세계를 직접 내 눈으로 보고 싶은 이유와 구체적 여행 계획을 설명 드렸다. 그랬더니 그 분은 그 자리에서 필요한 여행경비를 직접 현금으로 내어주셨다. 나를 믿는다며, 많이 배우고 돌아오라는 짧은 격려의 말씀과 함께.

이렇게 나의 첫 번째 해외여행 꿈이 이루어졌다. 덕분에 나는 1990년 여름, 미국으로 가는 비행기에 몸을 실을 수 있었다. 그리고 LA부터 워싱턴까지 내가 그토록 보고 싶었던 미국과 만날 수 있었다. 내 생애 처음으로 비행기를 타본 나로서는 구름 위에 또 다른 세계가 펼쳐지는 장관을 창문 좌석에 앉아 밤을 꼴딱 새어가며 쳐다볼 수밖에 없었다. 낮은 구름 위에 또 다른 층단이 형성되고, 저 멀리 엄청난 구름 떼가 몰려오는가 하면, 뭉게구름과 양떼구름으로 변하는 기묘한 세상을 한시라도 놓칠 수 없었다. 틈틈이 그 감상을 시로 적고, 짧은 글로 남겼다. 비행기 창문 너머로 태평양 푸른 바다 위로 하얀 실선마냥 자취를 남기며 지나가는 배를 쳐다보는가 하면, 서서히 빨갛게 물드는 우주의 석양 하늘을 바라보며 심장이 멈추는 듯한 황홀경에 빠져들기도 했다. 깜깜한 밤하늘에는 저 멀리 또 다른 비행기가 날면서 깜빡깜빡 빛을 발하는 모습이 마치 내 심장이 뛰는 모습인 양 행복해했다.

한국에서 오후 늦게 출발한 비행기는 오전 10시경 LA 공항에 도착했다. 날짜변경선을 가로질러 시간을 거슬러 간 탓에 다시 한국에서 출발한 날짜와 동일한 오전에야 미국에 도착한 것이다. 한없이 졸음이 밀려왔으나 오전부터 잘 수는 없었다.

정신이 멍한 상태여서 그랬을까? 미국 도착 첫날 밤, 총에 맞을 뻔한 엄청난 사건은 비몽사몽 보내던 내 정신을 일순간에 바꿔 놓았다. 숙소에서 목이 말라 생수를 사러 슈퍼마켓을 찾아 밤거리로 혼자 나갔던 것이다. 밤 8시 경, 인적 없는 거리를 혼자 걷다 뒤에서 갑자기 무슨 소리가 들렸다. 나를 부르는가 싶어 뒤를 돌아보았다. 그러나 나한테 말을 걸 사람이 없다고 생각하고 어둠 속에 있던 사람을 무시한 채 다시 내 갈 길을 가기 시작했다. 그 순간 '탕' 하는 소리가 났다. 순간 나는 이게 무슨 소리인가 싶었다. 그러고는 무의식적으로 뒤를 되돌아보자 좀 전에 뒤에 서 있던 사람이 나를 향해 팔을 들고 있는 형상이 보였다. 순간 나는 그가 총을 들고 있음을 깨달았다. 그리고 그 소리가 총소리임을 인지했다. 극도로 짧은 순간이었지만, 두려움에 사로잡힌 나는 나도 모르게 냅다 뛰어 도망치기 시작했다. 뒤에 있던 사람도 잠시 나를 쫓아오는 듯싶더니 이내 포기한 듯 더 이상 따라오지 않았다. 그러나 나는 멈추지 않고 마구 달려 골목길을 크게 한 바퀴 돌아 다시 숙소로 돌아왔다. 숙소 주인에게 내가 경험한 얘기를 했더니 이 밤중에 혼자 걸어 다닐 생각을 한 것 자체가 죽어도 할 말이 없었을 것이라는 쓴 소리만 들었다.

　그것이 1990년 미국 도착한 첫 날 밤 겪은 일이었다. 미국은 나에게 갱스터 영화가 영화가 아닌 현실임을 알려주는 값으로 목숨까지 요구하는 나라라 생각했다. 그날 밤 놀란 가슴을 진정시키는 한편, 피곤하고 지친 몸을 가누지 못해 어떻게 잠에 빠져 들었는지 알 수 없었다. 그런데 다음날 새벽, 밖에서 이상한 폭발음 소리에 강제로 잠에서 깨어났다. 정신을 차리지도 못한 상태에서 창밖을 내다보니 숙소 앞거리에 세워져 있던 두 대의 차가 불타고 있는 것이 아닌가?

　얼마 안 있어 사이렌 소리와 함께 소방차와 경찰차가 왔다. 차가 폭발한 이유를 알 수 없었지만, 어제의 악몽이, 아니 잠에서 깰 때까진 잊고 있었던 어젯밤의 일이 다시 되살아나면서 공포감과 함께 한없이 나락으로 떨어지는 느낌으로 가득하게 되었다. 지금까지 미국을 10여 회 이상 다녀갔지만, 미국 서부 LA는 유독 더 이상 가보질 않았다.

그래도 마음을 추스르고 미국 도착 다음날 낮에 버버리 힐스^{Beverly Hills}를 찾았다. 그러나 거기서도 이상한 경험은 이어졌다. 저 멀리 언덕에서 흰 물체가 빠른 속도로 내가 있는 쪽으로 내려오는 게 보였다. 가까이 다가온 물체는 위아래 아무런 옷도 걸치지 않은 나체 상태로 자전거를 타던 남성이었다. 어디선가 경찰차가 나타나더니 그 남성을 붙잡았다. 주위 사람에게 물어봤더니 아마도 마약에 먹고 환각 상태에서 자전거를 타고 다닌 것 같다고 했다. 황당하다 싶은 일들을 연속 경험하고 보니, 정신이 번쩍 들었다. 미국에 대한 환상이 깨진 지 오래 되었지만, 이게 사람 사는 모습이다 싶으면서 미국의 실체를 제대로 아는 게 중요하다는 생각을 하게 되었다. 물론 나와 정반대의 경험을 한 이들도 많을 것이다. 여행지에서의 첫인상이 중요한데, 나에게 LA는 지금까지 현실이 영화 세트장인 그런 무법의 공간으로 남아 있다.

그러나 어렵게 미대륙 횡단 여행을 계획하고 실천을 옮기게 된 것이라 내 여행은 계속됐다. 한 도시에서 다른 도시를 갈 때는 그레이하운드 버스를 이용했고, 밥값을 절약하기 위해 맥도널드 버거와 버거킹 음식으로 때우기 일쑤였다. 그러다가 한인교회라도 보게 되면 숙박을 부탁하기도 했다. 고맙게도 가는 교회마다 성심껏 자비를 베풀어주셨다. 사택에서 잘 수 있도록 배려해주시거나 떠날 때 김밥을 정성껏 싸주신 분도 계셨다. 지금도 그런 낭만과 사랑이 남아 있는지 궁금하다. 갈수록 삭막해지는 인정이 안타깝기만 하다.

1990년 봄에 뉴욕 한인 상점에서 흑인이 한인 주인을 살해한 사건이 일어났다. 그때 그 사건은 한국 매스컴을 통해서도 자주 언급되었다. 미국 여행 도중 뉴욕 할렘Harlem 가를 기필코 찾아가고자 했던 이유도 바로 거기에 있었다. 내가 그곳에 가서 특별히 할 수 있는 것은 없음에도 불구하고, 한인들과 흑인들 사이에 뒤틀린 감정을 바로잡고 화해하고 공생할 수 있기를 바라는 마음 하나만으로 그 현장을 찾았던 것이다. 그러나 지금은 그렇지 않지만, 당시만 해도 뉴욕 할렘 지역을 동양인이 혼자서 또는 몇 명이서 걸어간다는 것은 위험천만한 일이었다. 그것조차도 몰랐었지만, 경찰들의 호위를 받으며 그 거리를 걸으며 수많은 흑인들과 눈이 마주쳤다. 거리엔 신문 쓰레기와 깡통, 술병 등이 나뒹굴고, 창문을 열고 동양인을 쳐다보는 시선과 마주할 때 그 무서움이란 잊을 수 없다. 문가에 기대서 내 행동 일거수일투족을 감시하던 흑인들의 표정을 보며 나는 철저히 그들에게 이방인이 될 수밖에 없었다.

그 거리를 지나가며 받은 인상은 나로 하여금 다시 외국인, 아니 다른 문화를 지닌 채 살아가는 이들과 어떻게 만나야 할지 고민하고, 내가 무엇을 해야 할지를 심각하게 고민하게 만들었다. 그 결과, 국문학을 전공하던 나는 비교문학을 매개로 한 국문학을 공부하고 싶다는 생각을 하게 되었다. 타자외국문학를 알아야 나국문학를 더 잘 이해할 수 있고, 이에서 타자와 자아가 상대적 주체로 공존할 수 있음을 어렴풋하게나마 자각하게 된 것이다. 그런 경험이 나를 폴란드로 불러갔고, 오늘날 유럽과 미주를 오가는 연구처는 나를 만들었다고 해도 과언이 아니다.

그 밖에도 첫 번째 미국 여행은 좌충우돌의 연속이었지만, 지금 돌아보면 그 일체 경험들이 아름다운 추억으로 바뀌어 남아 있다. 정성껏 여행하고 돌아왔다는 기억이 강렬하다. 오늘날 나를 만든, 아름다운 도전이자 절호의 기회였다. 그 기회를 살리려면 먼저 꿈을 꾸라고 말해주고 싶다. 꿈이 있어야 구체적인 방법이 내 앞에 나타난다. 방법을 궁리하다 보면 또 다른 필요와 방법이 다가온다. 그것들이 어느 정도 마련되었다면 생각만 하지 말고 실행에 옮겨라. 실패하더라도 그 자체가 아름답다. 아름다운 것은 결국 성공한 것이다.

세계를 여러 곳 다녀보니 여행을 잘 한다는 게 별 게 아니다. 오감五感의 촉을 높게 세우고 주제를 만들어 다니면 그것이 성공한 여행이다.

'보라' : 평소 '잘' 보고, 소소한 것에 '감동'할 줄 아는 연습을 하라. 삶이 풍요로워진다. 바라보는 세계를 평소와 다른 위치에서, 다른 앵글로 바라보라. 가끔씩은 자신만의 격자를 만들고 그 틀에서 저 멀리 떨어진 사물을 바라보라.

'들어라' : 배우기 위한 기본자세다. 현지인이 하는 말을 듣고자 하는 것부터가 당신이 능동적이고 주체적인 여행을 하고 있다는 증거다. 새소리, 개소리뿐 아니라, 버스나 택시, 자전거가 내는 소음, 공사 중 발생하는 기계음, 거리나 카페에서 흘러나오는 대중음악, 사람들의 목소리 이 모두가 여행을 다이내믹하고 흥미롭게 만드는 분자들이다.

'만져라' : 가장 좋은 것은 현지인과의 스킨십이다. 여행자가 무슨 스킨십이냐며 이상한 생각을 하기 쉽다. 여기서 말하는 스킨십은 공감과 교감이다. 다른 말로 '부딪치며 느껴라'이다. 개성 넘치는 나라별 문화의 바다에서 공감의 배로 항해한다면, 당신은 만선의 기쁨을 맛볼 수 있다. 나의 아집과 편견을 내려놓을 때 '차이'를 내 흥미소 또는 정신적 스승으로 '생성'시킬 수 있다. 이에서 '느낌'이 풍성해진다.

'맛보라' : 아무래도 여행에서 남는 것은 먹는 것이다. 실험 정신이 필요하다. '아무 거나' 먹는다거나 결국 맥도널드 햄버거에 손이 간다면 당신은 아직 소극적인 여행자다. 현지인이 즐겨먹는 음식을 즐겨 먹을 수 있을 때, 비로소 그들의 문화를 받아들이거나 우호적인 자세를 취할 수 있다. 음식이 맞지 않으면 진미성찬과 화려한 볼거리도 그림의 떡일 뿐이다. 문화와 예술을 제대로 이해하려면 음식부터 제대로 사냥할 수 있어야 한다. 이것이 가장 쉬운 여행정복 방법이기도 하다.

마지막으로 '표현하라' : 몸을 움직여라. 움직이는 신체에 두뇌가 발달한다. 움직일 때 스스로 살아있다고 느낀다. 순간적으로 반응하라. 순간 포착이 중요하다. 위험한 일이 아니거든, 불안한 일이 아니거든, 과감할 필요가 있다. 여행지에서 순간적으로 무언가를 결정해야 할 경우, 소극적이지 말라. 과감하게 반응하는 순간 평소와 다른 특별한 경험을 하게 될 것이다. 현지인들이 뜻밖의 조력자, 특별한 체험 유발자가 될 수 있다. 그러기 위해선 자신의 의견을 확실히 표현하라. 언어 문제로 소극적이라면 다른 것도 소극적일 가능성이 높다. 언어 핑계 대지 말고, 내 성격과 대인관계부터 파악하라. 솔직 과감히 당신의 생각을 개진할 때, 여행은 또 다른 즐거움을 선사할 준비가 되어 있음을 명심하라.

셋. 알프스, 심쿵할 수밖에 없는
그 섹시함이여

알프스 산맥의 심장 속 오버트라운(Obertraun)

오버트라운Obertraun은 세계적인 관광지인 할슈타트Hallstatt 마을 건너편에 위치한 작은 마을이다. 할슈타트 호수의 맑은 물과 깎아지른 듯한 절벽의 알프스 산봉우리, 그리고 아기자기하게 만든 아름다운 나무집이 서로 어울려 장관을 이룬다. 할슈타트는 지금 관광객으로 넘쳐난다. 중국, 한국, 일본 순으로 동아시아인들의 점령지가 되어 버린 듯하다. 중국인들은 아예 중국 모 지방에 할슈타트를 통째로 모방해 새로운 도시를 지었다는 소식도 들려온다. 그럼에도 때 묻지 않은 듯한 절묘한 풍경은 여전히 보는 이의 감탄을 자아내기에 충분하다.

그러나 나는 이런 할슈타트보다 오버트라운을 진심 더 좋아한다. 알프스 산맥의 한 자락에 포근히 안겨 있는 오버트라운. 한국에서는 알프스 하면 스위스를 먼저 떠올리고 융프라우를 얘기하겠지만, 사실은 그렇지 않다. 실제로 알프스 산맥은 프랑스, 스위스, 이탈리아, 그리고 오스

◆ 오버트라운 마을 풍경(위)
오버트라운에서 바라본 할슈타트 호수(아래)

트리아에 걸쳐 있는데, 이 중 80%가 오스트리아에 있다. 그런데 오스트리아에서도 아름답기로 유명한 알프스의 자태를 시시각각 맛볼 수 있는 곳이 바로 오버트라운을 감싸고 있는 짤츠캄머구트Salzkammergut다.

오버트라운에서는 호수를 사이에 두고 할슈타트 마을이 잘 보인다. 그러나 할슈타트에서는 오버트라운이 잘 보이지 않는다. 호수 주위에 서 있는 나무들에 가려 눈에 띄지 않기 때문이다. 오버트라운은 할슈타트와는 4km 떨어져 있고, 버스로 5분, 자전거로는 15분, 걸어서는 40분 정도 걸리는 거리에 있다. 그러나 오버트라운은 조용하다. 슈퍼마켓이 하나 있고, 은행이 하나 있고, 관광안내센터 업무는 동사무소에서 겸해 본다. 식당은 두 군데가 있어 외식을 하려면 예약이 필요하다. 514m의 고도에 호수를 가슴에 안고, 알프스 고봉을 사방으로 품고 사는 마을이다. 늘 신선놀음이라도 하는 듯 구름이 사방의 산 중턱에 걸려 있고, 종달새소리는 호수물결을 일게 한다. 호수 주변엔 청동 오리와 백조가 우아한 비상을 반복하고, 평온한 농가 안마당에는 토실토실한 닭들이 모이 쪼기에 여념이 없다. 아무개네 고양이는 옆집 나지막한 창문을 넘어 들어가 이웃집 주인이 주는 모이를 먹고, 건너편 집 현관문을 넘어 들어간다. 한마디로 시간이 멈춘 듯, 평온함과 정막의 시공간 그 자체다.

그런 마을 한가운데를 알프스 산맥에서 흘러내리는 물이 커다란 강줄기를 이루어 힘차게 할슈타트 호수를 향해 흘러내린다. 강가엔 멋진 축구장이 만들어져 있다. 영국의 유명한 프로축구팀인 맨체스터 유나이티드 선수들이 와서 연습을 하고 가는 곳이다. 이 팀의 간판스타였던 루니 선수도 이곳을 무척 좋아했단다. 아이들과 그곳 잔디 축구장에서 축구도 하고, 뛰어놀기도 한다. 구름이 머물다 가는 시원한 산바람이 흘린 땀을 식히기에 충분하다.

말을 키우는 마을의 한 집을 찾아가니 주인이 환한 미소로 응대를 한다. 마을에 낯선 얼굴이 나타났기에 궁금하다는 듯 풍성한 대접과 대화가 이루어진다. 주인으로부터 즉석 레슨을 받고 말을 탄다. 제법 말을 탈수 있는 사람들은 속성으로 배우고도 말을 타고 마을을 한 바퀴 돌아보는 특권도 획득한다. 어느새 중세로 돌아간 기분이다. 평소에는 자전거가 주요 교통수단이 된다. 자전거 트래킹이 가능한 코스가 곳곳에 만들어져 있다. 자연과 인간이 어떻게 조화를 이루며 최대한 자연의 섭리에 따라 살아가야 하는지를 이 마을 주민들은 잘 아는 듯하다.

옆집은 물론이고, 이웃 마을에 누가 살며, 주민들의 대소사까지 시시콜콜히 다 아는 오버트라운 사람들. 이들은 관광객이 이 마을을 돌아다니는 것을 달가워하지 않는다. 그동안 자신들이 물려받아 지내온 전통이 조금씩 망가지고 변형되는 것이 싫다. 그래서 요즘 세상에도 민박집엔 인터넷 하나 깔려 있지 않다. 아쉬운 사람이 전화할 일이다. 아니 직접 찾아와 예약을 하면 된다. 오히려 문을 두드리고 얼굴 보며 이런저런 시시콜콜한 이야기를 섞어 가며 구두로 예약하는 것이 일반적이다. 예약 확정도 서두르지 않는다. 투숙객이 생각할 시간을 일주일 이상 준다. 일주일 후에 숙박을 하지 않겠다고 해도 별로 개의치 않는다.

이곳 마을 사람들은 대부분 대대로 가업으로 이어온 수공업에 종사한다. 대단한 장인_{마이스터}이 곳곳에 산다 가죽신발 제작 장인, 바이올린이나 기타 등 현악기 제작 명인, 전통 모자와 의복을 제작하는 재봉업자, 사냥꾼 등 다양하다. 그 자부심이 대단하다. 오스트리아에는 장인이 만든 물건과 기능장_{장인의 바로 아래 단계 기술자}이 만든 제품의 가격이 다르다. 똑같은 제품

◆ 할슈타트 골목길

을 만들어도 장인이 만든 것은 기능장의 1.5배 또는 2배까지 비싸게 팔린다. 기능장이 자신이 만든 물건을 팔려면 장인의 손을 거쳐야 한다. 거기엔 일종의 상도덕이 존재한다. 자신의 작품 제작 능력보다 비싸게 파는 것이 용납되지 않는다. 장인이 있는데, 장인이 만든 제품보다 기능장이 만든 제품을 더 비싼 가격에 개인이 판매를 했다는 사실이 드러나면 그 기능장은 그 업계에서 추방당한다. 수제품이라 가격은 사실 상징적인 의미를 지닐 뿐이다. 그러나 가격이 책정되는 기준은 재료비, 인건비, 그리고 장인이기에 또는 기능장이기에 스스로 매기는 가치로열티 대비 가격이다.

3개월 걸려 기능장이 제작한 바이올린 한 대의 가격은 대략 700유로 선이다. 바이올린 제작자는 오스트리아 나무만을 사용한다. 세계적으로 내로라는 현악기 제작자의 상당수가 오스트리아 인이다. 기술도 중요하지만 울림통을 이루고 변형을 최소화하는 나무의 재질이 악기의 생명을 좌우한다. 한 대의 바이올린을 만들기 위해 기능장이 구입해 사용한 나무의 단가가 기본 가격이다. 거기에 3개월이 걸렸다면, 이 기간에 소요된 생활비와 인건비를 얹는다. 그리고 로열티는 관행적인 가격이 있다. 이를 합해 바이올린 한 대의 가격이 결정된다. 기능장이 제작한 바이올린이 700유로라면, 장인이 제작한 바이올린은 최소 1,000유로를 상회한다.

햇볕 좋은 날, 케이블카를 타고 알프스 정상에 오른다. 케이블카를 타고 1,300m 지점에 내리면 70km에 달하는 동굴을 돌아볼 수 있다. 그 거리를 모두 다니다간 하루 안에 내려가기 어렵다. 가이드의 안내를 받아 일부만 돌아본다. 또한 빙하기 동물의 화석이 그대로 남아 있는 동굴도 방문할 수 있다.

◆ 알프스 융프라우(스위스)

6월 말 비 오는 날, 정상에 올랐다. 1,300m 지점을 지나 2,100m 정상이 었다. 정상에는 눈이 엄청 내렸다. 바람도 세차게 불어 여름인데도 손이 시려 동상에 걸릴 지경이다. 산 아래서 피어오르는 구름은 장관을 넘어 경이로움 그 자체다. 저 멀리 2900m의 알펜다흐 정상이 구름에 가려 보일락 말락 한다. 날씨가 변화무쌍하다. 해가 나다가도 어느새 구름이 몰려와 눈앞을 분간하기조차 어렵다. 또한 구름 사이로 저 아래 오버트라운과 할슈타트, 그리고 호수와 마을이 들어온다. 정상 절벽 위에 투명유리판과 철제 난간으로 세워진 '다섯손가락 전망대5 fingers' observation'에 눈바람을 맞으며 서 있노라면 아찔함 그 자체다. 그러나 저 아래 내려다보이는 인간 세상의 풍광 역시 신선이 동경하기에 충분할 정도로 아름답고 황홀하다. 인간이 자연 앞에서 또 얼마나 겸손해야 할지를 저절로 깨닫게 된다. 조물주는 이 황홀한 자연을 만들고, 인간은 그 속에서 조물주의 뜻을 헤아리며, 한 마디 탄성을 내뱉는다. "인간에게 자비를"

패러글라이딩을 해보았는가. 2,100m 정상에서 구름을 뚫고 바람을 폐부에 넣은 채 오버트라운 평지를 향해 내 몸을 창공에 내던진다. 한 마리 학처럼 우아하게 날지는 못했지만, 참새의 가벼움은 잃지 않으려 침착에 긴장을 얹었다. 아찔한 높이에서 내 몸이 공기를 가르며 하강하는 순간, 극심한 두통이 몰려왔다. 긴장이 극에 달해 눈이 찢어질 듯 아려오고, 두통을 호소하느라 어떻게 내려왔는지 모를 정도다. 그러나 그 순간 순가 평생 처음으로 눈앞에 다가오는, 처음 보는 자연의 자태는 차라리 꿈속에서 보았다고 거짓말하는 편이 나으리라.

언어는 사라지고, 감정만 남는다. 신기루는 사라지고, 찰나의 감동이 온몸을 감싼다. 한 번 더 창공에 내 몸을 맡기지는 않으리라. 그 찰나의 순

◆ 오버트라운 근처 알프스 다흐스타인(Dachstein) 산 다섯손가락 전망대에서

간에 나는 죽음과 삶의 갈림길에서 어정쩡하게 서 있기만 했기 때문이다. 후들거리는 다리를 추스르고, 애써 태연한 척 해보지만, 내 눈동자는 침실을 열렬히 갈망하고 있었다. 평지에서 다시 2,100m 정상을 쳐다본다. 이제 그 정상은 내 눈앞에 보이지 않는다. 다만, 정상부 식당에서 하강 전 마셨던 따뜻한 커피 향만이 떠오를 뿐이다. 티벳에서 온 주방 아줌마가 내놓은, 베일리스Bailyes가 섞인 커피만이 내 입안에 맴돌 뿐이다.

오버트라운에서 지내는 동안, 나는 자연 앞에서 벌거숭이가 된 기분이었다. 자연은 나를 너무나 잘 알기에 나는 그동안 켜켜이 쌓아두었던 내 지식과 아집, 그리고 불만의 감정 덩어리들을 내 몸에서 벗겨내는 의식을 거행하지 않으면 안 되었다. 그렇게 자연은 나를 초라하게 만들어 버렸다. 그 속에서 나는 40대 후반에 나이 듦을 인정하고 모든 것을 다 내려놓

◆ 알프스 오버트라운 마을

을 것 같았던, 허약한 내 정신을 할슈타트 호수로 흘러 들어가는 차디 찬 알프스 강물에 내던졌다. 정신이 번쩍 든다. 아직 쓰러지지 않았고, 내가 존재함으로 인해 자연이 아직 나를 거부하고 있음을 느낄 수 있었다. 아직 힘써 살아볼, 젖 먹던 힘은 알프스가 아닌 내 몸 안에 남아 있다고.

이 왠지 모를 자신감과 기운은 다시 비엔나로 돌아오는 기차 안에서 내내 나의 정신을 지배했다. 비엔나로 돌아오던 날, 기차 창문 너머로 지는 저녁노을 속에서 저 멀리 만년설의 알프스 꼭대기를 발견했다. 그것은 내가 남겨놓고 온, 부끄럼 가득 빛나는 나의 미소였다.

다시 찾은 오버트라운

한 달도 채 안 되어 다시 오버트라운을 찾았다. 이번엔 가족과 일가친척 9명과 함께 왔다. 이상 고온으로 38도 넘는 더위에 숨이 턱밑까지 콱콱 막혀 왔지만, 아름다운 자연이 선사하는 풍미는 변함없이 위대하고 누구한테나 공평한 자태를 뽐내고 있었다. 여름 휴가철이라 오버트라운도 제법 사람들로 북적댄다. 다만 단체 관광객은 없다. 모두 가족 단위로, 또는 연인끼리 쉬다 간다.

자전거를 빌려 타고, 할슈타트 호수 일대를 질주한다. 가다가 시원한 냇가를 만나 족욕을 하니 김시습과 이태백이 짓던 뱃놀이 시구가 절로 일어난다. 케이블카를 타고 2,100m에 위치한 '돌지붕dachstein' 산봉우리에 올라 산행을 하노라면, 어디선가 빨간 패러글라이딩이 짙푸른 창공 위를 활공하며 서서히 내려간다. 저 멀리 2,999m 만년설을 간직한 호헤르hoher

◆ 오버트라운 가는 길

산봉우리가 희디흰 이빨을 내놓은 듯 우리 앞에 우뚝 솟아 있다. 알프스 산맥이 들려주는 장엄한 오페라를 감상하며 걷노라면 온갖 들꽃들이 하늘하늘 바람에 흔들린다. 아직 녹지 않은 얼음 지대를 지나고, 산 속 망자를 위로하기 위해 지어놓은 성당도 잠시 들려 안타깝게 죽어간 이들을 기린다.

더욱이 이 조용한 시골 마을 교회 앞에 세워진 비석에는 한국전쟁에 참전했다 전사한 이들의 이름이 적혀 있다. 알프스의 깊은 시골 마을에서, 내가 보았던 아름다운 자연 풍광을 보며 자라난 젊은이들이 낯선 한국 땅에서 죽어갔다는 사실도 놀랍거니와 지금도 이 작은 마을에서 그들을 계속 기억하고 있음에 더욱 놀라울 따름이다. 전사자 명단 중에는 만 19살의 청년도 있다. 갑자기 울컥해진다. 한국인으로서 고마움의 눈물을 흘리지 않을 수 없다. 저승에서라도 그 청년만큼은 가장 평안하고 행복하게 지낼 수 있게 해달라고 알프스 산신령에게 빌고 또 빌었다.

알프스 자연 앞에 서면 우리 모두 작아지고 차분해진다. 감탄을 집어삼킬 만한 웅장함과 태고적 자연미에 인간이 압도당할 수밖에 없기 때문이다. 한국인에게, 아니 나에게 알프스는 감정을 이성으로 전환시키는 매력 덩어리이다.

조금 다른 이야기지만, 한국인은 감정적인 성향이 강해서인지 자극적인 것을 좋아한다. 매운 맛을 무척 좋아하고 즐기며, 눈물과 분노를 자아내는 드라마에 열광한다. 쉽게 감정을 드러내는 데 익숙한 문화적 DNA를 지니고 있다. 그래서 특별한 사안에 대해서는 격정적일 만큼 힘을 모으고 단합하기도 하지만, 그만큼 그 사안을 쉽게 잊고 결과를 군이 책임지거나 기억하려 하지 않는다. 또 새로운 것을 추구하려 하지, 기존의 것을 오랫

◆ 할슈타트 주택들

동안 고집하려 하지 않는다. 이것은 근대 이후에 만들어진 한국인의 기질이다. 그것이 장점으로 승화되기도 했지만, 단점으로 고질화되는 측면도 있다. 장단점을 보완해 매력으로 바꿀 필요가 있다. 그 좋은 보완책이, 엉뚱하게 들릴지 모르겠지만, 알프스 자연 앞에 자주 서는 것이다.

알프스 앞에서 감탄은 경외로, 경외는 점차 겸허로 바뀌고, 결국 자존감이 된다. 인간이 그 대자연 앞에서 어떻게 순응하며 살아왔는가는 현지 주민들이 만들어놓은 놓은 집과 직업, 그리고 그들이 만들어낸 생활환경을 통해 여실히 드러난다. 거기엔 무모한 감정적 소비가 없다. 이성적 순응과 조화가 꽃피는 자리만 있을 뿐이다.

호수 Ⅰ – 할슈타트Hallstatt

소금 이야기
전설로 길어 올려
잘 말린
할슈타트 호수,
관광 상품 하나 추가요.

ZEITREISE
TIME TRAVEL
VOYAGE DANS LE TEMPS
VIAJE POR EL TIEMPO
VIAGGIO NEL TEMPO
Путешествие во времени
UTAZÁS AZ IDŐBEN
CESTA ČASEM
시간 여행
タイムトラベル
时光追忆

호수 Ⅱ - 오버트라운Obertraun

태고, 순수, 신비를
한껏 들어 마셔
겸손해진
알프스의 녹음 허파,
그 안에 누구 없소?

◆ 요양병원 성당 앞에서의 평화로운 한 때. 저 멀리 비엔나 시내가 살짝 보인다.

넷. 비엔나 풍경 소묘

비엔나와의 첫 만남

1년간 머물기 위해 비엔나에 도착했다. 반긴 것은 지은 지 100년이 넘은 엘리베이터도 없는 5층 높이의 아파트였다. 나선형 계단을 따라 이민용 가방을 낑낑 매며 3층을 오르내리기 여러 번. 높은 천장에 삐거덕거리는 마루. 골동품처럼 보이는 나무 옷장과 육중한 나무 문.

1년간 이곳에서 동거동락同居同樂한다. 이곳이야말로 새로운 내 사유와 행동의 자유로운 안식처요 발전소다. 촉물우의觸物寓意의 형국이다. 새로운 집은 새롭게 태어나는 자궁과 같다. 새 공간이 주는 엄숙한 의식을 찬찬히 지켜보며, 내 운명을 새롭게 조직해 본다. 향연이다. 가구 배치며 공간 구조, 질서정연하게 배열된 장식품과 주방 식기들의 열병식, 하늘거리는 커튼 너머로 스멀스멀 밀려드는 어둠의 숨결, 벽에서 품어 나오는 스산한 기운, 눈부시지 않은 나트륨 조명 아래 그림자의 춤사위, 이 모두가 경건한 환영 의식이 아니던가. 여기서 나는 약간의 긴장과 보통의 낭만에, 충만한 이성과 감성을 옷 입을 수 있었다.

2014년에 개봉한 영화 〈더 기버: 기억전달자〉에서처럼 감정 호르몬을 억제시키고 이성만으로 공동체 사회를 영위해 나간다면 어떻게 될까? 집에는 그림 한 컷 없다. 흰 벽만이 풍만한 부피감을 지닌 채 사방을 둘러싸고 있다. 단순하다. 젊은 건축가 아돌프 루스Adolf Loose가 사랑했던 카페 무제움Cafe Museum을 방불케 한다. 여기가 비엔나이지 않은가. 아돌프 루스가 한 세기도 훨씬 전인 1899년에 지은 그 역사적 카페를 떠올리고 말 것이 아니라, 마음 내킬 때마다 그곳을 가보리라.

100여 년 전 비엔나에 장식이 없는 단순한 구도의 조형은 이념과 편견과의 싸움의 결과를 의미했다. 내가 지금 보고 있는 집 안의 벽면 역시 편견과 싸우게 될, 내 열정과 자유로운 영혼 그 자체라 위로해 본다.

지금 내가 처음으로 대면한 내 보금자리와 카페 무제움을, 왕궁 앞 로스 하우스를 비교한다는 것 자체가 우습지만, 재미있지 않은가? 내 집을 이제부터 카페 무제움이라 생각하리라. 실제로 클림트와 실레가 자주 들렀던 카페 무제움. 이 방에 가끔씩은 클림트도 초대하고 실레도 불러 그들의 그림 세계에 대해 논해보리라. 루스가 루스 하우스 창가에 플라워 박스를 만들어 장식이 없는 외벽에 변화를 준 것처럼, 나도 언젠가 이 벽에 내가 좋아하는 그림 한 점을 걸어둘 날이 있을지 모르겠지만, 그것은 루스처럼 세상에 큰 물의나 소동을 불러일으킬 것도 아니니, 내 감수성이 메말라질 때 한 번쯤 변화를 생각해보리라.

피곤한 몸을 눕고 맞이한, 비엔나에서의 첫째 날 아침은 잿빛 하늘의 우중충한 느낌으로 가득하다.

나와 너는 다르다

비엔나의 첫 인상은 화려하고 복잡하지만 체계적이라는 것이었다. 지하철역 중 란겐펠트가세Langenfeldgasse 역에 가보라. 이 역은 4호선과 6호선이 교차한다. 그런데 2개의 호선이 한 역사 내에서 두 개의 플랫폼으로 운영되고 있다. 즉, 상향 플랫폼 한쪽에는 4호선이 지나고, 다른 한쪽에는 6호선이 지난다. 그리고 또 다른 하향 플랫폼 한쪽은 4호선, 다른 한쪽은 6호선이 정차하도록 되어 있다. 따라서 한 플랫폼에 서 있지만, 양쪽으로 4호선과 6호선이 지나는 까닭에 자칫 혼동하거나 모르는 경우, 전혀 예상치 않은 방향으로 갈 수 있다.

교통권 종류도 다양하다. 과다하다 싶을 정도로, 너무 세심하다 싶을 정도로 세분화되어 있다. 편리함이란 무엇인가? 그저 단순함의 얼굴인가? 체계성의 열매인가? 아니면 선택의 끝판왕인가? 공적公的 시스템을 고객이 책임지게 하는 사적私的 시스템인가?

오스트리아 인구는 8백만 명이 조금 넘는다. 그중 170만 명이 비엔나에 산다. 오스트리아 전 인구 중 12% 이상인 105만 명이 이주민이다. 독일, 헝가리, 루마니아, 유고 지역에서 이주해온 이들이 주를 이룬다. 동양인은 대개 유학생음악, 미술, 건축 등이거나 직업을 구해온 사람들이다. 길거리를 걷다 보면, 전철을 타면 세계 각 인종이 모여 사는 장소임을 실감한다. 다양성이 일상화된 국제도시다.

19세기 말 비엔나의 인구는 약 150만 명이었다. 그중에 체코인과 유대인이 각각 20만 명 정도 살고 있었다. 그밖에 헝가리 인을 비롯해 유럽 각지에서 모여든 다민족, 다인종, 다국가 구성원의 집합소가 비엔나였다. 당시만 해도 체코인의 비중이 컸기 때문에 다민족 국가를 표방한 합스부르크 제국은 1897년에 체코어를 공용어로 인정하는 법령을 발표하기까지 했다.

이런 다문화 사회에서 비엔나 인들이 타인을 대하는 태도는 이렇다. "나와 너는 기본적으로 생각이 달라. 그러니 너보다는 나의 감정, 내 생각을 더 중요하게 여겨." 반면, 한국 사람은 그들과 한참 다르게 생각한다. "나와 너, 우리는 기본적으로 모두 생각이 비슷해." 이런 집단주의 사고는 공동체 의식과 소속감을 길러주는 덴 효과적일 순 있어도, 창의적이고 개성 있는 사고력을 키우는 덴 한계가 있다. 소위 '다른 것은 틀린 것'이라 생각하는 순간, 한국인들은 바로 남의 시선을 먼저 생각하고, 집단 속의 구성원임을 확인함으로써 자신의 정체성, 자존감이 정상적이고 우위를 가진다고 생각한다. 나와 너는 분명 다르다. 그렇기에 함께 사는 사회를 위해서는 존중과 배려가 더 필요하다. 비엔나는 일찍부터 다문화, 다민족 사회였기 때문일까? 사회 복지와 배려의 미덕이 생활 곳곳에 녹아 있다.

그러나 도덕적 딜레마는 어느 사회나 늘 긴장을 야기한다. 난민 문제도 그렇다. 저 멀리 우주에서 지구를 쳐다본다면, 첫 번째 불편함을 두 번째 포용으로 바꿀 마음이 생겨날까? 인도주의나 지역 이기주의, 실리주의나 박애주의가 무슨 소용인가? 정주定住해온 이들의 기득권과 유랑자의 새로운 희망이 현실에서 과연 도덕적 가치를 지킬 수나 있을지 우주에 나가서야 깨달을 수 있을까?

비엔나와 관광객

비엔나 호프부르크 앞 개선문 계단에 앉아 오가는 수많은 관광객을 관찰한 적이 있었다. 전 세계에서 몰려든 관광객으로 인산인해를 이룬다. 정면에는 호프부르크Hofburg 신·구 왕궁이 있고, 오른편에는 국립도서관과 박물관이 그 위엄을 자랑한다. 왼편에는 넓은 공원이 있고, 저 멀리 시청사Rathushaus와 보티프 성당Votivkirche도 보인다. 남녀노소 가릴 것 없이 사진기와 휴대폰으로 연신 주위를 찍는 것은 공통적인 풍경이다. 아시아 그룹 관광객들이 안내자 인솔하에 연이어 우르르 몰려다니는 가운데, 가끔씩 유럽 그룹 관광객들의 모습도 보인다. 대개는 60~70대의 노인 관광객이다.

가끔씩 중국어도 들려오고, 한국어도 들려온다. 특히 한국어가 들려올 때마다 그쪽을 쳐다보면 영락없이 젊은 남녀 커플이거나 2, 3명의 여자 일행들이다. 한국의 젊은이들이 세계를 보기 위해 왁자지껄 골목을 누비는 것을 볼 때마다 한편으로 기특하다 싶은 생각마저 든다. 그런데 가끔씩은 한국 젊은이들이 건물 입구나 출입구에서 왠지 주저하는 모습을 목도하게 된다. 왜 그럴까? 물어보면 될 것 같은데, 자기들끼리 출입을 시도하거나 이리저리 살펴보고는 그냥 포기하고 돌아서는 것이다. 여기까지 와서 뭔가 시도를 하는데, 적극적이지 않다. 수줍어서일까?

상대적이고 주관적인 느낌이겠으나, 반면 중국어를 구사하는 젊은 관광객들은 오히려 적극적인 것처럼 보인다. 거리낌이 없어 너무 나댄다는 느낌마저 들 때도 있지만, 적극적인 모습만큼은 보기 좋다. 일본인 관광객은 조용하지만, 집요하게 자신의 목적을 이루기 위해 차분히 시도를 한다. 한국인임을 멀리서도 알 수 있는 행동이나 제스처 중의 하나는 바로 그 쭈뼛댐에 있다. 물론 모두 그렇다는 것은 결코 아니다. 이는 어디까지나 나의 주관적 인상이자 내가 만난 한국인 청년들의 일부 모습에 불과할 뿐이다.

그러나 이런 전반적 이미지는 다른 경우에서도 종종 발견된다. 뭔가 좀 더 철저히 끝까지 해야 할 것 같은 상황에서 어정쩡하게, 아니 적당히 끝내는 경우가 많아 보인다. 이 역시 물론 상대적인 느낌이다. 뭔가 아쉬움이 남는다. 남을 의식해서인가? 무언가 물어보려다 남의 시선이 발견되면, 아닌 척 다른 행동을 하거나 오던 길도 되돌아간다. 여행이 남에게 보이기 위한 것이 아님에도 불구하고, 여행지에서 낯선 이들의 시선에 대단히 민감한 반응을 보인다.

남이 나를 어떻게 평가할까?에 대단히 신경을 많이 쓴다. 주체적인 생각과 행동을 하기 전에 남의 생각과 행동이 더 크게 와 닿는다. 한국인들이 갖고 있는 소위 '나와 너는 기본적으로 생각이 비슷해야 한다.'라는 강박관념이 '나와 너는 기본적으로 생각이 다르다.'라는 의식이 강한 유럽 사람들의 생활공간 속에서도 알게 모르게 몸과 말로 표출되는 것은 아닌가 싶다.

이것은 잘잘못의 문제가 아니라, 문화의 차이이자 의식의 차이다. 이것이 부정적인 가치 판단으로 다수에게 비춰진다면 바꿔야 하겠지만, 문제가 아니라고 판단된다면 이 모습이 한국인의 문화 DNA로 이해될 수도 있을 것이다. 문화의 내용과 정체성은 결코 절대적이거나 고정적이지 않고 한 시대의 구성원이 끊임없이 만들고, 중간 평가하고 수정하면서 조금씩 변화와 답습의 변주를 반복해 나가면서 만들어지는 것이다.

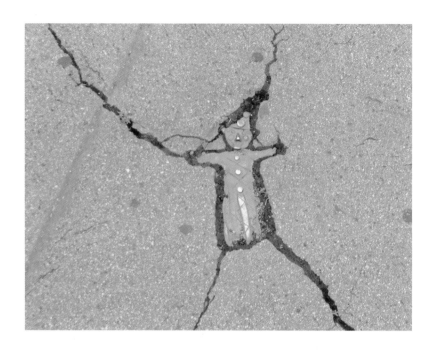

◆ 비엔나 프라터 놀이공원 바닥에 갈라진 틈을 활용해 누군가가 재미있는 작품을 만들어냈다.

◆ 피아커

한편, 지나가는 관광객 중 눈에 띄는 이들은 노년의 커플이다. 백발이 성성한 두 부부가 손을 잡고 한 손에는 지도를, 다른 한 손에는 카메라를 들고 천천히 걸어간다. 걸어가다 방향을 정할라치면 서로 의견을 묻는다. 한쪽으로 의견이 정리되면 천천히 그 목적지를 향해 걸어간다. 큰 소리가 오가는 경우를 본 적이 없다. 오히려 손잡고 걸어가는 횟수가 따로따로 걸어가는 편보다 더 많다. 선글라스 끼고 지도를 들고 천천히 비엔나를 돌아보는 노년의 멋쟁이 여행객들의 모습이 아름답기만 하다.

이들은 결코 이번 여행이 처음이 아니었으리라. 나이 70, 80세가 되도록 수십 년간 함께 살면서 함께 여행한 시간이 많았기에 지금 다정히 손을 잡고 인생의 마지막 여행을 함께 준비할 수 있다. 황혼 여행의 미학은 젊은 날에 함께한 여행 시간과 경험에 비례한다. 가방 하나 짊어진 채, 인생의 동반자와 함께 서두르지 않고, 아름다운 관광지를 여행하는 것은 훗날 이 세상을 누가 먼저 떠나더라도 그만큼 함께 공유할 수 있는 시공간을 더 많이 만들기 위한 추억의 저축이라 생각하지 않을까 싶다.

피아커두 마리의 말이 끄는 관광용 사륜마차가 요란한 말발굽 소리를 내며 왕궁 문 앞을 연신 지나간다. 마차 위에 올라탄 손님들은 마치 중세의 귀족이나 왕족이 된 듯한 기분에 젖어 주위를 둘러보며 기뻐하는 모습이다.

근대 이전에 절대 권력의 상징이자 억압과 착취의 대상이었던 왕족과 귀족문화 유산이 이제는 일반인들의 관광지로서 빼놓을 수 없는 공간과 콘텐츠가 되었다. 백성들과 민중들이 향유하던 공간이 인기 만점의 관광지인 곳은 그리 많지 않다. 그런 공간 자체가 별로 남아 있지 않기 때문이다.

오늘도 수많은 이들이 여행을 다닌다. 바로 지금 내 앞에도 중국인 관광객들이 모여 연신 사진을 찍어대는 가운데, 중국인 가이드의 중국어 소리가 우렁차다. 이들은 지금 무엇을 보고, 느끼고 있을까? 여행의 가치는 개인마다, 경우마다 다르고, 그 자체로 소중하다. 중요한 것은 지금 나의 여행을 남이 아닌, 나의 삶에서 어떤 가치와 무게로 만들고 있는가이다. 여행은 곧 내 인생을 바라보는 하나의 수수께끼 풀이나 마찬가지이기 때문이다.

실수(시행착오)는 또 다른 가능성의 시작

여행하면서 어딘가를, 또는 무언가를 '꼭' 보아야 하는 것은 없다. 모 여행사에서 '죽기 전에 꼭 가보아야 할 여행지 베스트' 등을 내세운 광고를 가끔씩 보기도 하지만, 그것은 그만큼 아름답다는 것의 완곡한 표현이거나 지극히 상술적인 표현의 하나일 뿐, '절대'라는 이름으로 휘둘릴 가치는 아니다. 여행의 품평은 어디까지나 개인적이고 주관적이다. 이 지구를 여행한다는 것은 상대적 가치 속에서 그 위대한 힐링과 깨달음과 만나는 것이다. '꼭' 해야 하는 여행은 언제나 아쉬움과 실망이 남을 뿐이다.

집을 나와 매일 반복적으로 오가는 어느 목적지 속에서도 우리는 여행의 묘미를 맛볼 수 있고, 또 그럴 수 있어야 한다. 신비로운 알프스 자연의 순수한 미소를 보며 메말랐던 도시 감성이 일순간 치유되기도 하지만, 도시에 우뚝 서 있는 동상 하나를 우두커니 한참동안 미동도 없이 바라다보는, 곱게 차려 입은 어느 할머니의 모습에서도 역사와 시간을 느낄 수 있다.

◆ 프라하-기도하는 할머니

여행은 세상을 보다 더 '잘' 이해하는 것으로 족하지, '꼭' 보거나 가는 것 자체만으로는 늘 부족하다. 그런 의미에서 여행은 욕심을 내려놓는 일로부터 시작되어야 한다. 뭔가를 목적하는 순간, 그것이 어느새 욕심이 되어 자유롭고 싶었던 여행의 초심을 강박감으로 바꿔놓고 만다. 왜 힘들게 여행을 떠나는가? 여행을 떠나서 꼭 무엇을 보거나 알아야만 하는가?

어른이 하는 여행과 청소년이 하는 여행은 다르다. 보는 것이, 느끼는 것이, 관심 갖는 바가 다르기 때문이다. 어쩌면 욕심을 덜 가진 자와 많이 가진 자의 차이가 아닐까 싶다. 아이들은 몸으로 하는 활동을 즐긴다. 유럽의 화려한 건축물이나 유명한 화가의 그림, 맛난 음식점과 경이로운 풍경도 그리 신기롭지 않다. 비엔나에 있는 거대한 쉰브룬 궁전과 그 광활한 정원을 힘들게 걸어 다니며 시간을 보내는 것보다 정원에 마련해놓은 미로찾기 놀이나 동물원이 최고다. 집에서 떠나, 집에서는 할 수 없는 활동을 하는 것 자체가 여행이다. 아이들에게 여행이란 활동activity 그 자체다. 그리고 특별한 간식이나 음식을 먹거나 예쁜 물건을 사는 것이 전부다. 프라터Prater 놀이 공원에서 대관람차를 타거나 신나는 놀이기구를 타면 비엔나 여행은 정말 재미난 여행이 된다. 유명한 화가 클림트의 그림이 소장되어 있는 벨베데르 궁전상궁을 가는 것보다, 음악회에 가서 2시간 넘게 지루한 클래식 음악을 듣는 것보다, 번화한 케른트너 거리에서 쇼핑을 하거나 슈테판 성당에 들어가 기묘한 고딕 양식의 건축물을 감상하는 것보다 백 배 천 배 기억에 남는 여행이 된다.

청년은 넓은 세상을 보며 그 속에서 이상과 꿈을 찾고자 한다. 그 과정에서 경쟁할 만한 가치가 있는지를 직접 확인하고, 자신을 발견하려 한다. 장년은 안정과 성공을 확인하는 여행을 선호하고, 노년은 평안과

◆ 프라터 야경

여유를 콘셉트로 세상 앞에서 겸손해지기 위한 여행을 꿈꾼다. 사실 유럽의 이 도시, 저 도시를 많이 가볼수록 비슷한 건축물과 도시 구조, 감각으로 인해 그만큼 잊어버리는 것도 비례하기 마련이다. 남의 말을 듣고 남한테 자랑하기 위해, 아니 눈도장 찍기 위해 가는 여행이라면 차라리 먹거리 여행을 당당히 내세우는 게 더 알찬 여행이 될 수 있다.

만약 여행의 효율성, 만족감을 수치로 따질 수 있다면, 높은 점수를 얻는 것은 욕심 내지 집착을 비운 여행이다. 예컨대, 가족 내지 여럿이 함께하는 여행이라면, 1주일 동안 별장 같은 곳에서 책 읽고, 자연의 소리를 들으며, 한가로이 평소와는 다른 또 다른 일상을 즐기는 여행이 그렇다. 혼자라면, 그냥 목적지 없이 다니면서 이러저러한 시행착오도 겪고, 타지의 사람들을 만나 이야기도 해보며, 넓은 세상 속에서 자신의 존재를 느끼는 여행이 그렇다. 여행은 내 앞에 놓인 무수한 복불복 선택지에 대해 어떻게 반응하며 자기의 시공간을 만들어나가는 것의 다름 아니다. 우리의 일상생활이, 우리가 매일 마주하는 시공간이 바로 복불복의 적극적 대응이 아니던가?

비엔나 올레길

비엔나를 무작정 걸어 다니다 보면 종종 환상적인 산책로와 마주하게 된다. 누가 만들어놓은 산책로가 아니라, 내 마음 속 울림으로 사랑하게 된 산책로가 쌓이고 쌓였다. 몇 가지 내 마음속 산책로를 간단히 소개해 본다.

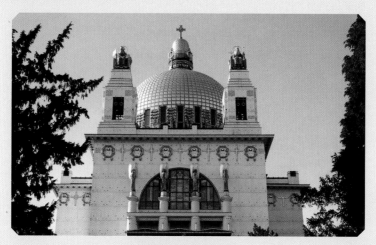

◆ 오토 바그너 요양병원 성당

가장 먼저 추천하는 코스는 오타크링Ottakring 지역 올레길이다. 시내에서 52번 버스를 타고 종점에 내리면 그곳이 오타크링 지역 초입이다. 거기서 오토 바그너가 세운 요양병원 성당을 목표로 삼아 걸어 올라가는 길이 산책로로 그만이다. 아담하고 조용한 주택가를 지나 야트막한 언덕길을 올라가다보면 점차 주택도, 차도, 인적도 드문 시골길이 나온다. 버스에서 내려 약 20여 분 걷다보면 작은 천문대가 나오고, 거기를 지나 좀 더 걸어가면 공원처럼 널찍한 요양병원 경내로 들어서게 된다. 말이 요양병원이지 녹지로 가득한 공원 숲이나 마찬가지다. 조용하기 이를 데 짝이 없고, 새소리 물소리를 들으며 시간을 거슬러 산책하기에 안성마춤이다. 그리고 그 한복판에는 오토 바그너가 100년 전 요양병원 환자들을 위해 아르누보 양식으로 지은 성당이 있다. 그 주변이 나무로 가득 차 있어 숲길 산책을 할 수 있으려니와 비교적 높은 곳에 성당이 위치해 있는 까닭에 성당 앞 벤치에 앉아 비엔나 시내를 한 눈에 감상할 수 있다. 거기에다 성당 외벽의 화려한 장식물과 예술작품을 보고 있노라면 저절로 심신이 물아일체가 됨을 경험하게 된다. 오토 바그너다움을 가장 잘 보여주는 건축물이 바로 이 요양병원 성당이다.

소요 시간 약 1시간 30분

■ 제2의 올레길

그린칭에서 버스를 타고 칼렌베르크 정상에 올라 우선 성당과 카페를 들른다. 비엔나 시내와 저 멀리 보이는 다뉴브 강을 감상한 후 두 갈래 길로 하산하는 산책길을 추천한다. 첫 번째 방향은 칼렌베르크 정상에서 코블렌까지 내려간 뒤 거기서 아래로 펼쳐진 과수원길을 따라 그린칭 마을로 내려가는 것이다. 그린칭에 도착하면 베토벤 생가를 비롯해 풍경 좋은 호이리게를 들러 맥주나 와인을 한 잔 곁들이고, 5번 전차를 타고 시내로 돌아올 수 있다.

또 다른 방향은 칼렌베르크 정상에서 레오폴드베르크 정상을 거쳐 내려오는 것이다. 레오폴드베르크 정상에는 레오폴드 성이 있다. 그 성에 오르면 다뉴브 강과 비엔나 동쪽 시가지까지 한 눈에 볼 수 있다. 칼렌베르크에서 레오폴드베르크 성으로 가는 도중에 특별한 조각상도 만날 수 있다. 바로 우크라이나 용병들이다. 1683년 이 일대에서 벌어진 비엔나 전투에 유럽 연합군으로 참전했던 우크라이나 코사크 족의 무사들을 기리기 위한 동상이다. 각기 다른 얼굴과 복장을 한 코사크 전사 3명의 동상은 마치 살아 있는 듯 용감

◆ 저 멀리 높이 보이는 레오폴드 성

무쌍한 모습을 하고 있다. 이들을 기리는 글귀가 동상 아래에 새겨져 있다.

"Gewidmet den Ukrainischen Kosaken den mitbefreiern Wiens 1683"

레오폴드 성을 구경한 뒤 각종 수목이 자라는 산책로를 따라 지그재그로 내려가다 보면 작은 쉼터도 만난다. 그리고 산책로가 끝나는 곳에 산 아래 작은 전원마을 레오폴드베르그 마을Leopoldsberg dorf이 있다. 산책로가 시작되는 곳에는 이 산책로가 이미 1926년에 오스트리아 관광 협회 후원 하에 조성되었음을 알려주는 표시도 보인다. 마을의 작은 광장 건물 벽에는 1683년 비엔나 전투 장면을 그려놓은 커다란 벽화가 눈에 띈다. 그 마을에서도 베토벤이 잠시 머물렀다. 마을을 둘러본 후 계속 남쪽으로 걸어가면 누스도로프nussdorf 전철역이 나온다.

소요시간 2시간 30분

◆ 그라피티(위) 우라니아 건물(아래)

일상 속 별난 그림들을 만끽할 수 있는 산책로이다. 지하철 6오선 스삐딸 spittal 역에서 내려 훈데르트바서가 지은 소각장을 감상하며 걷는 것이 일품이다. 도나우 강 지류canal를 따라 시내를 관통해 남쪽으로 내려오다 보면 강 주변 벽에 그려진 온갖 그라피티 벽화들과 만나게 된다. 중간에 현대식 건물과 중세적 건물이 교차하며 나타나는데 그라피티와 이들 건물과의 콜라보를 감상하며 산책하는 것도 또 다른 즐거움을 선사한다. 도나우 강변을 따라 1시간 걸어 내려가면 과거 천문대였던 우리나아 건물을 발견할 수 있다. 그 근처에 위치한 훈데르트바서 박물관과 훈데르트바서 하우스까지 둘러보면 금상첨화다. 황홀한 비엔나 건축물을 산책하며 집약적으로 확인하기에 적합한 산책길로 최적이다.

소요시간 2시간

■ 제4의 올레길

◆ 강 건너 우노 시티가 보인다.

UN 건물과 각종 국제회의장 건물로 가득찬 신 도시 우노Uno 시티를 전체적으로 돌아보는 일로부터 가뿐히 시작할 수 있다. 근처에 위치한 알테 도나우Alte Donau 역에서 도나우 강가를 따라 북쪽으로 올라가다 보면 강변에 위치한 스트란트 카페Cafe Strand가 나온다. 그곳에서 커피 한 잔을 마시며 도나우 강에 비친 석양을 바라보는 풍경이 일품 중 일품이다.

소요 시간 1시간 30분

■ 제5의 올레길

구시가지인 제1구 골목길을 순례하는 코스다. 첫 출발은 알베르티나 미술관 앞 광장유대인 기념비에서부터 하자. 역대 황제의 시신이 묻혀 있는 카푸스카 성당을 지나 신시장neu markt 광장에 위치한 분수대를 감상하고 주변 건물을 돌아보면 귀티 나는 가게 진열장을 아이쇼핑하기 좋다. 그리고 골목길을 따라 앙커 시계가 있는 곳까지 가보자. 셰익스피어 앤 컴퍼니 서점에 들러 영어책을 펼쳐 읽는 여유를 즐길 수도 있고, 이름난 한국인 셰프 K씨의 식당이 입점해 있는 메르쿠르Merkur 백화점식 슈퍼마켓을 구경해도 좋다. 근처에 비엔나에서 가장 오래된 작은 성당도 빼놓지 않고 구경하노라면 과거로의 시간 여행을 떠나기에 충분하다.

골목길을 통해 슈테판 성당 방향으로 내려오다 보면 구텐베르크 동상을 만나게 된다. 비엔나 전통 돈까스에 해당하는 슈니첼 식당 중 가장 이름난 '피그뮐러 식당'과 그 주변 골목길을 하나하나 둘러보는 재미도 솔솔하다. 중세 비엔나대학 성당에 들어가 천장화를 감상하고, 카페 클라인Keine에서 잠시 쉬었다 가는 것도 좋다. 카페 클라인은 비엔나에서 가장 작은 카페다. 앉을 자리도 마땅치 않아 대개 카페 앞 광장에 놓인 의자에 앉아 커피를 마

◆ 신시장(Neu markt)의 분수대(위) 카푸스카 성당(아래)

시곤 한다. 카페 클라인 노천 파라솔은 영화 〈비포 선라이즈〉의 두 남녀 주
인공이 한밤 중 데이트를 나누던 공간으로 지나가는 이들의 발걸음을 멈추
게 한다. 근처 골목길 돔 가세에는 모차르트 생가가 있다.

거기서 나와 슈테판 성당으로 가 성당과 그 주변 광장을 둘러보는 것만
으로도 시간이 많이 필요하다. 각종 초콜렛 가게와 흔히 웨하스 과자의 원

조로 유명한 마너스Manners 가게, 하스하스 차 가게도 둘러보자. 슈테판 광장에서 케른트너 거리와 그라벤 거리로 연결되고 이 두 개의 주 거리 사이로 수십 개의 골목길이 가지를 치고 수많은 사연을 안은 채 산책자를 유혹하고 있다. 때로는 수많은 관광객 인파 속에서, 때로는 한적한 좁은 골목길에서 알다가도 모를 비엔나만의 속살을 찬찬히 만끽해보는 것이 진정한 산책이 아닐까 싶다.

소요 시간 1~3시간

다섯. 비엔나 시편salms in Vienna

비엔나를 떠나 한국으로 돌아오던 2016년 1월, 그날 비엔나에는 눈이 펑펑 내렸다. 하염없이 쏟아 부을 것만 같았지만, 그래도 간간이 눈부시게 푸른 하늘 조각도 보았고, 공기도 무척 시원했다. 2015년 1월, 서울에서 비엔나로 떠나던 날에도 인천공항에는 눈이 많이 내렸었다. 그때는 하늘 조각이 없었다. 1년이란 시간이 이렇게 짧은 줄, 살짝 수줍게 내밀다 만 비엔나 하늘 조각을 보고서야 뒤늦게 실감할 수 있었다. 그 기억의 편린들 하나하나가 소중하기만 하다. '2015-45-650-150'의 시간이 남긴 감정과 기억의 딱지들을 시편으로 남겨 보았다. 비엔나 특별 감정 전시회라 할 법하다.

'빈^{Wien}'을 기리는 시

외로우니?
허허–
그러니 만날 수 있다.
내가 미처 몰랐던
나 자신과.

그리우니?
하하–
그러니 헤어질 수 있다.
가족이 멀리하던 나만의 가치와 그 소중한 것들과.

괴로우니?
히히–
그러니 반길 수 있다.
잊고 지내던 하찮은 것들에 대한
최소한의 예의를.

사랑하니?
아아–
그러니 슬퍼할 수밖에.
장식裝飾의 죽음과
향수와 꽃의 쇠락을.

이 모두가
'빈虛 섬'island of Wien이 만든
'나'라는 사실을
이제야 알겠노라.

- 2015. 02. 19.

290

슈테판 성당을 기리는 시

어제도 오늘도
사람들 천지다.
어제는 날개 단 천사를 쳐다볼 양심으로
간신히 슈테판 성당의 카타콤베를 참배했다.
오늘은 모차르트의 시구문屍柩門을 엿보다가
하스하스Haas & Haas의 아삼차 향내에 취했다.

어제도 오늘도
소리와 냄새 천지다.
달가닥달가닥 말똥 냄새가 진동하는 안식일.
연신 터지는 카메라 셔터 소리
슈테판 성당과 마주한 Drei 삼성 핸드폰 대리점 보며
아뿔싸! 애국심에 나 자신을 팔았다.

어제도 오늘도
고통 천지다.
성당 안 카타콤베로 내려가는 계단 옆 벽면
홀로 외로이 '치통齒痛의 그리스도' 걸려 있다.
성당 밖 뒷면 그물에 걸린
괴로운 치통의 그리스도시여-
성당 안팎에서
얼굴 찡그린 고독한 당신이여.

어제도 오늘도
관광객은 천치天癡다.
이들 중
누가 오늘 구원을 받았을까?
성당 정문 오른편 벽면에
새겨진 '05'
눈물을 훔치는 양심을,
치통의 그리스도,
당신은 찾으셨나이까?

- 2015. 02. 20.

세월의 횟수

나이 든다는 건
자고 일어날 때마다
내 얼굴이 괴물이 되어 가고 있음을
깨닫는 횟수다.

운명이 장난친다는 건
옳은 것을 택한 것보다
선택한 것을 옳다고
합리화하는 횟수다.

- 2015. 06. 15. 비엔나 지하철 6호선(U6) 열차 안에서

가을 하늘 1

여름날 뜨거웠던 미련,
겨울날 아련했던 추억,
두 얼굴을 품은 너.

푸를수록 시리고
물들수록 그리워지는
너.

불러볼 때마다 터지는 너의 숨결,
코스모스의 물결,
이를 사랑하는 너.

저 넓은 하늘호수에
얄밉게도 나의 가족을 품은
너.

네 이름을 불러본다.
나의 가족이란 이름의
너를.

- 2015. 09. 21.
비엔나 국립도서관 가는 아침에
가을하늘을 보며

가을 하늘 2

여름의 뜨거웠던 미련과
겨울의 아련한 추억.
그랬었지 넌
언제나 두 얼굴을 지녔었지.

푸를수록 시리고
물들수록 그리워지는
널
나는
왜 또
미련질일까?

불러볼 때마다
숨통은 터질 듯한데
코스모스,
넌
오오, 정녕 너는?

얄팍한 사랑은 묻었다지만
얄밉게도
나의 가족을 품은 너.

불러보는
가족의 얼굴.
시리도록 넓은 하늘호수 아래
헤매는
나의 지독한 이 미련질이야.
이렇게
또
한 해를 넘기누나.

- 2015. 10. 12. 비엔나 국립도서관에서

낙엽이라는 이름의 인생 열차

아프다는 건
인생 열차 탑승권이다.
성숙해진다는 건
죽음에 가까워졌다는 안내 방송이다.

내 언어에 갇혀
마비된 사고는
내 습관에 젖어
고장 나고

이리도 아플 것을
수리조차 못하는 고물 열차
회한의 망치 소리만
둔탁한 메아리로 퍼져오던 날

스멀스멀 피어나던 가을 안개,
꾸물꾸물한 가을 하늘 아래
내 인생의 막차가 달린다.
하염없이 하강하는 꿈속으로.

- 2015. 10. 19.

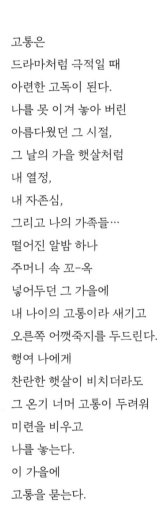

고통을 묻으며

고통은
드라마처럼 극적일 때
아련한 고독이 된다.
나를 못 이겨 놓아 버린
아름다웠던 그 시절,
그 날의 가을 햇살처럼
내 열정,
내 자존심,
그리고 나의 가족들…
떨어진 알밤 하나
주머니 속 꼬-옥
넣어두던 그 가을에
내 나이의 고통이라 새기고
오른쪽 어깻죽지를 두드린다.
행여 나에게
찬란한 햇살이 비치더라도
그 온기 너머 고통이 두려워
미련을 비우고
나를 놓는다.
이 가을에
고통을 묻는다.

- 2015. 10. 25.

모스크바 입성기

제국의 비행기
에어로플로트Aeroflot를 타거들랑
전설 이야기는 본방 사수다.

이륙 시 느끼는 관성의 법칙이
기막힌 청룡열차가 되는 축제의 현장.
좌석 등받이가 제멋대로 발라당 넘어가는 통에
당사자가 놀라고
옆 사람은 웃고
뒷사람은 벌을 선다.
동병상련의 탄성이 여기저기–
축제다, 축제! 좌석이 춤을 춘다.

비행기가 기울 때마다
여 승무원 서빙 카트의 문이 활짝 열리는 진풍경.
축복의 문이 열려
음식과 물병, 주스 팩이 데구루루
카트에서 점핑하는 찰나,
기내 복도엔 음식물이 여기저기–
축제다, 축제! 음식이 춤을 춘다.

기내 안내 방송인데
어디선가 메가폰 속 네 음성이 들려.

여과 없이 허공 여기저기-
폭풍 작렬하는 쉰 소리, 쉿소리
축제다, 축제! 안내방송이 춤을 춘다.

옆자리의 러시아 커플 남녀,
키스는 필수, 애무는 선택.
제 집인 양 화장실 들락거리던 커플 덕분에
aisle seat의 불쌍한 영혼만
앉았다 일어섰다 똥개 훈련-
아아, 두 시간동안
똥개 훈련 십여 차례-
축제다, 축제! 내 몸이 절로 춤을 춘다.

에어로플로트 착륙 순간,
그렇게 멋쩍은 종방終放은 전설이 된다.
가슴 벅찬 황당함의 미학을
가슴에 쓸어내리며
굿바이! 반갑게 인사하는
여 승무원의 미소마다
축제다, 축제! 땀 흠뻑 경기한 선수에게 바치는 격려의 환한 미소다.

에어로플로트의 전설은 이렇게 지상에서 다시 태어난다.

　　- 2015.10.27. 에어로플로트에서 내려 모스크바 국제공항에서 속절없이 입국 심사를 기다리며

시의 제국 1

제국에 산다.
제국에서는 영어를 사용해도 편안하다.
비엔나에서, 부다페스트에서, 런던에서 그랬다.
나는 제국에 산다.

제국에 산다.
제국에서는 영어를 사용하는 게 고역이다.
파리에서, 모스크바에서, 베이징에서 그랬다.
나는 제국에 산다.

오늘도 제국에 산다.
그럼에도
한국어를 쓰는 건
오늘, 나의 제국을 지탱하는 힘이다.

나는 제국에 산다.
시의 복지여
만세.
충분히 난 제국의 국민이다.

그래서일까?
그러나일까?

제국의 국민은
힘이 없다.
지식은 세상을 조금 알 뿐이다.
지혜를 갈구하지만 마음껏 제국에 살 수 없다.

제국의 증거는
수도의 규모에 비례한다는데
나의 수도는 어디쯤 있는지
기억조차 아득한 정오.

어쩌면
대한제국은
과거와 결별한 나의 제국
새로운 치욕일지 몰라.

제국의 영토에서
부자유한 불쌍한 영혼이여.
시의 제국에서
난민은 나 하나로 족하다.

- 2015. 11. 5. 부다페스트 부다 성에서

부다페스트, 그 제국의 악몽

부다페스트,
제국의 가을은 노란 낙엽처럼 물들고
비엔나와 닮은 듯 다른 쌍둥이 도시,
게르만과 마자르가 만나
함께 한 역사만큼
적과의 밀약은 크고 강력하다.
제국은 더 이상 갈 길을 잃었다.
파프리카 향내 가득한 제국의 길에서
부끄러움을 팔아 체면을 산다.

영어가 통하는 제국.
율리우스 마이늘 커피, 비엔나커피, 스타벅스 커피가
제국으로 향하는 대로다.
제체시온의 클림트여, 마자르의 뢰겐이여.
건축을 노래하라.
어제도 그랬듯 도나우는
부다와 페스트의 폐부를 가른 채 유유히 흘러간다.

어부의 요새는 이 가을 꿈을 꾼다.
저 멀리 국회의사당을 질투하는 악몽이다.

310

시의 제국 2

제국은 영화榮華다.
영화는 유한하나,
유한하기에 겸손을 이끄는
지혜로운 군자-
군자는 모든 것을 포용하는 힘이 있다.

제국은 대로大路다.
대로는 방만하나,
방만하기에 조화를 이끄는
넉넉한 군자-
군자는 직선과 타원을 포용하는 자유인이다.

제국은 시詩다.
시는 약하나,
약하기에 강함을 이끄는
강력한 중독-
군자는 언어로 권력을 지휘하는 시인이다.

- 2015. 11. 6. 부다페스트에서 비엔나 가는 기차 안에서

언제부턴가

언제부턴가
시를 쓰는 버릇이 생겼다.
시어가 머리에 들어와
무수한 말로 재잘대는데
각인된 표현으로
하루 지나
살아남는 것이 있다.
기특하고 귀여운 고 녀석들.

언제부턴가
시를 끄적이는 습관이 생겼다.
늙어감에 대한 불안을
기억하기 시작한다.
오늘 하루도
살아 있는 것들을…
고약하고 괴물 같은 요 녀석들.

- 2015. 11. 6.

부다페스트의 가을 아침

아침은 지식이다.
햇빛 머금은
찬란한 낙엽의 저주를 떨쳐낸 찰나,
엘떼ELTE*에서
미황사美黃寺**의 이슬을 찾았다.
노랑 주황 동양학부 벽돌 단풍에서
나 혼자 미쳤다.

이토록 나만 어지러운 건
부다페스트의 가을 아침이 지적知的이기 때문이다.
부다페스트는 지식의 제국이었음을.
그 찬란함은
희망과 무식을 배신하지 않음을
잘 알기 때문이다.

구야시***를 먹으며
아침 일찍
오늘의 희망을 후루룩 마셔버린 탓에
구야시가 찌개가 아닌 스프였다는 사실을
혀로 집어삼켜 버렸다.
아뿔싸!
시뻘건 국물에 나를 잃어버렸다.

- 2015.11.6. 부다페스트에서

---

* 헝가리 최고 국립대학교, 부다페스트 소재
** 전라남도 해남군 달마산에 위치한, 우리나라 최남단 사찰.
*** 국내에 '굴라쉬(Gulash)'란 이름으로 더 잘 알려진 헝가리 전통 음식. 헝가리어로 '구야시'라 발음한다.

시時와 시詩를 기리는 시詩

나는 네가 좋다.
나의 감정 저장소여서 좋다.
황당한 일에 덕지덕지 달라붙은
내 꼬인 감정 덩어리들을
한 폭의 그림으로
포근히 모듬어 좋다.

나는 네가 밉다.
잠만 자던 논리 교실에
실타래처럼 엉킨 가치 판단 칠판.
꿈에서조차 네 영감이 찾아와
환상이 꽃피니
너를 미워할 수밖에 없다.

너는 언어를 삼키는 대신
먼지를 일깨워
허공을 가르는 발레리나-
절대 행복을 춤추며
너는 그렇게 사라지곤 하지.
만질 수 없는 너를
꿈꾸게 하는
헛된 감정 찌꺼기만 남긴 채.

- 2015. 11. 13.

317

잠

휘몰아치는 번뇌의 구렁텅이에 빠져
한없이 작아지는 양심을,
기쁜 날 오만했던 삶의 용기마저
극렬히 무서워지는 순간.
평온해 보이는 거리의 쇼윈도처럼
흔들리는 버드나무 가지처럼
양가적兩價的이 되어 잠들고 싶다, 힘차게.
그마저 깃들 곳 없다면
아픈 머리를 굴려
집을 찾아 꾸역꾸역 들어가는 무서운 본능을
난 거부할 용기조차 없는가 보다.
삶은 운명적으로 다가왔지만
죽음은 가혹하리만큼 아름답고 모질다.

사랑하는 이여,
모르는 미래가 두려운 게 아니라
지난 날 과오에 실망한,
저주받은 불쌍한,
뒤척이는 불면의 고통을 용서할 수 있는가?

누구에게 용서할 자격은 절대적이고
누구에게 용서받을 권리는 상대적인
그 편견과 불평등까지 감싸 안을 지혜가
나한테 작동하지 않는 밤에

눈물은 별빛과 만나고
말라붙은 눈물 딱지 한 줄기 뒤엉킨 채,

나는
서서히 그렇게 잠이 든다.

- 2015. 11. 15.

전철타고 상상하기

불쌍한 영혼을 다독이는 천사 같은 시를 보았는가?
구걸하는 보헤미안 랩소디 기타 반주에
"과테말라 마야 바빌로니아 뽕테로샤, 샤이펠 카롤레몽테 샤이페르 아뽈레몽테."
술 향기 실은 멜로디에 취해
안데스 고원의 심령술사를 불러내는 오후다.
몽롱하고 퀴퀴한 냄새에 풀린 눈동자 심키는 음악소리는
비엔나 U6 전철 안 찌린내 뽕테로샤 가락에 알싸한 신나 냄새로 변해간다.
알딸딸한 표정이다.
테러의 공포가 니글니글 치며드는 비엔나 지하철 안,
국적불문 인종과 대치하는 영적 싸움터에서
죽음을 초월한 영혼과 꼴깍 침 삼기는 영혼이
서로 은밀한 호흡을 나누는 공간이다.
그냥 나쁜 놈, 죽일 몸통, 행복을 가면 쓴 백발 신사, 홀딱 벗은 순정녀의 애완견, 가
려진 지혜, 부르카 속 눈동자, 질겅대는 껌의 품격.
그 안에서 구걸하는 보헤미안 랩소디 기타 소리는
어느새 밀폐공간을 조종하는 절대자가 된다.
삶이 우리를 속일지라도 절대 노여워하거나 두려워하지 말라며
시처럼 샹송처럼 속삭인다.
신묘한 분위기를 안고 달려
우리 모두를 문 밖으로 토해내는 현장이 오늘도 어김없이 자행된다.
그래서일까, 비엔나는 너무 화려하다.

- 2015. 11. 18. 비엔나 6호선 전철 안에서

무뇌無腦의 속죄와 숙제

언젠가 갓 태어난 신생아로 돌아간다면,
내 몸이 어떻게 응답할까?
인큐베이터 유리관 너머 세상을 갖겠노라
우렁차게 울어보려나.
모자, 히잡, 부르카, 그 무엇으로 내 머리를 덮을 수 있다면,
그렇게 공원 모퉁이에 고독한 동상으로 남아도 좋고
박물관 박제가 되고 앨범 속 사진도 되어
그립다 슬프다 웅얼대며 발버둥 칠 수 있으리.
곤한 잠일랑 엄마 등 위에 묻고
뚱뚱한 첼로 연주는 핸드폰에 담은 채
인생을 모르는 허리를 곧추 세우고
자연이란 거친 책을 펴 다른 눈동자와 맞짱도 뜨고 싶건만.

울음처럼 가볍디가벼운 청룡열차도 없다.
날마다 낯선 언어를 듣고 주문과 기도,
거기에 탄식을 얹어 웃음과 슬픔을 체험하리라.
혹여 다음 생이 허락되고 백 살까지 살아
다시 한 살배기 후배에게 내 얘길 들려주는 날이 있다면
삶이었다고 부르지 못할,
이토록 뜨겁고 차가웠던 단 하루를 세상에 유언하는 일,
내 삶의 속죄일랑
내 영혼의 무게를 실은
새 생명의 숙제로 남겨두고 싶다.

- 2015.11.19. 성당 철문 앞에 서서

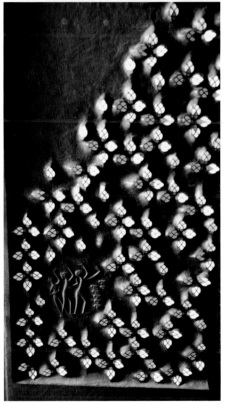

드라마, 그 미친 것에 대하여

조연으로 산다는 게
주연을 꿈꾸지 않는,
동화 속 그리움을
현실에서 분노하며
살아온 가시 때문이라면,
그대는
받는 마음보다
주는 마음이 더 넓은
세계를 지녔다.
넓다는 것은 더 의미롭다는 것이요
복잡하지만
따사로운 미련이 아니던가.

고장 난 인생의 저울추.
누구는 살아온 50년이
살아갈 30년보다 더 가볍거든
그 남은 30년은 저주일까? 축복일까?
낙엽을 모으고
시를 모으고
돈을 모으고
그렇게 지식도 얻겠지.

허나
주는 미련함이
받는 사랑스러움보다
더 가치로울까?
그렇게 살지 말라는 착각을
드라마는 보여주지 않는다.
온통 배신자로 불멸할 뿐이다.
드라마, 그 미친 것―

- 2015.11.21.

감정과 이성에 관한 대화

감정이 파릇한 잎이라면 이성은 견고한 줄기다. 개인마다 사고 논리가 글로 표현되는 세계. 일정한 논리체계 속에 감정덩어리가 붙어 나오기 때문이지. 감정을 체계적으로 다듬어 봐. 그것이 논리다. 표현의 묘미다. 스스로 자기 표현에 만족하지 못한다고? 제발 그러지 마. 감정과 이성이 뒤엉켜 가지치기가 필요해. 감정을 통해 사고는 살찌고 자라지만, 이성을 통해 사고는 더욱 딱딱해지는 법. 앙상하고 삭막한 이성. 안 돼. 텁텁한 단백질 느낌의 살, 그리고 느끼한 느낌의 지방, 이게 섞여야 환상인 걸. 환상은 감정과 이성의 무한변주가 가능한 콜라보 세계지. 블렌드 커피의 황홀한 풍미도 물과 온도, 아라비카 Arabica와 로부스타Robusta의 혼합 비율에 따라 다른 것처럼 말이야. 감정은 논리적 사고 틀을 만드는 미토콘드리아 저장소, 생산 공장. 고구마 줄기처럼 이성에 달라붙은 감정 덩어리들. 요놈들의 대화 패턴과 내용이 바로 나만의 기호논리, 자기 서사를 복제하는 범인들이었군.

- 2015. 11. 23.

이유 아닌 이유

어쩜 난 울보다
아프거나 슬퍼서가 아니라 세상이 안쓰럽기 때문이다.
어쩜 난 천재다
뛰어나서가 아니라 나만 잘 하는 무언가 있기 때문이다.
어쩜 난 예술가일지도 모른다
영감이 충만해서가 아니라 별 거 아닌 걸 별 거로 착각하기 잘하기 때문이다.
그러니 어쩜 난 바보다
순진하거나 착해서가 아니라 이런 것들을 사실로 믿기 때문이다.
착각에는 이유도 날개도 없는 까닭에.

- 2015.12.24. 성탄절 전날 밤에

그러니 알겠노라

시를 지어보니 알겠노라
내 안의 단어가 그토록 갑갑해 환장했던 이유를.
거울을 보니 더 알겠노라
내 자아가 얼마나 심퉁 뾰루퉁 삐딱해졌었는지를.
만나보면 알겠지 싶은 것도
이제는 눈 감고도 알겠노라
내 안의 부끄러움이 얼마나 초라한 것이었는지를.
그러다가
목마름으로 보챘더니 알겠더라
내 안의 사랑이 머물다 증발한
솥바닥 검댕이의 그 격렬한 몰골을.
그래도
꼭 했어야 했다면 알았을까?
내 안의 회한과 푸념일랑
달리는 인생열차에 치인 뒤 후회할 것이었음을.
그러니
떠나보내련다.
그 후회 가득했던 경험의 축복과
냉랭한 이성과 맞서는 모험일랑 말이다.
나는 어디서 와서
지금 어디쯤 흘러가고 있는 걸까?

- 2015.12.31. 2015년 마지막 밤을 수놓던 화려한 폭죽 향연을 보고

극克 : 인생의 구두점

인생이 무엇이더냐. 마침표를 찍는 일이리라. 마침표는 인생이란 문장에서 '무엇'에 관한 것보다 '언제'가 더 중요한 의미로 다가온다. 왜냐하면 중간에 쉼표를 찍기도 하고, 가운뎃점을 붙이기도 하고, 느낌표도 던질 수 있기에 종국에 이들과 어떤 관계 속에서 언제 마침표를 찍느냐가 문장을 아름답게 만들 수 있기 때문이다. 나만의 한 문장을 완성 짓기 위한 과정이 바로 인생이다.

〈아아, 이 씨孝氏 아무개가 떠났단 말인가! 파릇파릇 돋아나는 팟종처럼 살다 연꽃 한 송이 피우고 흙탕 연못 속 연근蓮根으로 남다.〉

소박하지만 이런 묘지명이라도 쓸 수 있다면 다행일까 싶다.

그러나 삶이 어찌 이리 낭만적일 수만 있을까. 예상치 못한 사건 사고가 늘 우리 인생을 엄습한다. 각자 처음 가보는 수억만 길을 홀로 가다보니 그 길이 얽히고설켜 때론 지쳐 주저앉아 울어 보기도 하고, 때론 개고생이다 싶어 한숨짓기도 하고, 반대로 씩씩하게 더 멀리 가겠노라 마구 달려보기도 한다. 때로는 뜻밖의 만남과 경험에 희열을 맛보며 멋진 순간이었노라 기뻐하기도 한다. 그러면서 조금씩 나 자신뿐 아니라 세상과 타협한다. 때론 짜릿하지만 때론 무덤덤해진 모습에 놀라기도 한다. 길 위에 우두커니 서서 나 홀로 그렇게 내 존재 의미를 찾아간다.

이마저 부질없다 싶으면 수고를 감내할 이유도, 미지의 시간과 긴장할 필요도 없다. 괜히 늘어져 사는 게 상책이다 싶다. 적당한 휴식과 보양은 더 매력적이다. 하여 매순간 성취감과 자기만족은 착각의 결정체이기 쉽다. 우리는 행복을 갈망한다. 행복 추구는 도도한 인간 본능이다. 그러나 행복은 늘 얄밉다. 슬픔의 가면을 쓰고 야속한 감정의 무게를 못이긴 채 가볍게 스치듯 왔다가 사라지기 때문이다. 내 영혼의 질량이 용적률에 비례해 가치 평가되는 세상에서 내 인생의 경제효용은 소비 성향 관점에서 볼 때 너무 가혹한 찰나일 뿐이다. 저마다 상상특별구역이 있기 때문이다.

늘 그렇듯이 인생은 여행의 연속이다. 한 편의 문장을 완성하기 위해 언제 마침표를 찍을지 그 앞 구절과 단어들, 그리고 쉼표, 느낌표, 가운뎃점, 따옴표 등 각양의 구두점을 챙겨 보아야 한다. 말줄임표를 사용해야 한다면 더 깊이 침묵하거나 무한한 긍정이 요구된다. 상상想像이란 감성感性 친구와 공감共感이란 이성理性 친구가 필요하다.

내 여행은 부엌 싱크대 앞에서 늘 축제 분위기다. 설거지를 하며 오만 가지 상상이 열리고 헝클어진 생각이 정리되기 때문이다. 팝콘처럼 기막힌 표현들이 마구 튀어나온다. 멋진 표현이 입안을 맴돌다 내 좌우명이 된다. 그렇기에 내 인생이란 문장 속 상상특별구역은, 바흐친이 말한 대로, 크로노토프시공간 그 자체다. 순간의 행복을 풍족히 저축했거들랑 이 세상을 떠날 때 나눠주자. 불행과 지겹게 동거했다면 이 세상 떠날 때 미련 없이 홀홀 놓아 보내자.

그러고 보니 인생이란 여행은 느낌표와 마침표, 쉼표, 가운뎃점, 따옴표, 말줄임표, 그리고 그 외의 친구들과의 여정이다. 인생은 단독의 축제가 아니라, 타자와의 관계망 속에서 생성된 한 줄 문장형이라는 사실을 이제야 알겠다. 그동안 내 여행은 느낌표로 충일했다. 그러나 그것만으로는 문장이 마무리되지 못한다. 한국의 고전문학자로서 비엔나를 통해 내 정체성을 되묻고, 몇 개의 상관성을 지닌 가운뎃점을 찾았다고 고백하면, 너무 늦은 깨달음일까? 내 여행의 마침표를 어느 순간, 언제, 어떤 모습으로 찍을지 궁금해지기 시작했다. '비엔나는 천재다!'라는 느낌표 대신, '나는 무엇이다.'고 답할 문장을 찾고 싶어졌다.

|제1부| 역사와 건축의 문화사회학

· 하나 / 형태는 기능을 따른다?

방윤숙, 『시대를 앞서간 친환경주의 건축가 훈데르트바서』, 쿠쿠쿠 뉴스/비엔나 워킹투어.
(https://cafe.naver.com/austrian/2065)

이인성, 『빈-예술을 사랑하는 영원한 중세 도시』(살림지식총서 296), 살림출판사, 2007.

Helmut Weihsmann, "Red Vienna or Red Glow on the Horizon", ed. by Walter Zednicek,
Architekur des Roten Wien, Wien: Grasl Druck & Neue Medien, 2009.

Juan José Lahuerta, trans. by Graham Thomson, *On Loos, Ornament and Crime*,
Barcelona: Tenov Books, 2015.

· 둘 / 합스부르크 제국, 그 거만함의 이정표

앨런 재닉 · 스티븐 툴민, 석기용 역, 『비트겐슈타인과 세기말 빈』, 필로소픽, 2013.

Robert Musil, trans. by Sophie Wilkins and Burton Pike, *The man without qualities*, London:
Alfred A. Knopf, Inc., 1995.

· 셋 / 근대도시로 거듭나다: 링 스트라세Ringstrasse의 비밀

Helmut Weihsmann, "Red Vienna or Red Glow on the Horizon", ed. by Walter Zednicek,
Architekur des Roten Wien, Wien: Grasl Druck & Neue Medien, 2009.

· 넷 / 비엔나 킨스키 궁전과 폴란드

「유제프 안토니 포니아토프스키」, 나무위키 백과

|제2부| 카페 속 인문학 산책

· 하나 / 카페, 그 팜므파탈femme fatale의 유혹

https://www.wienerzeitung.at/themen_channel/lebensart/freizeit/415263_Ins-Kaffehaus.
html

· 둘 / 클림트라 읽고 프로이트라 쓴다

윌리엄 존스턴, 변학수 · 오용록 외 옮김, 『제국의 종말 지성의 탄생』, 글항아리, 2008.

· 셋 / 학문의 언덕, 문학의 호수

손관승, 『그림 형제의 길』, 바다출판사, 2015.

앨런 재닉·스티븐 툴민, 석기용 역, 『비트겐슈타인과 세기말 빈』, 필로소픽, 2013.

인성기, 『빈-예술을 사랑하는 영원한 중세도시』(살림지식총서 296), 살림출판사, 2007.

칼 쇼르스케, 김병화 역, 『세기말 빈』, 글항아리, 2014.

프란츠 마르티나, 황현수 역, 「호프만스탈」, 『독일문학사』, 을유문화사, 1989.

• 넷 / 음악은 골목을 지나 꿈이 된다

Duncan J.D. Smith, *Only in Vienna*, Vienna: Brandstätter, 2014.

윤보라, 「수상 오페라의 스펙타클 브레겐츠 페스티벌」, 쿠쿠쿠뉴스(Cucucu news) 기사

• 다섯 / 고서와 고서점, 그리고 도서관 풍경

라인하르트 비트만, 「18세기 말에 독서혁명은 일어났는가」, 로제 샤르티어, 굴리엘모 카발 로 엮음, 이종삼 역, 『읽는다는 것의 역사』, 한국출판마케팅연구소, 2006.

이민희, 「18세기 후반 서적유통 및 세책(貰册) 문화 비교 연구-한국과 슬로바키아의 사례를 중심 으로」, 『열상고전연구』 제49집, 열상고전연구회, 2016.

_____, 『세책, 도서 대여의 역사』, 커뮤니케이션북스, 2017.

John L. Flood, "The History of the Book in Austria", ed. by Michael F. Suarez, S.J. & H.R. Woudhuysen, *The Book: A Global History*, Oxford: Oxford University Press, 2013.

http://search.obvsg.at/primo_library/libweb/action/search.do?fn=search&ct=search&initialS earch=true&mode=Basic&tab=default_tab&indx=1&dum=true&srt=rank&vid=ONB &frbg=&tb=t&vl%28freeText0%29=korean&scp.scps=scope%3A%28ONB_aleph_ abo%29&vl%281UI0%29=contains

Homi Bhabba, "Beyond the Pale: Art in the Age of Multicultural Translation", ed. Ria Lavrijsen, *Cultureal Diversity in the Arts: Art, Art Policies, and the Facelift of Europe*, Amsterdam: Royal Tropical Institute, 1993, p.22.

| 제3부 | 생활의 유혹, 비엔나의 속살

• 하나 / 오스트리아다움에 대한 단상

Duncan J.D. Smith, *Only in Vienna*, Wien: Bradstätter, 2014.

Homi Bhabba, "Beyond the Pale: Art in the Age of Multicultural Translation", ed. Ria Lavrijsen, *Cultureal Diversity in the Arts: Art, Art Policies, and the Facelift of Europe*, Amsterdam: Royal Tropical Institute, 1993.

http://www.viennasnowglobe.at/index.php?page=history&lang=eng.

• 넷 / 비엔나 풍경 소묘

인성기, 『빈-예술을 사랑하는 영원한 중세 도시』(살림지식총서 296), 살림출판사, 2007.